La Fea Burguesía
—— EDICIONES ——

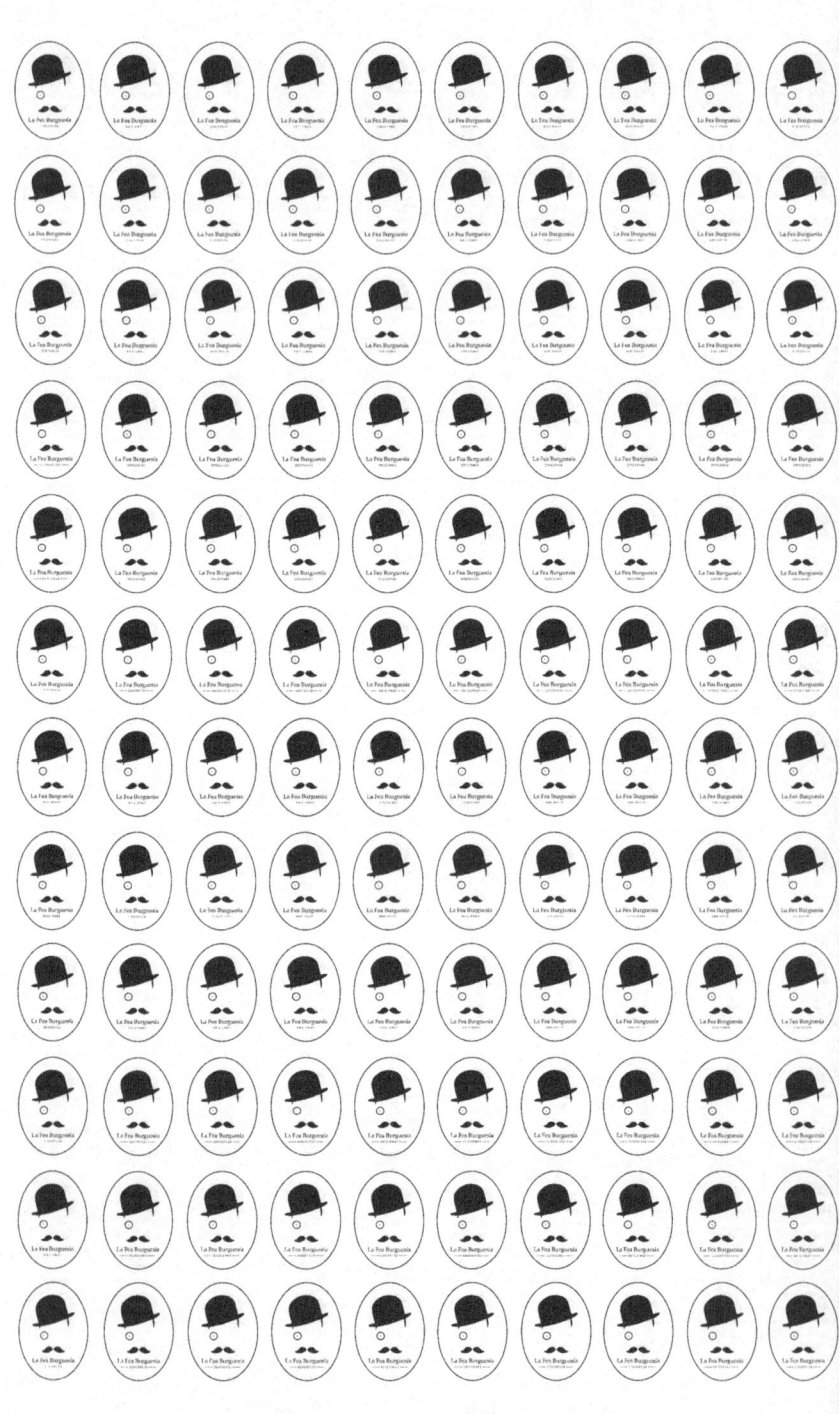

# PATRICIO PEÑALVER

# AUNQUE PAREZCA MI AUTOBIOGRAFÍA TAL VEZ SEA LA TUYA

**La Fea Burguesía**
— EDICIONES —

MURCIA, 2024

La editorial es consciente de la necesidad
de los recursos naturales para consumir cultura
y de la colaboración en la conservación del medio ambiente.
Así pues, por la impresión de este libro,
ha plantado un olivo (*Olea europaea*) en el paraje
de El Horno en Cieza (Murcia)

«Aunque parezca mi autobiografía, tal vez parezca la tuya»
© Patricio Peñalver Ortega, 2024
© La Fea Burguesía Ediciones, 2024
Grupo Editorial Tres y Libros, SL
Murcia, España.
www.lafeaburguesia.es

Diseño cubierta y maquetación: Fernando Fernández Villa

Primera edición: marzo de 2024

ISBN: 978 84 127605-8-3
Depósito legal: MU 273-2024

Printed in Spain - Impreso en España

«Envidio —pero no sé si envidio— a aquellos de quienes se puede escribir una biografía, o que pueden escribir la propia. En estas impresiones sin nexo, ni deseo de nexo, narro indiferentemente mi biografía sin hechos, mi historia sin vida. Son mis Confesiones y, si nada digo en ellas, es que no tengo nada que decir... Si escribo lo que siento es porque así disminuyo la fiebre de sentir».

Fernando Pessoa

No había leído la obra del escritor Herman Melville en la que el personaje Bartleby, el escribiente repetía: «Preferiría no hacerlo». Al contrario, desde hacía ya un tiempo, él cada día prefería hacerlo. Sin embargo, nunca empezaba. En ese repetitivo eco del cuento de nunca empezar, se recreaba una y otra vez en el sentido circular del pensamiento; ante la vacuidad del blancor impoluto del folio que le deslumbraba se quedaba absorto. Mientras tanto, se sentía como aquel capitán Ahab observando a una ballena varada; de vez en cuando pensaba en aquel Bartleby y sentía deseos de saber algo de él, de conocerlo para decirle a la cara que prefería hacerlo y que ya iba a comenzar la autobiografía. Se preguntó: «¿Por dónde empezar?». Y pergeñó las primeras líneas azules en ese folio que comenzó a tomar otro color. Borró otras líneas y prosiguió.

Pongamos que podía haber nacido en Londres, París o Sebastopol, pero no, había venido al mundo en Murcia. Obviamente ni siquiera había pedido nacer. Podía haber estudiado en

Oxford, o por qué no, en Harvard, eso sí que era un colegio, pero estudió en una desvencijada escuela pública del extrarradio. Podía haberse comido una magdalena para recordar a la famosa tía de Proust, aunque algunos decían que era su abuela, a la que todos conocían y nadie había visto, después de haber estado en Combray y de observar a aquellas chicas en flor. Sin embargo, muy pronto el sueño se desvanecía y regresaba a un patio de Espinardo. Recordaba el intenso sabor de aquella onza de chocolate que siempre acompañada el bollo de los domingos. También podía haber tomado lecciones de piano con *Los nocturnos* de Chopin o el *Para Elisa* de Beethoven y leer *El idiota* de Dostoyevski, pero muy pronto tuvo que abandonar los estudios primarios. Podía haber leído a Verne y dar la vuelta al mundo en ochenta días o contar las rayas de aquel tigre de Salgari, pero en su casa no había un solo libro, y sí un perro bonachón que llamaba Canelo. En aquella casa humilde aquel niño aprendió las primeras lecciones de urbanidad de su padre: ser honesto y no faltar a la verdad; y las otras de su madre: «soñar y ser creativo ante la adversidad».

En aquellos tiempos sombríos de 1963 se levantaba con muchas ganas de aprender y llegaba siempre puntual, con aquel papel de estraza en el que llevaba un poco de cacao en polvo mezclado con azúcar para echarle a la leche en polvo americana que le daban en el colegio. Aún recordaba aquellas grandes cacerolas de aluminio. Ese mejunje nunca venía mal para tomar un poco de energía, para aguantar los palmetazos en las manos de algún que otro maestro que opinaba que la letra con sangre entraba. De manera que tomó la decisión de querer saber, de aprender a leer, y muy pronto ya lo hacía con cierta fluidez. Tenía hambre de saber, un apetito insaciable. Aquellos efectos tenían sus consecuencias: su abuelo ridiculizaba a sus otros nietos llamándoles burros porque, siendo tres años mayores que él, aún no sabían leer. Y así lo exhibía como ejemplo: le daba unas hojas del periódico y le ordenaba: «lee esta noticia para que te oigan este par de zopencos». Su abuelo tenía una gran montaña de periódicos atrasados para envolver las figuras de belenes que horneaba y pintaba. En aquella montaña mágica de letras se sumergía aquel niño leyendo las cosas que ya habían pasado en el mundo, aunque de vez en cuando se sobresaltaba cuando contemplaba a aquellas chicas en bañador en el semanario «Blanco y negro» del diario «*ABC*». Aquellas chicas no eran de carne y hueso, pero sí eran del mundo real de sus sueños y hasta si las miraba mucho tiempo, ellas les brindaban una sonrisa especial. Desde aquellos momentos a aquel chico ya le pasaba lo que le pasó al narrador de don Quijote, que leía hasta los papeles que se encontraba por la calle. En aquella humilde casa aquel niño siempre recordaba la alegría de su madre cuando regresaba del colegio y escuchaba aquellas coplas en la radio que estaba en la repisa como si fuera un altar; aquellas coplas que contaban historias de amores contrariados que no entendía, hasta que de pronto sonaba el contagioso ritmo del mambo y su madre lo cogía de las manos y lo invitaba a bailar. «Uno, dos, tres, cuatro, cinco, seis, siete... Maaaambo». Y el mundo se paraba. Solo existía la felicidad.

A la hora de comer su padre siempre llegaba cansado y serio, apenas tenía tiempo, la larga jornada laboral continuaba. La vida no era un mambo, no, aunque por momentos lo pareciera. Aquel exiguo jornal de su padre no daba para vivir. En aquellos tiempos de miseria, la mayoría de los niños de esa barriada desfavorecida, de perdedores, tenía que abandonar los estudios antes de llegar a los 13 o 14 años. Llegaba el momento de ser aprendiz de un oficio, de aprender a comportarse como un hombre cuando apenas era una criatura, a cambio de unas cuantas pesetas que suponían una bocanada de oxígeno para ese microcosmo familiar asfixiante. La vida pasaba rauda, como esas golondrinas que otra vez volvían y ya estaban ahí; siempre majestuosas en sus vuelos circulares. Ya estaba ahí el último y largo verano escolar. Un estío que recordaba plácido con las lecturas de aquella especie de *Enciclopedia Álvarez* de 2.º grado, en aquellas infinitas y mágicas tardes hasta que anochecía. Ahí comenzó a sentir el gozo por la lectura. La música siempre estaba ahí y ya sonaba aquel *Please Please Me* de aquellos chicos melenudos, que se llamaban los

Beatles, que parecían de otra galaxia. Y soñaba con aquellas estrellas, aunque ya tenía un mar de sueños. Vivía a unos cincuenta metros de un cine de verano, que comenzaba por mayo y terminaba en septiembre. Desde muy niño asistía a esas sesiones dobles y recordaba despertarse en los brazos de su padre, de camino hacia su casa, al terminar el programa doble, cuando se quedaba dormido en aquellos largos bancos de madera. Aquellas películas en blanco y negro, entre crímenes del hampa y amores imposibles, se iban almacenando caprichosamente en su memoria. Y se sentía solo ante el peligro en su cama si después recordaba a los vampiros y a aquel Drácula que chupaba la sangre. Su madre, para que no se fuera muy lejos y volviera antes de que anocheciera, le recordaba al Tío Saín que te metía en un saco y te llevaba. Otro verano se comentaba en el pueblo que habían encontrado a un niño con agujeros de colmillos en su cuerpo. Al verano siguiente descubrió que, entre los buenos y los malos de las películas del Oeste, él siempre iba con los malos. Los indios siempre perdían cuando en última instancia sonaba la trompeta del 7.º de Caballería. Y se sentía mucho mejor en el papel de aquellos «sioux» o cheyenes, viendo a Toro Sentado o a Gerónimo, el jefe de los apaches. Siempre ganaban los buenos, pero él no se bajaba de la burra. Menudo disgusto se llevó su madre cuando le dijo que quería hacer la primera comunión con un traje de indio, hasta tuvo que mediar el cura para convencerlo. En aquel barrio obrero la mayoría iban con los perdedores y entre perdedores uno podía ser «sioux» o cheyenes y romperse la crisma a guantazos, pero, ay, si se atrevía entrar en territorio comanche alguno del otro barrio o algún señorito del Oeste, entonces se las llevaba todas. Aquel largo verano fue el último que se bañó en aquellas acequias de aguas turbias, con el temor de encontrarse con el roce de una culebra. Al llegar el otoño comenzó con 13 años a trabajar en un almacén de infusiones y especias. A lo largo de una gran mesa, unas treintas mujeres llenaban con sus cucharillas las bolsitas de té y manzanilla, las doblaban con su etiqueta y después la grapaban.

Abandonaba aquella escuela pública, en la que las chicas estaban separadas por otro recinto a unos cien metros, para comenzar en ese almacén, un momento capital de su vida, siempre rodeado de mujeres, jóvenes y maduras, rubias y morenas, delgadas y orondas de sutiles curvas y grandes senos, que años después recordaría al ver a la estanquera de la película *Amarcord* de Federico Fellini. De ese colegio aún recordaba a un maestro de gafas oscuras, traje de rayas finas y corbata negra, que en alguna ocasión le había invitado a su casa en el centro de la ciudad. En aquel salón caldeado, su señora le había obsequiado, en esa ocasión, con una serie de pasteles que, en ocasiones, observaba a través del escaparate de la confitería y que no podía comprar. Tenía un gran recuerdo de ese maestro de escuela llamado don Pedro Sánchez Ponce de León, que había intentado convencer a su madre para que no abandonara la escuela, ya que tenía un cierto talento para los estudios. Su madre aún le conminó a que siguiera un curso más, sin embargo, ya tenía muy claro que quería trabajar como un hombre y que ese sería su último año entre libros y pupitres. Ese último año pasó a unas graduadas escolares de la ciudad, con nuevos compañeros de otras barriadas, entre los que encontró a tipos revoltosos, zanguangos y algún que otro que ya tenía en su currículum el paso por el reformatorio de menores. Y así, de vez en cuando, ocurría que se dejaba influir por las sombras de las malas compañías y ya no le interesaba la leche en polvo americana que le daban en el recreo del colegio y, a esa hora, sorteaban al portero y se embarcaba en la pequeña aventura de robar unas mandarinas o unos nísperos en aquellos huertos adyacentes, que estaban vigilados por el guardia y su par de perros, que tenían cara de pocos amigos. A la mente le llegaba otra fría mañana en la que el barbilampiño profesor de gimnasia le llevaba al sótano, con otros alumnos elegidos, y les repartía: pantalones, camisas, correaje y una boina azul oscura. Más tarde, subía a la terraza y aquel autoritario profesor le ordenaba al chico, que quería ser un hombre, que tenía que ser un arquero de la OJE. Lo tenía muy claro: ni había sido flecha ni quería ser arquero, otra cosa quizá hubiera pasado si le hubiera entregado un balón y la indumentaria de su equipo de fútbol preferido. Le dijo que no al barbilampiño, que no quería ser de la OJE y, de pronto, aquel tipo con cara de estreñido le soltó una bofetada. Su reacción inmediata fue responderle con una certera patada en la espinilla. Echó a correr por las escaleras buscando la puerta de salida a la calle, perseguido por aquel tipo que chillaba como una fiera y, cuando estaba a punto de darle alcance, se abrió la puerta del director, que se informó de lo que pasaba. El director, con aspecto grave y con sus manos sobre sus tirantes, miró al profesor y le dijo: «Si no quiere ser que no sea. Elige a otro». Todo había ocurrido muy rápido.

En aquel almacén de infusiones y especias muy pronto el invierno se transformó en un tórrido verano. Y a aquel chico de 13 años se le despertó la libido con hambre atrasada. Aunque no quisiera, en su nuevo microcosmo todo giraba en torno al sexo. Todas las conversaciones masculinas en derredor hablaban de mujeres y nombraban zonas ocultas: coños, culos y tetas que se acentuaba con fruición y alevosía cuando se mentaba el pezón. Aquella metafísica del momento, que le inyectaban a diario los mozos de más veinte años, lo incitaba a la observación y siempre estaba pendiente de aquel ángulo que se formaba cuando alguna mujer que estaba sentada abría sus piernas sin querer. Y soñaba, soñaba sin querer, cuando se imaginaba a aquella chica de la película que abría su boca y se llevaba el cigarrillo a sus labios sensuales con delectación, soñaba con aquella chica de la película *Cayo Largo* y trataba de imitar la pose de aquel tipo, con sombrero ladeado al que llamaban Humphrey Bogart. Casi todos los días, ya atardeciendo, solía tirar la basura en una pequeña rambla y quemaba papeles y cartones. Mirando los fulgores del fuego con aquellas llamas azules y rojas que crepitaban, se encendía un cigarrillo Bisonte, que se le subía a la cabeza, mientras alzaba la vista y contemplaba las volutas de humo y las estrellas. Y seguía pensando en aquella Lauren Bacall, que también fumaba. En aquel almacén la radio sonaba a todas horas y aquellas mujeres solo guardaban un silencio sepulcral cuando llegaba la hora de la radionovela. Con aquellas historias narradas se desahogaban, unas veces reían y otras lloraban, sentían odio o alimentaban ese amor, ese sueño que parecía imposible. Después, los estilos musicales se mezclaban y sonaba Juanito Valderrama que les cantaba a los emigrantes, mientras Raphael, que ya había cantado a la Navidad por el camino que iba a Belén, aunque por todas partes se oía su *Yo soy aquel, que cada noche te persigue* con la que había participado en Eurovisión. A otras mujeres les hacía más tilín el Dúo Dinámico que cantaban que quince años tenía su amor. Y en mitad de todo aquel maremágnum musical, aquel chico de pronto escuchó *Flamenco*, de Los Brincos, una de esas canciones alegres, con el sonido de las guitarras eléctricas, que después siempre le harían recordar el instante y el lugar en el que la había escuchado por primera vez.

La radio y aquellos tebeos que leía con avidez seguían siendo su alimento diario. Aunque su madre tampoco leía libros, sí que tenía una imaginación desbordante y le contaba cuentos clásicos y otros que se inventaba. Con mucho esfuerzo compraba unos tebeos nuevos que después iba cambiando por un módico precio por otros ya usados. Cada semana esperaba la llegada en aquella papelería, que todos conocían como Miguel de los tebeos, la nueva aventura del Capitán Trueno, que recorría el mundo para defender la justicia y liberar a los oprimidos, con su novia Sigrid, que era la reina de la isla de Thule, y con Goliat y Crispín. Y se sumergía en esas aventuras. Mientras tanto el gusanillo de la música ya se iba inoculando: la música moderna o de rock and roll comenzaba a llegar en pequeñas píldoras, aunque ese año se escuchaba mucho la cumbia y aquella canción de Los Tres Sudamericanos con su *Me lo dijo Pérez, que estuvo en Mallorca.* Muy cerca de su casa, un mozo que había regresado de trabajar en Alemania se trajo un pickup y los domingos por la tarde lo colocaba junto a su puerta, y se organizaba un baile en la calle, entre alegres pasodobles, aunque ya el ritmo del *twist* hacía estragos en los más avezados, y algún que otro de esos temas lentos en la voz de Paul Anka, que bailaban las parejas, mientras sus madres vigilaban de reojo. A aquel niño también se le iban los ojos en busca de aquellos arrumacos. La televisión ya se comentaba que había llegado, pero ninguno de sus vecinos tenía posibles para comprarse un aparato. De vez en cuando se acercaba al barrio de abajo, en el que decían que un vecino la sacaba a la calle, junto a su puerta, y colocaba algunas sillas para los amigos. Las historias que contaban las películas seguían alimentando su imaginación, aunque cada vez más leía periódicos y ya habían caído en sus manos algunas que otras novelas del Oeste y de Corín Tellado. Sin embargo, aún no se había comprado un libro. Y aquel libro que ya estaba por llegar, todavía se resistía. Todas las mañanas iba al apartado de correos a recoger las cartas de la empresa en la que trabajaba y un día se encontró con un boletín que vendía artículos exóticos, que se podían comprar contrarreembolso o con sellos de correos sin usar. Y ahí descubrió un libro titulado *Rommel, el Zorro del desierto.* ¿Qué fue lo que le llamó la atención?, nunca lo supo. Quizás las películas de batallas, todavía recordaba aquella de *El río Kwai* mientras silbaba su marcha musical, o la influencia de la colección de tebeos, *Hazañas Bélicas,* con aquel soldado desconocido que luchaba por conseguir la paz a través de la guerra. Lo cierto y verdad es que conseguir aquellas veintitantas pesetas, que creía recordar que costaba, le costó quedarse sin almorzar más de dos semanas, tiempo en el que el ahorro de las pesetas lo privó de aquellos bocadillos de atún con mayonesa y olivas, que cada mañana se transformaban en unos momentos de gloria bendita. Aquel libro se lo leyó un par de veces, aunque lo desilusionó, le gustaba el objeto en sí, y aquella encuadernación en cartoné. Menos prosaico resultó el siguiente pedido a esa empresa de Barcelona. Esta vez usó el procedimiento de enviar sellos de correos. Durante varias semanas estuvo hurtando dos o tres sellos en la oficina de su empresa, a la que tenía libre acceso, ya que era el chico para todos los recados. Algún que otro sello le facilitó la nueva chica de la oficina, con la que bromeaba y le daba de rato en rato algún pellizquito. Hasta que completó el conjunto de sellos y realizó el pedido, con esa sensación desconocida de haber robado una cosa que no era suya. El pedido llegó y aquella magnífica pitillera tenía un resorte que, al activarlo, el cigarrillo era lanzado de manera automática hacia arriba. Hasta que se rompió el mecanismo estuvo presumiendo de aquel artilugio que todos los amigos querían ver.

Ya llevaba más de un año en aquel taller y se sentía como un niño mimado libando en la dulce miel, de mesa en mesa, observando de cerca esas prendas íntimas que en verano lo imantaban. Entre aquellas mujeres tenía a sus preferidas y se engatusaba con las historias que le contaban; una había querido ser artista pero no había triunfado y otra le había vaticinado en diversas ocasiones: «Patricio, tú cuando seas mayor, vas a ser un faldero». Y a ese concepto le daba vueltas de vez en vez. Tantas vueltas y vueltas como daban los balones en aquellos partidos de fútbol que seguía todos los domingos en el transistor, mirando de vez en cuando el boleto de la quiniela. Por supuesto, que ya había elegido equipo y era del Barça, aunque la mayoría de sus amigos fueran del Real Madrid, pero el equipo que le pellizcaba realmente era el Real Murcia. De manera que cada quince días cometía la osadía de tratar de colarse al estadio de La Condomina. Unas veces, esperando a los utilleros del equipo contrario, cuando bajaban del autobús se agarraba a las bolsas y cestas de mimbre, aunque los porteros no siempre se apiadaban; en otras ocasiones, subía por una peligrosa pared vertical de unos 15 metros, agarrándose a las piedras, mientras a lo lejos eran vigilados por la policía nacional, que de vez en cuando hacía la vista gorda, a pesar de que alguno que otro había acabado en el hospital. Entre unas cosas y otras, cuando concluía la odisea y lograba escalar esa cúspide que acababa, junto al marcador, y saltaba con mucho disimulo a la grada, lo más decepcionante era ver el resultado: Real Murcia 2 - Atlético de Madrid 4. El sonido de los goles del equipo pimentonero se escuchaba desde fuera, los del contrario eran silenciados. El balón giraba y giraba y los niños soñaban con ser jugadores de fútbol. Los domingos por la mañana él jugaba con el equipo de su barrio y ese año se celebraba un campeonato en el campo del Reformatorio de Espinardo, como una manera de integrar a los jóvenes que estaban recluidos. Los chicos del internado tenían su equipo y jugadores malencarados y terribles, con sus cicatrices, pelos al cero y algún bizco, y sus maneras de entrar buscando los tobillos del contrario. El campeonato llegaba al último partido y allí estaba él, de medio centro, con el Inter de Espinardo, disputando la final del campeonato con aquellos aguerridos chicos, y aquel árbitro les estaba dejando hacer su juego sucio. Ya solo faltaban cinco minutos, el partido iba empatado y ya les habían anulado un par de goles. En esos momentos decisivos subió con toda su fe a rematar un córner. Vio llegar el balón, saltó y lo golpeó con toda su fuerza, mientras otro jugador contrario golpeaba la otra parte de su cabeza. Cayó mareado al suelo y, al abrir los ojos, contempló el balón en el fondo de la portería y a sus amigos que lo abrazaban y no cesaban de gritar: «¡¡¡Gol, gol, gooool!!!», mientras él no dejaba de ver estrellas. Aquel día fue una auténtica estrella para sus compañeros.

La vida para él era un frenesí y todo estaba por descubrir. No existía ni el pasado ni el futuro, al menos no se lo planteaba. Todo era un presente inmediato. El mundo seguía dando vueltas y por la radio sonaba aquella canción de Jimmy Fontana que tanto le gustaba a la chica que quería ser artista: «Gira, el mundo gira, / en el espacio infinito. / Con amores que comienzan, / con amores que se han ido. / Con las penas y alegrías / de la gente como yo». En aquellos años 60 la miseria se trataba de sobrellevar con dignidad en aquellas barriadas obreras, en las que vivían la mayoría de los perdedores de la guerra civil, en alguna ocasión había oído hablar de los hombres rojos sin lograr ponerles rostros, hasta que un vecino comenzó a trabajar en un molino de pimentón y al mediodía regresaba a casa con el pelo y el rostro con manchas rojas de esa hortaliza. Aquel hombre que, después supo que había luchado con los rojos, cuando concluía el trabajo, distraía sus penas entre tragos de su bota de vino tinto y de lecturas de novelas del Oeste, ya muy ajadas. Los domingos se pasaba horas y horas leyendo, sentado junto a su puerta. Siempre saludaba a todos los que pasaban con una sonrisa amplia. La miseria sexual también se cebaba con algunas chicas que trabajaban de sirvientas y limpiaban en casa de señoritos. Y él miraba los carnosos labios rojos de la chica del almacén que había querido ser artista, mientras por la radio se emitía el programa *El Consultorio de Elena Francis*; la chica le indicaba con el dedo índice sobre sus labios que callara y escuchara el programa de la tarde, en el que una joven escribía una carta al consultorio: «A los 12 años, mi madre me hizo acompañar al amo a su habitación. Me hizo todo lo que quiso. Luego, en Madrid, en la primera casa, el señorito me quiso hacer eso. Me defendí y me despidieron sin pagarme. Ahora estoy en otra casa. Desde que la señora murió, el amo se mete en mi cama. Todos los días quiere. Dice que le dé un hijo y me comprará un piso. ¿Qué hago, señora Francis?». Sonaba la música y la señora Francis respondía: «La vida ha sido muy dura contigo. Trata de lograr que te compre el piso poniéndolo a tu nombre. Si lo hace, tendrás un capital y un sitio donde vivir. Si consigues el piso, habrás logrado algo positivo después de tantas humillaciones. Serás capaz de rehacer tu vida». La vida no era dura, sino durísima para la mayoría de trabajadores. Con los sueldos miserables no podían vivir. Aún recordaba las horas y horas en otro almacén de pimentón, en el que las madres con los hijos pequeños les quitaban los rabos a los pimientos. Y aquellos enormes sacos que no menguaban nunca. Pagaban por los kilos que pesaban los pimientos en el saco y acababan con los dedos heridos de tanto desrabar. Muchos se armaban de valor y emigraban a Alemania y a Francia. Después de algunos años, alguno que otro llegaba con un buen coche, y era la envidia del barrio. Había otra vida, más allá. Un vecino había traído un par de fotos de una chica desnuda con prominente pubis. Aquel chico le compró una de las fotos por dos pesetas. Después de una semana de mirarla y de remirarla y de llegar a conocer su cuerpo palmo a palmo, se la alquiló por una semana a tres zagales de otras calles por una peseta. Estas noticias corrían como la pólvora en una España tan reprimida que lo único que quedaba era soñar y la imaginación alcanzaba cotas altísimas. A aquel chico tampoco le faltaba imaginación y soñaba, soñaba y soñaba. Alguna que otra vez le habían dicho que tenía pájaros en la cabeza. Ya llevaba tres años trabajando en ese almacén y comenzó a vender latas de manzanilla y té con cien bolsitas por algunos bares de Murcia, para conseguir un sobresueldo. No era tan fácil vender. Y ya había tomado una decisión: quería ser músico. Ahora solo esperaba que llegaran los domingos. Trabajaba de lunes a sábado. Y aquellos días festivos eran lo más parecido a la felicidad. Ya empezaba a intentar entrar en los clubes con conjuntos de músicas que actuaban en directo, pero no lo dejaban porque aún no había cumplido 18 años. En la gran sala de billares hacían la vista gorda, aunque no siempre lo dejaran jugar. El encargado tenía fichados a varios amigos, uno de ellos había roto un paño verde y otro, que era un lince haciendo carambolas, le había roto con el taco la cabeza a un tipo que no le quería pagar la apuesta. Las tardes de los domingos se apuraban hasta las 9 de la noche que cerraban los billares. Aquel lugar era lo más parecido al paraíso, mientras sonaban Juan y Junior cantando *La Caza*; Sandie Shaw, con aquella faldita, con sus *Marionetas en la cuerda*; Los Beach Boys que elevaban el ánimo con su *Good Vibrations*; Los Brincos no paraban de cantar que la otra noche estaban con *Lola,* pero a él le gustaba Manolita, la chica más joven del almacén; entre cigarrillos en aquel gran sótano en el que el humo eran las nubes, volaba con los Four Tops, que cantaban *Reach out I'll be There* y los Procol Horum, su-

surraban *Con su blanca palidez*. Aquel paraíso duraba poco, lo que duraba una magdalena a la puerta de un colegio; aquel domingo llegaba a su fin mientras sonaban Los Bravos cantando *Los Chicos con las Chicas*. Lo mejor de los billares era la música, lo peor, que no dejaban entrar a las chicas.

Lo único que le importaba ya en esos momentos de su vida era la música, y ya estaba conectando con nuevos amigos, que estaban en ese mundo. El mundo era esa música moderna. Y la España oficial no quería formar parte de ese mundo que consideraba degenerado. Curiosamente, a través de la radio, sonaban más éxitos de ventas italianos y franceses que americanos o ingleses; a esos melenudos de los Beatles los calificaban poco menos como demonios. Definitivamente había tomado una decisión: quería ser músico. Pensó que tendría que estudiar solfeo en el Conservatorio. Aquel otoño tomó esa determinación que lo iba a perturbar durante un tiempo, al romper ese cordón de seguridad que hasta ahora había tenido en el almacén. Su jornada laboral terminaba a las 8:30 de la noche. Ya se había matriculado en el Conservatorio y lunes, miércoles y viernes tenía que salir a la siete para poder ir a la clase. Al comenzar aquella semana habló con su jefe y le pidió salir a las siete esos tres días. El jefe, con cara circunspecta, le dijo que lo pensaría durante la semana. Llegó el sábado y su jefe, después de reflexionar, le respondió: «Yo te dejo salir antes y te pago una academia para que aprendas mecanografía y contabilidad para trabajar en la oficina, pero para la música no tienes mi permiso. ¿Acaso crees que la música te va a dar de comer?» Esas fueron las últimas palabras que escuchó de su jefe. El lunes no fue a trabajar. Se había prometido a sí mismo que, si no le permitía ir a las clases, dejaría el trabajo. Aunque no esperaba la respuesta negativa, no quiso faltar a su palabra. Tenía 16 años y ya hacía tres años que había abandonado los estudios, y no tenía oficio. Pasaron unos meses y aquel lenguaje escrito de la música, de las fusas y las corcheas le encantaba, pero no tenía la tranquilidad para estudiar en su casa. Aún podía recordar la amabilidad de la profesora de solfeo, que podría ser su abuela, y las caras traviesas de los tres niños con los que asistía a la clase, que se reían tapándose la boca con las manos, cada vez que se confundía de notas. Aquellos niños no faltaban a clase y él se fue despistando. A la menor excusa merodeaba por algún que otro bar en los que podía escuchar buena música, en esas máquinas que funcionaban con monedas, y se reunían los chicos modernos de entonces. Muy pronto se quedó sin una peseta, y en su casa más que pedir lo que tenía era que aportar. Tenía que elegir un oficio y no lo tenía claro. No sabía qué quería ser: mecánico, electricista o fontanero; muchos querían ser oficinistas, pero para eso tenías que saber mecanografía y contabilidad. En diversas ocasiones se acordó de su jefe, al comenzar su periplo por diversos empleos. Cuando iba a buscar trabajo y nombraba su barrio, que no gozaba de buena reputación, le ponían mala cara. Y se acordaba de esa canción de los Lone Star que tanto sonaba y que tanto le gustaba: «Mi calle tiene un oscuro bar, / húmedas paredes, / pero sé que alguna vez / cambiará mi suerte./ Doy mi dirección a quien brindo mi amistad / más al saberla no me quieren visitar. / Pero alguna vez, siempre por casualidad / he visto amigos con mujeres en el bar».

Después de aquel primer trabajo en el que los olores de la manzanilla, el té, la tila y la menta poleo aún formaban una parte importante en la escala de sensaciones en su pituitaria, comenzó a probar en otros empleos. Una mañana invernal empezó en un taller en el que se elaboraban toros y caballos de cartón, que después se pintaban. Lo destinaron a remover una gran masa de engrudo que estaba como el hielo y que tenía que remover de vez en cuando, para luego impregnar las capas de cartón con ese espeso líquido. Y las manos se le pusieron como dos tomates. No se lo pensó dos veces y tomó el camino de Villadiego, cualquiera que fuera aquel enigmático camino. Afuera estaba el mundo. Seguía haciendo frío. Se tumbó en una rambla y sobre un montículo se dejó acariciar como un lagarto por lo rayos del sol. Precisamente muy cerca de allí había una cueva en la que decían que había un enorme lagarto, y él se había atrevido a entrar. El sol lo deslumbraba y lo bañaba de calor.

Se sacó un cigarrillo turco de color azul, aunque también pudiera ser egipcio, que le había regalado un emigrante de Alemania. Aspiraba y sentía un leve mareo. Jugaba con los círculos que salían de sus labios y se quedaba hipnotizado contemplando como se disipaban las volutas del humo, y aquellas sensaciones parecían las de un cuento de las mil y una noches. Se acordaba de ese Aladino de la película. El placer de aquel cigarrillo duró, duró mucho tiempo. El tiempo transcurría demasiado aprisa y la búsqueda de trabajo se ralentizaba. No había mucha oferta de trabajo y sobraban aprendices. Después de hartarse de tomar el sol, llegaban los momentos sombríos de explicar en su casa el abandono del trabajo. Lo de salir a buscar trabajo era una cosa que le había oído a su madre. Un hermano suyo salía a buscar y a buscar y nunca encontraba. Un día consiguió por fin un empleo en una obra. Ese mismo día se cayó del andamio y se quedó cojo para toda la vida. Su tío hubiera preferido no hacerlo. Y la familia lo lamentó. ¿Por qué lo habían admitido en esa obra, si siempre le decían que no? El tiempo era así de relativo, quizás si no hubiera pasado por esa calle no habría llegado a esa obra, que era lo mismo que decir, que, si no hubiera pasado por esa acera, aquella teja que le cayó a otro vecino en la cabeza, cinco minutos antes, hubiera impactado en el suelo.

Por fin encontró otro trabajo en un pequeño taller que fabricaba ejes para las ruedas de las motocicletas. Su misión durante nueve horas diarias consistía en colocarle al eje una rosca, para después introducirlos de dos en dos en una bolsa de plástico y graparlo con una etiqueta. En aquella pequeña y húmeda habitación, después de tres meses, las horas pasaban lentas, lentas, tan lentas que parecía que no pasaban. Desde el taller llegaba la música que se emitía en la radio, que se mezclaba con los resoplidos metálicos y los monótonos sonidos de la fresadora, o tal vez del torno. Y cada día, un nuevo: dale Perico al torno. Un eje, dos, cien, mil. ¡Qué le importaban esos ejes! Los únicos ejes que le resultaban graciosos eran los otros, aquellos ejes de la carreta del tipo al que le gustaba que sonaran y que lo llamaban «abandonao», y el tipo respondía que para qué los iba a engrasar. Entre ejes y ejes por las noches y a veces de día, soñaba, al parecer del encargado, que de vez en cuando le decía: «¿Estás pensando otra vez en las musarañas? ¡Otra vez estás metiendo los del 18 en las bolsas del 16!». Seguía soñando con llegar pronto a los 18 años y ser mayor de edad. Si no tenía 18 años no podía ver las películas para mayores de 18 años, ni entrar en las discotecas o salas de fiestas, ni tener el carné de conducir. Y entre ejes y ejes soñaba que tenía una moto Montesa roja de 125 cc o una Ducati azul de 250 cc; y por soñar soñaba que era Ángel Nieto. El próximo sábado tendría que hacer de paquete, no era la primera vez que lo hacía y pasaba un cierto miedo, que misteriosamente le atraía. Antonio tenía una Derbi de 75 cc y Manolo una Rieju de 49 cc, pero con el motor trucado. Los dos se retaron y el que ganara se llevaría las 100 pesetas de la apuesta. El trayecto de unos tres kilómetros, con alguna que otra curva peligrosa, iba de Espinardo a Guadalupe. Y él iría en el asiento de atrás con Manolo, que ya se había jactado de que ganaría con su moto de menos cilindrada y con su peso. La carrera comenzó. Se acoplaba como podía y en un par de ocasiones parecía que iba a volar. Iban como locos por esa carretera comarcal, se adelantaban el uno al otro, sorteaban a los coches que se encontraban, que tocaban el claxon como protesta. Y después de llegar con aquella cosa que decían que se subía a la garganta, cuando regresaban ya más tranquilos de vuelta a Espinardo, él tenía que testificar y nombrar al ganador. Al escuchar el nombre, los compañeros, gritaban: «¡Ole tus huevos, Manolo!».

Uno de aquellos días se cansó de meter ejes en aquellas bolsas que odiaba y comenzó a circular por otros habitáculos. Aquella habitación definitivamente le atosigaba. Y vuelta a empezar. En esos períodos en los que estaba desempleado su afición a la lectura renacía y se incrementaba gozosamente. Ahora tenía una pequeña biblioteca en la que curiosear. Una de sus primas, aunque no tuviera tiempo para leer, se había hecho socia de Círculo de Lectores y cada mes compraba un libro. En esa época se estaba imponiendo la estética de colocar como decoración una serie de libros sobre el mueble del salón de estar. Y con aquellos libros encontró un filón. Por lo general, esos libros eran *best seller* románticos escritos por mujeres. El primero que cayó en sus manos fue. *Viento del Este, viento del Oeste*, de Pearl S. Buck y le impresionó. Y su asombro fue creciendo con *Cumbres Borrascosas* de Emily Brontë. Con esas nuevas voces y registros descubría otros mundos. Sin embargo, la alegría duraba poco en la casa de los pobres. Cuando se estaba colgando de esas lecturas, la historia real le recordaba que el próximo lunes comenzaba a trabajar de aprendiz de pintor de brocha gorda, con el maestro Antonio, así le llamaban, que solía hacer pequeñas chapuzas, que si pintar un cuarto de baño o repintar un comedor al gotelé, que estaba de moda, pero el maestro Antonio estaba más por la bebida que por la pintura. Le encargaban pintar unas habitaciones y ahí estaba yo dándole masilla a los agujeritos y lijando las ventanas. Pasaban unos días y ya se había gastado el dinero que había pedido a cuenta para los materiales. Volvía a pedir una nueva cantidad para nuevos materiales, yo seguía lijando y el maestro Antonio seguía en el bar. Pasaban unas semanas y la obra estaba ya a punto de terminar. La señora se enfadaba y yo también, no cobraba. Lo mejor de esas semanas: los excelentes platos de guisado que comíamos en una posada que, por supuesto, el maestro Antonio argumentaba cada día que pagaría al día siguiente. El maestro Antonio al cabo de un mes solo le pagó unas cuantas pesetas y se rompieron las relaciones laborales. De manera que tenía tiempo para saber si ese oficio de pintar paredes le gustaba. Entonces sonaba mucho la canción de Los Mismos: «Voy a pintar / las paredes con tu nombre mi amor / para que sepas que te quiero de verdad. / Tus ojos son / como un cielo todo azul, todo amor». Y aunque no eran azules los ojos de la chica que lo había mirado la otra noche en el cine de verano, después de esa mirada el cielo sí era inmensamente azul.

Mirando aquel azul intenso todavía se acordaba de aquel otro azul, que mutaba a verde con los rayos del sol. Aquella primera vez, aquella vez en la que había visto el mar no se olvidaba tan fácilmente y especialmente los preparativos para aquel viaje. La playa estaba a unos 50 kilómetros de su casa. Un vecino organizaba la excursión, vendía los boletos casa por casa, y cuando completaba el número de asientos, alquilaba uno de aquellos autobuses que corría mucho más que una tortuga. Aquellos viajes eran una auténtica aventura, el motor siempre se calentaba o pinchaba una rueda. La excursión comenzaba a las seis de la mañana, tras más de tres horas, con parada incluida en alguna venta, al llegar se ocupaba la primera línea de la playa y se instalaba unos viejos toldos con aquellos herrumbrosos hierros. Y ahí, a la sombra, se quedaban anclados los ancianos. Alquilaban en el balneario un pequeño cuarto para dos y se cambiaban de ropa veintiocho. Y ahí estaba ese Mar Menor, de aguas tranquilas. Y entraba metros y metros y el agua apenas le llegaba al ombligo. Miraba hacia atrás y el mundo de los humanos aún estaba allí. Se chapuzaba. Miraba el mar y sentía un fulgor de felicidad. Como la mayoría de los vecinos, cuando llegaba la hora de comer, intercambiaban las porciones de comidas que llevaban en las fiambreras: pollo al ajillo, conejo frito con tomate, tortilla de patatas y un poco siempre de jamón. Después de los primeros baños llegaban las quemaduras en la piel y las noches insoportables de dolor, con aquel olor a vinagre, que se utilizaba para mitigar la sensación de quemazón. Claro que luego, al regreso, el viaje era muy alegre, a pesar del cansancio, el calor y aquellas partículas de sal adherida al cuerpo que se pegaban a la camiseta. Entre chistes, risas colectivas y tragos y tragos de vino de aquella bota de cuero que corría de mano en mano, hasta que alguno alargaba el trago, ante la protesta irónica. Y llegaban las mismas canciones, una y otra vez: «Para ser conductor de primera, aceleeera, aceleeera. Para ser conductor de segunda, ten cuidado con las curvas. Para ser conductor de tercera, salte de la carretera». Más tragos de vino y de nuevo, la explosión coral: «Ahora que vamos despacio, vamos a contar mentiras, tralará. Por el mar corren las liebres, por el monte las sardinas, tralará».

Las estaciones pasaban tan rápidas que los trenes parecían que no pararan. Atrás quedaba esa primavera hermosa y elegante con aquella flor arrogante que despertaba su libido al compás de la fragancia y que por momentos se desbocaba hasta llegar al éxtasis. Hasta que llegó otro nuevo trabajo, otro nuevo oficio: ayudante de enlosador. Aquel joven se levantaba a las seis y durante toda la mañana y la tarde no paraba de subir sacos de 10 kilos de cemento y de arena, desde la calle hasta un cuarto piso sin ascensor. Preparaba la masa con el azadón y surtía de azulejos al enlosador. Cada vez que bajaba a la calle, por las tardes, miraba la cartelera del cine, situado junto a ese edificio. Después veía a una pareja risueña cogidos de la mano, se miraba los pantalones manchados de yeso, y soñaba con cambiar de oficio. Hasta que después de estar bajando y subiendo un tenaz tedio se apoderaba de su estado de ánimo. La vida no estaba en esa vida, estaba en aquellas vidas que se proyectaban en el cine. Abandonó después de no haber conseguido colocar ni una losa. No le dejaron probar. Muy pronto comenzó el cine de verano y una y otra noche había ido con Daniela. Aquella noche quiso pasar a la acción. En la pantalla, en la que siempre se podía ver alguna que otra salamanquesa, se proyectaba la película *Peppermint Frappé* de Carlos Saura, en la que sonaba la canción con el mismo título del grupo Los Canarios, mientras trataba de seguir el argumento y se perdía. A mitad de la proyección una especie de zozobra le inquietó y trató de poner su acción en marcha. Aspiraba el intenso olor de los jazmines. Su hombro comenzó a rozar el de Daniela en sucesivos intervalos, hasta que definitivamente los unió, en un tiempo que pasaba muy lento, y empezó a sentir un calor desconocido; minutos después, se cruzó de brazos y puso sus dedos sobre aquel brazo, a la altura de la axila; más tarde, sus dedos se deslizaron con mucha parsimonia como si fueran los de un pianista. El tiempo se detenía. Miraba muy concentrado hacia la pantalla y, con el rabillo del ojo, observaba si los otros lo estaban observando. Su dedo índice iba mucho más rápido que su pensamiento, su dedo acababa de independizarse y ya no le pertenecía. Sin embargo, su glorioso dedo en su alocado camino, apenas llegó al pezón, cuando estaba saboreando el sabor, se quedaba con la miel en los labios. De repente, se encontraba con la palabra «fin» en la pantalla y se encendían las luces. Él no se podía levantar para no levantar sospechas. Daniela se tenía que marchar y le indicaba que era mejor que no la acompañara. La segunda película era una de romanos y él, mientras miraba las estrellas, se sentía como un triunfante gladiador.

Sus primos habían emigrado a Barcelona y ya llevaban dos años en esa ciudad con la que él de vez en cuando soñaba. Le invitaron a visitarla. Y ahí comenzó la gran odisea. Aquella ciudad de la que tanto había oído hablar comenzaba a ser su particular Ítaca. Durante ese año 1969 mucho estaban cambiando las cosas. Aún recordaba que la única televisión de la barriada estaba en el Centro Social y que el último partido entre el Barça y el Real Madrid televisado había sido épico, entre más de 100 vecinos sentados en las pocas sillas de maderas, unos pocos, y otros en varias filas de pie, entre cervezas y pasteles de carne. La mayoría eran seguidores del Madrid. Entre gritos a favor y en contra, al final, siempre se montaba una tángana entre los más aguerridos y alguna que otra botella sobrevolaba sobre las cabezas. Ahora en su casa ya tenía un televisor marca Iberia que pagarían a plazos en cincuenta meses. La televisión competía con la radio y su padre siempre decía que gastaban mucha luz. Aquel mes de julio todo el mundo hablaba de la llegada del hombre a la Luna en el famoso Apolo 11 hasta que llegó la famosa noche del 16. Su padre que se levantaba muy temprano y no le gustaba que la televisión se enchufara cuando llegaba la hora de dormir. Aquella noche él se levantó y, a oscuras, conectó, sin voz, la televisión y se quedó atónito, con un nudo en la garganta, al ver cómo aquel hombre andaba por la Luna como si estuviera borracho. Una extraña y misteriosa alegría que no podía compartir con nadie se apoderó de él. Se acostó y abrió la ventana, miró a la luna, allí estaba luminosa y blanca y soñó que andaba sobre ella. Ya no quería soñar con aquella chica a la que le había escrito una carta y lo había recriminado porque tenía faltas de ortografía. Ahora soñaba con Isabel y María y Elena y, como por entonces se decía, la picha se le hacía un lío. Ya llevaban varias semanas preparando el viaje a Barcelona. Y llegó el momento del gran viaje. El tren salía a las once de la noche y ya estaba ahí en la estación a las nueve. Desde luego que a su padre no se le iba a escapar el tren. El viaje también tenía el aliciente de los especiales bocadillos de lomo y jamón, huevos cocidos y plátanos, que se preparaban para el largo viaje. El tren llegaba a las 5 de la tarde, mientras, intentaban dormir en aquellos bancos de madera de tercera categoría que se clavaban en el cuerpo. Amanecía y cantaban algunos petirrojos y alguna que otra gallina que llevaban camufladas en jaulas, como si fueran paquetes. Comenzaba el calor y se abrían las ventanas, de vez en cuando se asomaba hasta que le entraba carbonilla de la locomotora en los ojos, que echaba humo como si estuviera herida. Llegaba la hora de la comida. La amistad con los que compartían el compartimento se iba acrecentando en esas charlas interminables, durante horas y, al llegar la hora de abrir las fiambreras, el protocolo de la costumbre se iniciaba con aquella frase de cortesía: «¿Si gustan? ¿Quieren probar un trozo?». Y el vagón se llenaba del denso olor de los chorizos o de las patatas al ajillo. Mientras tanto aquel jovencito ya le había echado una vista a una jovencita granaína. Se miraban una y otra vez, sonreían, pero no se atrevían a intercambiar palabra alguna. Y en su mente sonaba aquella canción, *O tren*, de Andrés do Barro, que tantas emociones le despertaba; o esa otra de Micky y los Tonis, con la que tanto se reía: «En el tren que yo tomé había una vieja / que llevaba una gallina en una cesta / con su po, po, po, po, po». Y ciertamente, la encantadora vieja era la abuela de aquella jovencita.

El viaje lento, lento, lento seguía su curso. De vez en cuando se veía el mar y, al llegar a Tortosa, se oían las voces: «El río, el río Ebro. Vamos a cruzar el río». Otras voces antes ya habían avisado: «Llegamos a Alicante, después a Valencia, Castellón y Tarragona». Sin embargo, ya en su mente solo comenzaba a resonar: «Barcelona, Barcelona». Muchas veces se había imaginado cómo podría ser Barcelona. Y ahí estaba el mar, ahí aparecían las playas de Sitges y Castedefell y aquello parecía otro mundo. A lo lejos, en la playa, había visto a una chica con las tetas al aire. Llegaba a la estación de Francia. Nunca había visto tantos trenes y tanta gente de un lado a otro. Su padre se echaba mano a la cartera, por si acaso, ya iba advertido sobre los diligentes carteristas. En la puerta una gran fila de taxis, con los colores negros y amarillos, esperaban en fila. Subían al taxi y al bajar la ventanilla sentía un aire festivo, después de llegar a una plaza circular allí estaba la plaza de toros. Y el taxista que era sevillano hablaba y hablaba y reía, mientras tomaba el camino por la Avenida Meridiana para llegar hasta Moncada y Reixach, que estaba a unos doce kilómetros del centro urbano. Sus primos vivían en una vieja torre, con un trozo de huerto, en la ladera de la montaña. Desde ahí veía los trenes que iban a Francia. En ese viaje iniciático en el que se encontraba, todo era nuevo y muchas veces distinto. Los sábados jugaba con su primo al futbolín y ahí la defensa tenía tres jugadores y él estaba acostumbrado a jugar con dos. Su prima le encargaba que fuera a la tienda a comprar habichuelas y garbanzos y la señora le decía: «Ah, sí, noi, fesols y cingrons». Y después de darle medio kilo le sonreía y volvía a repetirle los fesols y los cingrons. Su primo tenía un gran picú y le gustaban mucho Los Mustang y ahí escuchaba una y otra vez esas canciones: *La Carta* y *Los dos tan felices*, y tarareaba: «No dejó de pensar en ti. / Y quiero al despertar sentir tu corazón. / Qué hermoso debe ser vivir una pasión». Y verdadera pasión sentía él soñando en la terraza de la casa, donde no lo podían ver fumando aquellos cigarrillos ingleses, que se vendían de contrabando en La Barceloneta, que se le subían a la cabeza. Y no podía dejar de cantar ese tema de Los Mustang que había escuchado ya diez veces: «Jóvenes, éramos tan jóvenes. / Soñaba yo, y soñabas tú. / Y fue la verdadera razón / de mi vida, nuestros sueños, sueños sin temor».

Barcelona era mucha Barcelona para aquel joven ávido de conocer mundo. Barcelona era otro mundo. De pronto comparaba su calle oscura y sin asfaltar con aquellos enormes edificios de la plaza de Cataluña, con aquellos luminosos de neón intermitentes y lo llevaban a otro mundo, al de la pantalla del cine con aquellas películas americanas de policías y gánsteres. De pronto descubría aquel otro mundo de gentes que corrían de un lado a otro por los pasadizos del subterráneo. Ahí estaba el Metro. Barcelona era mucha Barcelona para aquel chico de provincias. Ahí estaba descubriendo cosas y artilugios que nunca había visto. Bajaba todas las mañanas desde Moncada-Bifurcación hasta el barrio de San Andrés y ahí tomaba el metro hacia la plaza de Cataluña. Le encantaba cambiar de líneas y andar por ese inframundo en el que la gente más que pasear corría y más que sonreír fruncía el ceño, en el espeso silencio que a veces se rompía con las risas de un par de andaluces o con aquel grupo de jóvenes que se reían mirando la bragueta abierta de un viejo que parecía estar en Babia. Después de Urquinaona, ahí estaba El Corte Inglés y ahí estaban las escaleras mecánicas que había visto por primera vez y subía a una planta, subía a otra, hasta que llegaba a la última en la que estaba el restaurante. Al salir le pedían la cartulina y lo retenían. No había tomado nada, confesaba una y otra vez que no había consumido. No sin antes recriminarle su acción, le dejaban marchar. Sin embargo, en la planta baja, en la sección de música, ahí estaba aquella dependienta guapa y perfumada, que, con una sonrisa pícara y un leve movimiento de cabeza de asentimiento, le volvía a poner aquellos discos de los Beatles y los Bravos, que escuchaba sin cesar con los auriculares. Elevaba el

volumen y cantaba: «Quiero una motocicleta /
que me sirva pa´ correr/ y quiero una camiseta /
que tenga el número 100 / y hacer: ¡uh, uh!». En
esos instantes veía que alguna gente se paraba
ante él y se reían, mientras la dependienta le
indicaba que su voz se oía muy fuerte. ¡Cuánta
felicidad le daba aquella chica por tan poco dinero! ¡Sí, Barcelona era otro mundo! Al menos
otro diferente al que hasta ahora había conocido. También los domingos aquí eran distintos y
más festivos. Con su padre y sus dos primos bajaba a la Barceloneta y ahí, junto a una galería
comercial, vendían tabaco rubio de contrabando,
al tanto que unos señores muy serios, que siempre miraban con un tic nervioso, para un lado y
para otro; de pronto, se levantaban la manga de
la chaqueta y aparecía un brazo lleno de relojes
de marca, que ofrecían a bajo precio. Después se
dirigían a los Encantes, un gran mercado en el
que se podía encontrar de todo, miles y miles de
objetos de segunda mano. La mañana se completaba con unos pollos asados, unas ensaladas
magníficas, con vino y gaseosa y unos exquisitos postres. Para acabar la jornada dominguera,
por la tarde, asistía en un cine de Moncada a
una actuación de teatro de variedades. Su primo que era muy corpulento, con rostro serio, lo
cogía del hombro y se encaraba con el portero y
le decía: «¡Oiga, si yo le digo que el chico tiene
18 años es que los tiene!» Y el chico que tenía 16
pero que aparentaba 18 se sentía muy orgullo-
so y levantaba el mentón. El espectáculo que se

anunciaba era realmente un gran espectáculo. Y sus ojos se iban abriendo como los de un sapo, mientras miraba a las chicas desnudas de cintura para arriba, con aquellas esbeltas piernas, y una especie de diamante en el lugar en el que se perdían las ingles, que refulgía; aquellas chicas de labios rojos que bailaban, sonreían y que le miraban como si lo conocieran de toda la vida, y la gente alegre, reía, reía y reía.

El Dúo Dinámico cantaba: «El final del verano / llegó... / y tú partirás». Y el final de aquel mundo nuevo también se terminaba. Aún le quedaba una sorpresa: conocer el famoso «sábado, sabadete». Y su primo se encontraba con un paisano de Águilas y un andaluz de Sevilla, que no paraba de contar chistes. Lo llevaban al famoso barrio chino. Por aquellas calles circulaban de una esquina a otra una pareja de policías vestidos de gris, y algún que otra secreta de bigotito, que de vez en cuando corrían a la caza de algún carterista y la gente se refugiaba en los bares, antes de que les pidieran el carné de identidad. Mientras los tres negociaban con una chica aragonesa lo que valía el servicio y la cama, uno de ellos lo acompañaba, entretanto. La espera no se hacía larga. Por aquellas concurridas calles transitaban unos personajes muy pintorescos. Lo que más le sorprendía era un tipo larguirucho con un sombrero de copa muy grande y con un delantal que tiraba de un carro «pero no, no llevaba helados», servía unos perritos calientes con tomate y mostaza, que él había visto en las películas americanas. Aún se acordaba de que la noche anterior su primo, antes de entrar al cine, le había advertido que si iba al váter a miccionar tenía que llevar mucho cuidado. Y, efectivamente, ahí estaba él mirando el chorro que caía sobre el urinario, mientras un tipo, con mucho disimulo, se iba acercando sigilosamente de urinario en urinario, hasta que miraba por encima. El chorro se le cortaba y salía a toda prisa. Se lo contaba a su primo, dejaban de ver la película para ir hasta el excusado con la intención de partirle la cara al tipo, que ya se había pirado. Aquel tipo de la calle, con su carrito iluminado, seguía vociferando su mercancía, también bajo mano vendían condones, y tenía las mejores patatas fritas que él había probado hasta ahora. Cuando regresara, cómo iba a contarle a sus amigos lo que eran los perritos calientes, si ellos nunca los habían visto.

Regresaba a Murcia, esa ciudad que dormía y dormía en la quietud del tiempo, tan tranquila que resultaba aburrida y soporífera. De una manera y otra trataba de contar la historia de los perritos calientes y ninguno de sus amigos entendía la historia. Cierto que aquí no se ataban los perros con longanizas, y que las salchichas con otra textura se vendían por doquier. Sin embargo, aquellos perritos calientes eran otra cosa. Y regresaba a la tarea de buscar trabajo. Después de unos meses se colocaba en una fábrica de hilaturas con más de cien trabajadores, la mayoría mujeres, y aquellas jornadas que comenzaban a las seis de la mañana y terminaban a las dos de la tarde le resultaban tediosas, entre aquellos enormes telares, que ovillaban lana y seda, con aquel ensordecedor ruido de las máquinas que resoplaban en aquellas enormes naves, en las que se sentía diminuto. Su tarea consistía en recorrer el enorme telar de un lado a otro y volver a enhebrar los hilos que se soltaban. Para distraer aquella monótona tarea se entretenía observando la belleza de las mujeres y sus formas, entre rubias, morenas, bajitas, flacas o gorditas. Las chicas no reparaban en él y a veces en sus conversaciones y en sus movimientos veía cosas que por la noche le daban en qué pensar. Y así pasaban los días, las semanas y, después de tres meses, de nuevo se cruzaba la música en su camino: unos amigos querían formar un conjunto musical y contaban con él. Y una mañana sin saber por qué dejaba a aquellas Penélopes que no cesaban de tejer un día y otro y otro y otro. Y volvía a mirar a las musarañas y a los bolsillos agujereados por los que se colaban las pesetas que no tenía. Y soñaba con la música. El padre de su amigo Carmelo regentaba un bar en el Centro Social, y le había comprado un equipo de música «¡uf, qué maravilla, cómo sonaban aquellos altavoces en estéreo!». A la hora en la que el padre estaba en el bar, se encerraban en su casa, bajaban todas las persianas, encendían una vela, y se tomaban unos sorbitos de coñac y escuchaban una y otra vez aquella canción: *Papa Was A Rollin'Stones* de The Temptatitons.

Hasta que, de pronto, Carmelo se acordaba de que su padre estaba a punto de cerrar el bar. Carmelo era un chaval con gafitas muy aplicado que en esos momentos estudiaba 4.º de Bachiller, y de pronto cayeron en sus manos unos libros de Antonio Machado y de Federico García Lorca. Aquellos poemas que leía cuando llegaba al final, los volvía a empezar y le despertaban unas extrañas sensaciones. Pensaba y reflexionaba y les daba vueltas y vueltas a las palabras, a aquellas palabras que pronunciaba en alta voz por vez primera. El sueño de la poesía muy pronto se difuminaba. Aún no tenía oficio y el próximo lunes comenzaba a trabajar en un taller mecánico especializado en reparar las ballestas de los camiones. Y bajo aquellos enormes gatos, se encontraba revisando aquellos enormes Pegasos y Barreiros, y se sentía muy desangelado enroscando y desenroscando tuercas y las manos se le llenaban de grasa que después se le incrustaba en las uñas y tardaba en desaparecer. Después de unas semanas comprobaba que ahí su tarea era la misma y que no aprendía nada, llegando a la conclusión de que aquel no era su oficio. De nuevo se refugiaba en aquellos programas de radio y revistas musicales, por las que seguía las novedades musicales de aquellos discos que no podía comprar. Y leía los libros que caían en sus manos, de manera desordenada, lo mismo leía un libro de ciencia que no llegaba a entender, que una revista de selecciones del *Readers Digest,* o uno de Historia, que no quería entender.

Los inviernos transcurrían lentos y el único lugar para divertirse era el cine, que solo funcionaba sábados y domingos. En aquella sala se nutría de un cúmulo de sensaciones, de miradas de las chicas, que durante la semana trataba de descifrar. Todo eran enigmáticas miradas y sueños inquietantes. Todos los chicos de la pandilla hablaban lascivamente de mujeres, pero ninguno había estado a solas con una mujer como realmente soñaban que querían estar. Y la pandilla buscaba enemigos y los encontraba en el pueblo de al lado y se citaban para demostrar quiénes eran más fuertes y más valientes. El cuartel general para planificar aquellas batallas era un salón de futbolines. Ahí también se jugaban el honor, entre ellos, compitiendo por parejas al futbolín en aquellos campeonatos improvisados, que reunían a otras pandillas del barrio. Esas partidas y unos cigarrillos que pasaban de mano en mano, y las otras partidas en aquellas rutinarias máquinas del millón, eran su mundo y el modo de pasar el tiempo. Los inviernos eran largos, pero la medida del tiempo para ellos no existía, aquella pandilla solo vivía el momento. El futuro era una cosa muy difusa, eran jóvenes y no pensaban en dejar de serlo. La vida seguía.

¿Qué era la vida? Gabriel García Márquez ya había escrito que «la vida no es la que uno vivió, sino la que uno recuerda y cómo la recuerda para contarla». Y ahí estaba él tratando de contarla, desde el momento que había preferido hacerlo.

En ese salón de los espejos, a veces translucidos y otros opacos, al azar caprichosamente aparecían o se difuminaban las imágenes de lo vívido; de pronto se encadenaban hechos que rompían la narración lineal y se convertían en circular. Y ahí recordaba esos momentos de querer inventar artilugios que no servían para nada, por ejemplo, compraba goma, recortaba las viñetas de un tebeo y formaba una tira que iba uniendo, que pegaba a un palo redondo, y a través de dos agujeros los introducía en una caja de zapatos vacía, le incorporaba una manivela y después de ponerle una pequeña bombilla, cerraba la ventana y trataba de proyectar en la pared de la habitación aquella cinta de viñetas como si fuera una película. Mucho más práctico resultaba la gestión de una especie de teatro en su casa. Se inventaba unos gags o contaba una pequeña historieta. Elegía a los actores entre los amigos, alguno de ellos hacía de portero antes de empezar la función, que anunciaba en la puerta de su casa; y hasta trataba de copiar un número de trapecio que había visto en el circo, en una especie de vigas de madera que tenía en el patio, del que colgaban unas parras que daban unas uvas dulces. Al final los críos entraban y pagaban. La función tenía dos pases. Después repartía la calderilla entre los actores y se quedaba con la mayor parte y su hermana menor siempre protestaba porque tenía que pagar la entrada.

La memoria siempre selectiva de nuevo lo llevaba a la dura realidad. Una vez más sin trabajo y sin un duro. Buscaba y buscaba, pero era como encontrar una aguja en un pajar, el trabajo escaseaba tanto entonces como el buen jamón en la casa de los pobres. Y de nuevo se le presentaba la oportunidad de volver a Barcelona, en esta ocasión con su tía. Se preparaba para el gran momento y le indicaba a su madre que tenía la intención de buscar trabajo y quedarse allí y su madre se desolaba. Aquel viaje de más de diecisiete horas en el tren siempre era una nueva aventura, desde las once de la noche hasta la una de la tarde del día siguiente; él recorría los vagones, curioseando, buscando amigos o mirando a las jovencitas con la intención de iniciar conversación; con su tía tenía más facilidad para moverse a sus anchas por el tren, aunque siempre acababa por sacarla de sus casillas. Una hora antes de la llegada a la estación, la gente se revolucionaba bajando los bultos y los pasillos se llenaban de gentes que iban de un lado a otro. Hasta que llegaba el momento triunfal de la entrada de la locomotora que pitaba una y otra vez, mientras por las ventanas los viajeros asomaban las cabezas y al llegar al andén agitaban los brazos: «¡Antonio, que estamos aquí! ¡Pepe, mira a la derecha, Pepe aquí está la abuela!». Si aquel primer viaje había sido de asombro, de pasmo ante la monumental ciudad, el segundo era de acción y de integración en el ritmo social de aquella sociedad dinámica. Muy cerca de la casa de sus primos, en un cruce de carreteras que iban para Sardayola del Vallés, Ripollel y Sabadell, se había instalado un puesto de la Cruz Roja, y unos mecánicos realizaban gratis una campaña de la revisión de las luces de los coches. Y ahí se acercaba cada tarde hasta que le propusieron integrarse en el equipo, mientras ellos revisaban las luces, su misión consistía en limpiarle los cristales. A la semana siguiente ya se estaba ganando un buen jornal con las propinas que le daban. Su prima se sorprendía de su astucia. Por las mañanas, en uno de los bares de la plaza del pueblo, miraba todas las mañanas los anuncios de ofertas y demandas de trabajo en *La Vanguardia*, en aquel periódico que le parecía enorme por su tamaño y grosor. Por allí pasaba todos los días un vendedor cordobés de lotería y cupones de una rifa semanal, un tal Carmelo, con sus disparatadas historias truculentas que se inventaba y que cada vez contaba de manera diferente, ante las risas cómplices de sus más conspicuos parroquianos. Aquella mañana al cambiar su itinerario habitual había descubierto por casualidad, unas calles más abajo, unas guitarras eléctricas que sonaban. Aquellos jóvenes que ensayaban estaban imitando a los Lone Star, en esos momentos cantaban chapurreando el inglés el tema *My Sweet Marlene*, realizando versiones de grupos extranjeros y lo invitaban a asistir a esos experimentos. ¡Qué más se podía pedir! ¡Estaba en la salsa que más le gustaba! Y si la sorpresa de la pasada semana había superado su expectativa, la que le esperaba el próximo sábado era de órdago. La primera sorpresa tenía como escenario la piscina de Santa Coloma de Gramanet, por su grandiosidad; esa misma noche, junto a la piscina, asistía a un concierto de Los Sirex, con su primo, y disfrutaba con aquellas canciones que tanto había escuchado y cantado: «Si yo tuviera una escoba / si yo tuviera una escoba / cuantas cosas barrería». O aquella otra que tanta gracia le hacía: «Que se mueran los feos, que se mueran los feos / que no quede ninguno, ninguno de feos / pues le quitan las chicas, que tienen mucha vista / nadie sabe que tienen un arte especial para las conquistas». La sorpresa del siguiente sábado tenía lugar en Sabadell: en aquel recinto actuaba en primer lugar Dyango con sus canciones románticas y en el centro de la pista numerosas parejas bailaban canciones lentas, lentas, entre achuchones tórridos. Al anochecer llegaba el plato fuerte de la gran velada. El escenario se transformaba y ahí estaban aquellos melenudos con aquellos pantalones acampanados, con su ritmo trepidante y sus versiones de los Rolling Stones, con sus canciones que tanto había oído en el tocadiscos de su primo, cada mañana. Y cantaba con Los Salvajes: «Mi bigote es colosal / al estilo oriental. / Hasta Atila lo llevó. / Hoy también lo llevo yo», cantaba, gritaba llegando al éxtasis. Y encima si metía las manos en los bolsillos tocaba las monedas que tintineaban. Sí, aquello era vida y podía decir que la pela era la pela y eso que tantas veces había escuchado: «Barcelona es bona si la bossa sona».

Desde lo alto de aquella ladera en la que todas las tardes podía ver cómo pasaban los trenes que iban a Francia, le gustaba contemplar los atardeceres que podía disfrutar hasta que la mirada llegaba al infinito, hasta que se perdía en aquellas otras laderas que estaban al otro lado del río, y se extasiaba con aquellas nubes rosas, azules que, de pronto, se mezclaban en una explosión de rojos. Y soñaba mientras los trenes se perdían en la lontananza, con ir a Francia. Aquella moderna locomotora azul oscuro que iba a Francia ni qué decir que en nada se parecía a las que iban a Murcia. El tiempo pasaba veloz, muy pronto tendría que tomar una determinación. Miraba cada día el periódico, pero todas las demandas de trabajo eran para mayores de 18 años. Ahora que se sentía más identificado que nunca con ese modo de vivir, con esa vibrante ciudad, se tenía que marchar. Regresaba a Murcia y el viaje de vuelta tenía un sabor melancólico. Y ahí estaba la Catedral como si el tiempo no pasara. La que más feliz se sentía era su madre, que ya había pensado que lo podía perder. Su madre lo esperaba a lo grande con una gran sorpresa. Al llegar y entrar en su habitación se encontraba con un paquete; lo desenvolvía y de pronto se encontraba con ese objeto con el que tanto había soñado: ahí sobre la cama estaba el tocadiscos, que funcionaba con corriente eléctrica y con pilas, con dos discos, uno de Adriano Celentano con esa canción: «Rezaré, por ti que me diste tu amor. / Y por ti, mi dolor, rezaré. / Yo no sé por qué tu querer fue mi cruz. / Y la luz de un altar te brindé». Y el otro disco de Miguel Ríos con ese tema que tanto canturreaba: «Yo recuerdo aquel día que nos fuimos a bañar / aquel agua tan fría / y tu forma de nadar / en el río aquel / tú yo y el amor/ que nació de los dos». Para comprar aquel aparato su madre después de dar un adelanto había firmado veinticinco letras, para pagar aquella cantidad a plazos.

En aquel otoño algo comenzaba a cambiar en su barrio, habían llegado unos curas diferentes a la parroquia, y uno era obrero de profesión fontanero y, en torno a los salones del centro, se reunían un grupo de chavales y chavalas que decían que eran de la Juventud Obrera Católica (JOC). Sin embargo, en esas reuniones apenas se hablaba de Dios y cuando aparecía en la conversación lo hacía en la figura de Jesucristo, entonces Jesús era un trabajador que tomaba conciencia de la explotación de los trabajadores. Y él ya tenía conciencia de pertenecer a esa clase. En aquellas reuniones se hablaba mucho de la dinámica de grupos, de los conceptos de pedagogía en libertad de Paulo Freire, de la historia del movimiento obrero y de los sindicatos que estaban prohibidos. De los diversos grupos temáticos él se había integrado en el de teatro y entre las diversas obras para preparar una función eligieron *El concierto de san Ovidio* de Antonio Buero Vallejo y *La buena Persona de Sezuan* de Bertolt Brecht. Aquella obra de

Brecht cargada de ironía y humor que metía la llaga en la sociedad capitalista y que planteaba muchas preguntas le daba en qué pensar. Al final no se llegaba a representar, pero durante los meses de ensayo había disfrutado leyendo en voz alta, tratando de meterse en las situaciones y en la piel de aquellos personajes, se había sentido otro en aquella intrigante otredad. Entre aquellas lecturas de pronto cayó en sus manos la novela *La Madre* de Máximo Gorki y aquel libro le entraba directamente al corazón, le podía gustar más o menos el estilo realista, pero aquella historia le conmovía con aquellos desgarrados personajes: la madre Pelagia a la que maltrataba su marido borracho, ya conocía varios casos reales, mientras su hijo Pavel comienza a trabajar en una fábrica y toma conciencia de las injusticias, de las subidas de los impuestos del Estado y de los míseros salarios. Pavel comenzará a reivindicar los derechos de los trabajadores, a repartir folletos y acabará en la cárcel. Aquel camino que Pavel había realizado era el que él se proponía recorrer. Aquel libro también lo acababa de leer la chica que entonces le gustaba y eso eran palabras mayores.

En aquella literatura, en aquellas vidas, su vida pasaba muy rápido y de pronto volvía a la dura realidad. Volvía a conseguir un nuevo puesto de trabajo como dependiente de los Almacenes El Siglo y, después de pasar la prueba de abrir cajas y de montar los brazos de las lámparas con sus tulipas, pasaba a vender. Las mañanas se presentaban tranquilas, casi siempre almorzaba un pastel de carne de El Horno de La Fuensanta y por el hilo musical sonaba repetidas veces la canción *Eloise* de Barry Ryan, aquel tema tenía el efecto de sumirlo en un sueño romántico, tanto que no atendía a lo que estaba haciendo. Por las tardes solían bajar de los pueblos y de la huerta a comprar el ajuar, madres e hijas, en aquel popular almacén. Ya llevaba varios meses y empezaba a tener una cierta psicología sobre las personas que tenía delante y sabía qué ofrecerles, qué tipo de vajillas, si de 30, 32 o 36 piezas. Sacaba la vajilla de la caja y la colocaba en la mesa, sin prisa, y volvía a colocar otra y otra. Después de pensar que nunca podría vender, vendía con mucha facilidad. Todo marchaba muy bien. Hasta que una tarde dejó de ir, se marchó con sus amigos a un ensayo, que siempre acababa en los billares, entre cortinas de humo, a la espera de que llegaran aquellos chicos que tenían duros, que les gustaba presumir y se lo gastaban en las máquinas de discos. Al día siguiente tampoco fue y al siguiente quería ir, pero pensaba que su jefe lo iba a despedir. Al tercer día, por la tarde, un coche paró frente a su casa. Llamaron a la puerta y era su jefe. Lo recibió su madre, mientras él escuchaba escondido tras la cortina del pasillo. Su jefe le decía a su madre que no tenía ningún tipo de queja, que era muy buena persona, que se había adaptado y que era muy aplicado y un buen vendedor, que no pasaba nada, que volviera y que le pagaría los tres días. Sin embargo, nunca fue. Otra vez la música se cruzaba en su camino y lo volvía a desviar por la cara oculta del sendero.

Y se enfrascaba en la tarea de conseguir instrumentos sin tener un duro. Entre aquellos jóvenes que estaban abducidos por la música, unos a otros se buscaban y muy pronto le compraron una batería de segunda mano, que estaba muy cascada, al grupo Los Grillos. Y visitaron una tienda de instrumentos musicales de Alicante que se llamaba Salvat, que daba facilidades. La primera visita fue en el taxi del hermano de su cuñado y al final se le pagó mal y a destiempo. El segundo viaje lo hicieron en Autostop, una mañana calurosa de verano, después de estar en la carretera de Alicante más de dos horas, los llevaron hasta Santomera. De Santomera hasta Orihuela caminaron, más de diez kilómetros, bajo un sol abrasador Al borde de un golpe de calor, una señora de una de las casas, junto a la carretera, les ofreció agua fresca, unos melocotones y unos higos que supuso un auténtico festín. Y regresaron a Murcia derrotados. No se rendían y volvieron a la carga. Con otro amigo visitó al que había sido su maestro don Pedro para que le avalaran unas letras, don Pedro con buenas palabras los disuadió y al final su madre fue la que tuvo que avalar unas letras para comprar en aquella tienda de Alicante un par de guitarras eléctricas y una batería. Cuando su padre se iba a trabajar por las tardes, ensayaban en su patio dejando sordos a los gatos que asistían atónitos. Al final aquellos instrumentos después de no poder pagarlos y de poner en aprietos a su santa madre, se tuvieron que entregar a la casa instrumental, después de una actuación memorable, pero eso se contará más tarde.

Aquel verano en el que soñaba con un mar azul y con los ojos marrones de aquella chica que le gustaba, se tiñó de rojo. Comenzaba la campaña del tomate en aquella industria conservera y ahí estaba en lo más alto en una pequeña torre, volcando sin parar cajas de tomates sobre una cinta transportadora. Aquel trabajo en cadena parecía una condena. Las cajas de unos 15 kilos no dejaban de subir y, al tener que volcarlas, sin poder parar, veía cómo cientos de miles de tomates bajaban, como si fuera un río, por la cinta transportadora en la que un grupo de mujeres los iba seleccionando antes de llegar al envasado, con un ruido infernal de la maquinaria y la algarabía de las alegres chicas que reían o cantaban para sortear las agotadoras jornadas de más de diez horas. Algunas chicas de la provincia de Albacete residían en unas habitaciones habilitadas junto a la fábrica, y los sábados en la noche los chicos las rondaban, desde la calle intercambiaban propuestas y ellas se dejaban ver por las ventanas. Las más atrevidas los domingos iban a la discoteca Sheilas, de Molina de Segura, que estaba de moda, y en las canciones lentas algunas jóvenes se arrimaban tanto que daban arritmia. Con una de aquellas chicas había bailado él, después de haber tomado un par de cubatas, y la pista de baile le daba tantas vueltas como aquella bola de cristales de la que salían destellos plateados, de azules y rojos, mientras Matt Monro cantaba: «Quizás no supe hablar cuando debí / hay algo en tu mirar que nunca vi, / silencio sin piedad en vez de amor ,/ mas cuando quise hablar alguien cantó. / Juntos bailando van alrededor, / mientras miraba yo frente a los dos, / sentí que alguien habló y era tu voz / cuando te acarició, alguien cantó».

Aquel verano fue el verano de los tomates, con los riñones reventados cada noche soñaba con una cinta trasportadora que llevaba tomates, tomates, tomates, y con la cara de aquel encargado que le chillaba cuando paraba para echarse un cigarrillo y la cinta se quedaba sin tomates. Aquel verano dejó de comer tomate en las ensaladas.

El círculo de amistades se ampliaba. En aquella localidad en la que vivía, a unos tres kilómetros de Murcia, mitad pueblo, mitad barriada, convivían los llamados ciudadanos de arriba y los de abajo, y ahí estaba él con los de arriba; los de abajo eran los pudientes: fabricantes, tenderos y clases medias. Por aquellas cosas del azar iniciaba amistad con un núcleo de jóvenes estudiantes de bachillerato, que estaban en los boys scouts y meses después acababa haciendo la promesa, eso sí, con una vestimenta muy especial, con la pañoleta, como única prenda; por lo demás vestía pantalones vaqueros negros cortos, un suéter de cuello vuelto Fred Perry y unas botas negras de militar. Aquellos boys scouts, que dirigían con gran eficacia los hermanos Alonso y Pepe, en nada se parecían a aquellos scouts bobalicones que retrataban las películas americanas. No, desde luego que no. Aquellas eran muy buenas gentes y los valores fundamentales que preconizaban eran el amor a la naturaleza, el respeto a los animales, la solidaridad entre el grupo y la ayuda al más débil, y hacer una buena acción diaria, era hacer una buena acción social. Su espíritu social crecía con aquellos amigos, con los que realizaba excursiones a parajes naturales. Por primera vez dormía al aire libre y sentía la libertad de estar rodeado de naturaleza; por primera vez tenía un fascinante cielo de estrellas por techo y se despertaba con un corro de alegres jilgueros que anunciaban la mañana.

En aquellos momentos la literatura seguía ahí, ya instalada en su vida. Las lecturas de los poetas iban en aumento y a los Machados y García Lorca, ahora se sumaban los clásicos: Lope de Vega, Góngora, Quevedo, Rubén Darío, pero había un poeta que lo tenía fascinado, un tal Miguel Hernández. De este poeta había hablado mucho en una excursión de la JOC, en un encuentro con otros jóvenes de la provincia que se había realizado junto al seminario de Orihuela, en el mismo lugar en el que el poeta en su juventud había pastoreado con sus cabras. Ahora con este grupo de nuevos amigos hablaba de filosofía y de la teoría de conjuntos: de uniones e intersecciones y ensimismado se quedaba con aquel misterioso concepto del conjunto vacío, que lo mismo era la nada, que a la vez estaba integrado en cualquier operación matemática. Con algunos de aquellos amigos conversaba sobre los filósofos griegos y latinos, que ellos estudiaban para pasar de sexto de bachiller al preuniversitario, y ahí sobresalía Aristóteles. Su amigo J.J. le había dicho que, a veces, cuando él hablaba se le parecía a Platón. Aquella comparación le parecía exagerada, aunque curiosamente no conocía cómo hablaba Platón o qué cosas había dicho. El mundo de las ideas desde hacía ya un tiempo giraba y giraba también en su pensar. Ahora tenía curiosidad por saber qué era el anarquismo, el comunismo, el socialismo, y leía los pocos libros que encontraba sobre estas materias que estaban prohibidas, en las últimas semanas había caído en sus manos un libro enorme de marxismo, que no dejaba de leer.

De un trabajo a otro iba dando bandazos, viviendo intensamente sin contar el tiempo, ajeno a su paso. El futuro estaba en las cosas de cada día y cada día significaba una nueva aventura. A esa altura de la vida no sabía qué quería ser en la vida. En la intensa vida de esos momentos, lo único que le interesaba era la música, la lectura, y las chicas, a las que miraba más de la cuenta, y que cada temporada cambiaban de nombre y de rostro. No podía recordar con precisión de qué manera contactaba con aquellos trabajos, pero ya tenía un nuevo empleo. Trabajaba con una señora viuda, funcionaria, que se había hecho de la cartera de clientes que tenía su difunto marido. Aquella imponente señora rubia, quizás de botella, tenía mucho carácter y una dulce y sonora voz. Su tarea consistía en estar en aquel despacho, atender el teléfono, anotar los pedidos y visitar las tiendas del centro de Murcia. Los objetos que se vendían en diversas mercerías, eran muy variados, desde botones de todo tipo, cremalleras, hasta peines o toallas. Todo marchaba bien, muy pronto se había adaptado a esas labores. Una vez a la semana salía de viaje por las localidades de la provincia: Lorca, Mula, Cieza, y la acompañaba para llevarle los muestrarios. En esos viajes se sentía cohibido, mientras hablaban de cosas banales. Esa señora le imponía. Tenía unas piernas bonitas y no podía dejar de mirarlas, especialmente cuando se dejaba ver el pespunte del elegante viso de las enaguas, mientras conducía. Aquella señora lo trataba como si fuera su hijo después de un tiempo, pero cuando pasó otro tiempo, ya lo miraba de otra manera, y le cambiaba la voz. Llegó el verano y una tarde calurosa algo raro pasó. Ahí estaba en la oficina, en la planta baja de la casa, y la señora bajó las escaleras y abrió la puerta. La señora vestía con una combinación negra de seda, se apoyó en el quicio de la puerta y le dijo: «Aún no ha llamado nadie. Bueno, si me necesitas para algo, estoy ahí arriba».

Aquella escena lo trastocó, tanto que por las noches no podía dejar de soñar despierto con esas imágenes. Casi tenía superado aquel episodio, cuando otra tarde de agosto, la señora bajó con una nueva combinación blanca, transparente, y se apoyó en la puerta con una sonrisa perturbadora. Ahí la señora seguía hablando de botones y de cremalleras y ahí seguía él con una excitación más física que espiritual. Y se azoraba, tanto se azoró, que al día siguiente no volvió a ir al trabajo. Otra vez estaba libre. Y sin trabajo. Aquella huida hacia delante, precipitada, aún le pesaba. Le gustaba ese trabajo. Y otra vez volvía a empezar de cero.

Mientras trataba de volver a encontrar trabajo preguntando por aquí y por allá, de nuevo, se reintegraba a ese grupo de amigos que los de su barriada llamaban «los de abajo», mientras tanto en ese curso las chicas del colegio de monjas estudiaban cuarto y reválida. Desde la cruz de los caídos que había en la plaza, con mucho disimulo, observaba la entrada y salida de aquellas chicas uniformadas con sus largas faldas. Sus amigos ya estaban en el sexto curso con la otra reválida y hablaban de Física, Matemáticas, y Químicas y aquellos símbolos y conceptos a él le sonaban a chino. Todo lo contrario ocurría cuando a la plática llegaba la Literatura o la Música o la Filosofía. En esas materias eran ellos los que se sentían descolocados. En esas charlas ellos tenían unos conocimientos didácticos aprendidos de memoria y, por lo contrario, él por su condición de autodidacta no estaba sometido a esquemas. Mientras ellos tenían que aprender y memorizar para aprobar esas asignaturas, él adquiría esos conocimientos por divertimento y por una necesidad vital, cada día quería saber más. Y en aquel curso llegó el tiempo del amor. De pronto con aquellas chicas, que también despertaban a la vida leyendo *El Diario de Ana Frank*, llegó el primer conato de aquello que llamaban *amor*. Por primera vez experimentaba el azoramiento en su cuerpo al ver a aquella chica sonreír, por la acera del frente. Sin embargo, en aquel tiempo detenido, aquella chica no le correspondía con la misma entrega. Comenzaron a organizarse los primeros guateques y aquello era una auténtica maravilla. No tenía que buscar a las chicas. Allí estaban las guapas y las feas. Sin embargo, curiosamente las chicas que a él le gustaban no iban a los bailes. Aquellos guateques eran una forma de desahogarse, una manera de sentir por primera vez, esa sensación de unir los cuerpos y de rozarse, una sensación que siempre se olvidaba y volvía a ser otra vez la primera. Aquellos bailes eran una lección de estrategia, y cada uno empleaba su táctica para intentar bailar con las que se pegaban, las otras solían ser más duras, con esa forma de parapetarse al colocar los codos frente al pecho, a veces algunas cedían cuando el disco ya estaba acabando. Ahí siempre estaban maquinando los que no solían bailar lentas, los tímidos y los acomplejados, para cambiar el ritmo de la música y pasar a las rápidas. A aquel jovencito que ya se había dejado el pelo un poco largo le daba igual, también disfrutaba bailando solo, o escuchando a los Ángeles que cantaban: «Todos los momentos que pasé junto a ti/ han pasado a ser recuerdos de cuando fui feliz. / Sé que tú quisieras empezar otra vez, / pero ya no es el momento de volver». Aquel joven enamoradizo ya no quería saber nada de aquella chica que no le había hecho caso. El gordo, al que llamaban pinchadiscos, tenía un buen gusto y en su momento exacto colocaba el microsurco y sonaba *In de guetto*, aquel tema que tanto le gustaba de Elvis Presley. Aquel guateque no estaba mal pero aún se acordaba de aquel baile con el *Hey Jude* de los Beatles que duraba más de 8 minutos, con aquella chica que lo excitaba con su cuerpo pegado, que comenzaba a temblar y se aferraba a él con mucha fuerza.

Aquellos guateques eran toda una iniciación, entre el machismo imperante y la represión sexual, nunca se pensaba en qué pensaban las chicas. Si se dejaban llevar y se pegaban en los bailes poco menos que eran unas frescas y si no lo permitían eran tachadas de estrechas y mojigatas. Por supuesto que las misas y la confesión para ellas eran obligatorias y ahí llegaba la culpabilidad. Ahí estaba el mundo, el demonio y la carne. Aquellos guateques eran la excusa exacta para sentir el calor de las mujeres. Entre las parejas, las caricias y los besos también escaseaban. Sin embargo, en aquellas pandillas, los guateques previos al verano aumentaban el deseo, llegaba el tiempo de la manga corta y los incipientes escotes, se alargaban los bailes y, al caer la noche con la luminosidad de la luna, apenas con la luz de un farol, en aquellas terrazas en las que siempre se olía a jazmín o a galán de noche, el ambiente se caldeaba con aquellas canciones sensuales de Sylvie Vartan, que cantaba: «*Ce soir, je serai la plus belle pour aller danser, danser. / Pour mieux évincer toutes celles que tu as aimées, aimées. / Ce soir je serai la plus tendre quand tu me diras, diras. / Tous les mots que je veux entendre murmurer par toi, par toi*». Y él se aferraba a aquella chica de Santiago de la Ribera que había ido al guateque, que se iría al día siguiente y que ya no vería. Y la voz de la Vartan le sonaba celestial: «*Ce soir, je serai la plus belle / pour aller danser / danser. / Pour mieux évincer toutes celles / que tu as aimées*».

Esos guateques ya formaban parte de un tiempo feliz que se almacenaba en la memoria. Aún recordaba su último trabajo en una aserrería en la que pasaba más de ocho horas y salía con un sonido de grillos en los oídos. Aunque el trabajo era bastante duro y monótono, no podía decir que no hubiera sido feliz, entre los compañeros, pero era otro tipo de felicidad, que tal vez consistía en el goce del dinero que cada sábado aportaba a la unidad familiar, ese tipo de felicidad no dejaba de ser material. Aún recordaba el olor de la madera, el aroma de aquellos chopos que primero se cortaban en la sierra y después se horneaban para volver a cortalos en tablas para hacer cajas para las frutas. En esa etapa, los domingos jugaba con el equipo de fútbol de su barrio y se levantaba a las siete de la mañana para entrenar en un campo que había detrás de la fábrica de cervezas Estrella de Levante, una hora antes de entrar al trabajo, y hasta había convencido a un compañero para que le hiciera de portero y poder lanzarle penaltis. Lo que más le molestaba de esos momentos era el hecho de tener solo una hora para comer, ya que no le permitía ver el programa de televisión *Escala en HI-FI* en la UHF, que presentaba Juan Erasmo Mochi, que después cantaría aquella canción, *Mami Panchita,* que decía: «Cuando sale a bailar / mami panchita / tu sonrisa no es igual, no es igual que las demás / porque tú eres especial». Solo podía ver el comienzo de ese programa y se iba muy malhumorado al trabajo. Lo que más le importaba en su vida era la música.

Volvía a aquel curso de cuarto y reválida y se iba a ver a las chicas cómo entraban por la tarde al colegio de monjas. A esa hora su padre bajaba por la carretera hacia Murcia y él se escondía, junto a aquella cruz, para que no lo viera. Después se sentía mal, pero muy pronto se le pasaba. Volvía una y otra vez a ese curso y allí estaba parapetado en aquella cruz, viendo cómo pasaba el tiempo y la vestimenta de aquellas jóvenes se iba aligerando y cada vez que veía pasar a su padre en su bicicleta, el mundo se le venía abajo. Ya llevaba un tiempo esquivando los encuentros con su progenitor. Esa bicicleta para su padre era como un Mercedes Benz. Algunos domingos se la había pedido para ir, juntos con unos amigos, a la pedanía de Los Garres, que se encontraba a unos diez kilómetros. No sabía precisar quién de sus amigos había conocido allí a una chica. Lo cierto era que aquellos domingos y aquellas excursiones eran especiales. Solían ir a la sesión de tarde del cine, con programa doble, tomaban algún refresco, flirteaban con las chicas, y los chicos del lugar se mosqueaban. En más de alguna ocasión habían estado a punto de llegar a los puños. Aquellas excursiones rompían la monotonía de ver siempre las mismas caras de las mismas chicas. Las fiestas de los pueblos de alrededores, también constituían otra estupenda excusa para salir del pequeño reducto. Y ahí estaba en las fiestas de Molina del Segura, un pueblo de industria conservera por entonces, que solía tener una excelente programación musical. Aquel año estaban triunfando Los Puntos que cantaban: «Dicen que es verdad / que su alma está / encantada por perder un día Granada / y que lloraba...», y a todas horas se escuchaba por la radio: «Cuando salga la luna / cuando salga voy a verte / no te quiero ver a oscuras / y si no es para quererte». Se había propuesto ver a ese grupo y para ir tomaba el autobús, no había convencido a ningún amigo. Se había divertido mucho y se sentía muy contento por haber podido hablar al final con los músicos. Lo peor llegaba a la hora de tener que volver, no encontraba a nadie que fuera para Murcia y tenía que tomar la determinación de ir en el famoso coche de San Fernando: «un ratico a pie, y otro andando». Ni en sueños tenía dinero para un taxi. La distancia hasta llegar a su casa era de más de ocho kilómetros, por una carretera poco iluminada. Aún llevaba la euforia de la actuación. Aunque era precavido, en esas ocasiones nunca sentía miedo. La caminata, a la luz de la luna, era muy agradable, de vez en cuando pasaba algún automóvil, y se entretenía pensando en aquella chica que le empezaba a gustar. Ya estaba a tres kilómetros de su casa y de pronto oyó un ruido, después unos ladridos, y de repente en el lateral de la carretera se plantaba ante él un perrazo que no paraba de ladrar mostrando las fauces. Le lanzó una piedra y retrocedió, pero el perrazo volvió a la carga y cada vez se acercaba más. Sin pensarlo, echó a correr. A unos cien metros había un tramo de carretera cuesta abajo, miraba una y otra vez para atrás y el perro seguía. No podía parar de correr y allá muy lejos, cuando paró, las piernas seguían en movimiento. De pronto, como si despertara de un sueño el perro ya no estaba allí.

Aquellas chicas en flor que seguía observando como un entomólogo especializado en mariposas, a la sombra de la cruz de los caídos, cuando salían del colegio de monjas paseaban como gacelas por la calle mayor, sin ningún tipo de prisa, mientras miraban de reojo buscando los ojos cómplices de aquellos chicos. Se miraban, pero nadie quería ser pillado en esa acción. Desde ese rincón, en el que se le clavaban el yugo y las flechas de aquel escudo de bronce, miraba a los diversos grupos, de tres o cuatro, que formaban las pandillas de las chicas. Durante ese curso ya había cambiado de chica en un par de ocasiones. Cada vez le llamaba más la atención una chica que solía salir una hora más tarde. No se solía relacionar con las otras y no iba a los guateques. Decían que era muy rara. Ya avanzado el curso, en dos o tres ocasiones, se había hecho el encontradizo y la había acompañado a casa. La chica que asistía en ese colegio a clases de piano le hablaba de música con palabras celestiales. Le comentaba que podía interpretar cualquier melodía al piano. Para propiciar ese acontecimiento él, ni corto ni perezoso, compró en la tienda de discos *Ritmo,* la partitura de aquella canción de Karina: «Buscando en el baúl de los recuerdos, uuuh, / cualquier tiempo pasado nos parece mejor. / Volver la vista atrás es bueno a veces, uuuh, / mirar hacia delante es vivir sin temor», que estaba de moda, tampoco tenían otra más moderna para elegir. O vaya usted a saber por qué eligió aquella. Aquella chica no era nada rara, aquella jovencita sencillamente era muy especial. Desde el primer momento surgió una amistad más afectiva que sensual. Una mañana de sábado lo invitó a desayunar a su casa y después de tocar aquella melodía de Karina, interpretó algunas piezas de

Chopin y unas canciones de los Beatles que le sorprendieron. Aquella chica, desde luego, era muy especial.

Durante ese curso. a la parroquia de abajo, la de San Pedro, también llegó un cura muy especial, que siendo conservador en la forma religiosa en el fondo social revolucionó el panorama. Se ganó la confianza de la señora del alcalde-pedáneo y en muy poco tiempo consiguió una estupenda casa, en un paraje alejado junto a las vías del tren, que bautizó como *Club Populi Pax*, que muy pronto amuebló con unos estupendos sillones de escay, con todo tipo de juegos, y un magnífico tocadiscos. Muy pronto los guateques de aquel lugar resultaron fantásticos, en los que los reyes del momento, los que más sonaban eran los Creedence Clearwater Revival, en aquellas sesiones de las tardes de los domingos, en las que cuando la luz natural se perdía, la luz de las bombillas se apagaba y se fundían los plomos. Aquel cura para convencer a los más pacatos parroquianos de aquella inversión se inventó la misa de la juventud de los sábados, en las que se cantaba mucho. Los coros de las chicas eran muy buenos. Aquel fin de curso era muy especial. Como ya estaba formando un nuevo grupo musical, le convencieron para que cantara de solista en el coro el gran tema de George Harrison, *My sweet lord*. Y ahí, junto al púlpito, se encontraba los sábados como una estrella, las chicas le hacían los coros, con mucha devoción «aleluya», y sus madres, a la salida de la misa, lo miraban entre el estupor y la sorpresa, le sonreían y lo felicitaban. Sin lugar a dudas, era su gran momento y para ponerle guindas al periodo dulce contrataban a su conjunto musical, como telonero para las fiestas patronales del pueblo. ¿Que qué nombre se le puso? Pues, The Harper's ¿Por qué? Pues porque uno de los componentes se iba a marchar a Inglaterra para estudiar inglés. Precisamente él que no tenía conocimiento de la lengua inglesa era el cantante. ¿Cómo sonaban aquellas canciones? Eso ya nunca se podrá saber. Y ahí se encontró en aquel escenario de madera, con aquellos focos que lo deslumbraban, cantando el famoso *Proud mary* de los Creedende Clearwater Revival: «*Left good job in the city. / Workin for the man ev´ry night and day*», y no se lo creía ni de día ni de noche, cuando miraba hacia abajo y veía a todas aquellas fans que le aplaudían. ¿Cómo pudo cantar el *Proud Mery* si no sabía inglés? Mucho más fácil lo tenía con los siguientes temas, el popular, que decía: «Porque no engraso los ejes / me llaman abandonao / si a mí me gusta que suenen/ pa´ que los voy a engrasar», a ritmo de rock o con aquella canción de Jeanette que estaba de moda: «Cállate niña, no llores más / tú sabes que mamá debía morir/ ella desde el cielo te cuidará/ cállate, niña, no llores más»; hasta llegar a esa canción de Los Pasos, con la que tanto se divertía: «Pip, pip, pid, pid, pi /Es mejor ver la vida como venga / y el amor hay que darlo a quien convenga / es muy fácil, si lo piensas / es muy fácil, si lo intentas». Y se sentía feliz con aquellos coros: «Pip, pid, pid, pi pi». Después de las fiestas, llegaba la pena que no era otra que no tener trabajo y seguía y seguía buscando hasta que encontró una inusitada ocupación. Ya había cumplido 18 años y se quería marchar a Inglaterra, con aquel amigo, pero cuando le decía a su padre que le diera la autorización para el pasaporte, su padre lo miraba como si no lo quisiera mirar.

Aquel nuevo trabajo, para el Círculo de Lectores, no dejaba de ser una estupenda aventura, también le acompañaba su amigo P. C. Muy pronto les daban un cursillo en Alicante y, una vez preparados con las técnicas de ventas, con las formas en las que dirigirse a los clientes, y con los discursos repetitivos memorizados, se trasladaban a distintas poblaciones de Valencia. Lo que más le encantaba era la vida social en los comedores de los hostales y se sentía raro con esa manera de comer tres platos con su ensalada y postre. No estaba acostumbrado a esa alimentación tan completa. El trabajo era muy sencillo, se tomaba una calle, y de punta a punta, se comenzaba a tocar el timbre de la puerta, casa por casa, y trataba de convencer al que le abría y le prestaba atención. Lo mismo le tocaba una urbanización de lujo que un poblado de marineros. Era, pues, una tarea sencilla, pero tenía la dificultad de que vender libros en un país que no leía era muy difícil. De aquella revista trimestral, en la que el socio pedía al menos un libro, él ya sabía cómo ofrecer el producto a cada cuál: si le abría una joven, le señalaba las novelas románticas; si estaba ante un padre trabajador, le mostraba los atlas y las enciclopedias, para que sus hijos tuvieran un apoyo para sus estudios; las páginas de libros de poesía eran el señuelo para las chicas jóvenes de aquella urbanización de lujo. Aunque la poesía ya era un arma cargada de futuro. Como mínimo en esa dinámica de grupo, que controlaba el jefe de equipo, tenían que hacer un mínimo de cinco socios y cada día pateaban las calles de Oliva y Gandia. Todo marchaba razonablemente bien, hasta que sucedió lo que tenía que suceder. En su grupo iba un tipo delgado, muy nervioso, que había sido vendedor de mil y una cosa, hasta por vender había vendido piedras de mechero. Aquel tipo de pelo rizado, ya entrado en años, tenía un aspecto simpático y mutante, de pronto, se transformaba como un camaleón. Aquel tipo era un auténtico pajarraco. Tenía más labia que Don Quijote y algo quijotesco había en su semblante. Muy pronto empezó a acaramelarlos a él y a su amigo P. C, y en una semana fue destapando el tarro de las esencias. Era un auténtico parlanchín: lo mismo les contaba una historia truculenta que se inventaba la historia del pueblo de Oliva. Al final los convenció y comenzó la decadencia. Decía que para lo que ganaban no había que trabajar tantas horas. Aquel tipo de Cádiz tenía mucha guasa. Así que le propuso que la mejor idea era echar la mañana y por las tardes tratar de despistar al jefe de grupo. Y ahí, en un huerto de limoneros, al final de una calle en la que terminaba el pueblo, se reunían. En aquella propuesta también entraba la ocurrencia de comprar una botella de coñac Terry. Aquel tipo se empinaba la botella sin compasión, de sus ojos saltaban chispas y, de pronto, se arrancaba cantando por alegrías, al compás de sus palmas. Cuando ya estaba caliente comenzaba a recitar tanguillos de guasa y bailaba de un lado a otro. Aquel tipo había pertenecido a una comparsa de los carnavales de Cádiz. Aquel gaditano los animaba a seguir la juerga, después de las cenas, y los ojos se le iban agrandando al cantar, su cara era toda una gran sonrisa. Por lo contrario, aquel mismo rostro por las mañanas se transformaba, dando a explicar a las claras, las paradojas famosas del doctor Jekyll y mister Hyde. Así que, entre noches y noches, más pronto que tarde, se quedaron a la luna de Valencia. Su rendimiento bajó y muy pronto se encontraron en el camino de Murcia. Esta vez el espacio entre trabajo y trabajo misteriosamente se acortó. Apenas llevaba un par de semanas en paro, cuando escuchó que ya habían empezado las obras para instalar El Corte Inglés en Murcia. Y allí que fue. Efectivamente, ahí estaban las máquinas excavando, por un lado, mientras que por el otro ya se levantaba el esqueleto de las plantas. Se dirigió hacia la extensa cola y aguardó su turno, mientras tanto, comentaban que se trabajaba muchas horas pero que las pagaban bien. Ahí se trabajaba día y noche. Cuando le tocó el turno resultó que las únicas plazas que quedaban libres eran para electricistas. Y ahí estaba él ante la disyuntiva; el empleado le preguntó: «¿Es usted electricista, conoce el oficio?». Y él, ni corto ni perezoso, le respondió: «¡Por supuesto que sí!». Le dieron unos alicates y un destornillador. Lo enviaron a la planta segunda con la indicación de que buscara a los electricistas, y tardó un poco en llegar, ya que los albañiles lo habían enviado a la plaza cuarta que eran donde estaban los fontaneros. Al llegar le dijeron que tenía que poner en cada poste una caja del tres, o algo así, que no entendió. Se subió a las escaleras y mirando a sus compañeros, a un lado y a otro, intentó imitar lo que hacían los otros. En eso que llegó un auténtico personaje de Chejov, corpulento y con un gran bigote, con acento del mismo Madrid. Aunque de aspecto serio, sus rasgos derrochaban bondad. Ahí estaba el Sr. Rubio, encargado de la obra. Lo estaba observando ya un buen rato y él comenzaba a ponerse nervioso. Con los brazos en jarra, de pronto le dijo: «¿Y tú eres electricista?», como queriendo decir, que entonces él era el obispo de Madrid. Él bajó cabizbajo de la escalera y le respondió: «No soy electricista, pero necesito trabajar». El Sr. Rubio no se lo pensó y, después de unos minutos que parecían no transcurrir, le indicó: «¡Vale!, por tu sinceridad te voy a enviar al sótano con los cerrajeros». Y ahí bajó a los infiernos. Su trabajo consistía en sostenerles en el aire una estructura de hierro mientras estos no paraban de soldar y soldar y soldar, horas y horas, con aquel ambiente entre luces blancas y violáceas.

Aquel infierno del sótano, en el que sonaban unos ruidos infernales, no sabía a qué grado del *Infierno* de Dante se equiparaba. Allí no había ninguna Beatrice. Su amigo le había hablado en ocasiones del amor a esa misteriosa chica, pero ahí abajo lo único que veía eran unos hombres con monos azules, que parecían auténticos monos; al menos aquellos dos soldadores que lo trataban como si fuera un condenado; aquellos tipos que habían abandonado el cultivo de los pequeños huertos de sus padres, trabajaban a destajo, cuantos más puntos de luz soldaban más ganaban. A él, afuera, tampoco lo esperaba ninguna Beatrice; no veía la luz del momento. En esa oscuridad, una mañana se le hizo tarde y ya no se volvió a levantar a esa hora oscura. En el destino estaba escrito que ese trabajo no era para él. De manera que otra vez se preguntó qué quería ser en la vida y otra vez no supo responderse. En la única cosa que creía era en la música porque hasta ahora no lo había defraudado, y en ella se refugiaba. Estaba siempre pendiente de la fecha en la que llegaba al quiosco las revistas *Fans* y aquel *Disco Express*, que le parecía fabuloso, que le informaba de todo lo que ocurría en el mundo. En su mundo musical.

Sin embargo, su mundo de ensueño musical no se correspondía con aquel mundo real de la familia a la que había que aportar un sustento, así que a casa solo iba para comer y dormir. Le encantaba conversar con sus amigos J. J. A. y M. A. C. sobre las cosas más intranscendentales del mundo, de ese mundo que giraba y giraba en su espacio infinito, que cantaba por la radio Jimmy Fontana, que tanto le gustaba a su hermana. Sin embargo, su mundo musical, que giraba y giraba en la máquina de discos del bar El Nido, era otro; después de la comida, con 5 pesetas podía escuchar dos canciones y ponía: *Stairway to Heaven* de Led Zeppelín y otro tema de T. Rex, *Get It On*. Esa era la música que le llevaba al quinto cielo y lo hacia soñar. En ese tiempo otra canción, *In The Year 2525*, de Zager & Evans, le daba mucho que pensar en el tiempo, y se preguntaba: ¿Dónde estaría él cuando llegara el año 2000? Miraba hacia el futuro y pensaba en esa fecha de fin de milenio, que era en aquel tiempo como una utopía. Mientras también escuchaba *El tiempo vuela* de Los Pekeniques, otro tema del transcurrir de los días. Realmente el tiempo volaba. La primavera llegaba henchida de sensualidad y de flores, como si ese milagro aconteciera por primera vez, ahí estaba la primavera. «¡No le toques ya más / que así es la rosa!», decía Juan Ramón Jiménez. De nuevo llegaba a su vida un mundo nuevo de olores. Se acababa de colocar en una industria que fabricaba colonias, insecticidas y champú. Aquella fábrica estaba haciendo su agosto con la venta de botellas de litros de lavanda y heno, de baja calidad, que los vendedores ambulantes ofrecían en oferta por pueblos y mercados a un precio de 3 por 2. Volvía otra vez a tener un sobre con trescientas pesetas de semanada cada sábado. A su jefe, a eso de las dos de la tarde, de vez en cuando, le gustaba invitar a unas cervezas a los empleados. Eso sí, el pago de cuotas a la S. S. no estaba de moda entonces. Su jefe era un tipo apuesto, aunque ya mayor, y bajaba impecable todas las mañanas al patio de la fábrica, con su gomina, sus camisas blancas o azules y sus tirantes. Lo enviaba a correos a recoger el diario *Pueblo*; después lo abría y comentaba alguna noticia sobre alguna protesta, algún conato de huelga sobre detenciones, y le requería opinión a él, que ya había probado el efecto excitante de las palabras de Carlos Marx, de manera que le seguía la conversación hasta que le soltaba alguna chispa reivindicativa. En esos instantes, el jefe, muy solemne, le espetaba: «Bueno, vamos a trabajar más y a hablar menos». Sonreía y se marchaba para la oficina. Y ahí volvía con su compañero S., con el que hablaba mucho en aquel pequeño cuarto, en el que soldaban con una máquina miles de bolsitas de insecticida o champú. Su compañero S. había tenido que abandonar la escultura y hablaba y hablaba de las formas, la geometría, de la belleza, a pesar de haber esculpido santos y vírgenes, tenía un desarrollado gusto por la erotomanía. Al llegar el verano hablaba con pasión de los cuerpos femeninos, de manera que lo que no veía, se lo imaginaba. Su compañero, que sentía mucho no poder dedicarse a su oficio, cuando hablaba de arte, se emocionaba. Aún recordaba el domingo que había citado al fotógrafo del pueblo para que le hicieran a él una sesión de fotos, tomando de modelo, para después esculpirlo como un joven Jesucristo.

Ahora disponía de un poco de dinero y se podía permitir algunos pequeños lujos, como comprarse un paquete de cigarrillos rubios americanos o tomarse una ensaladilla de mariscos en el Bar Avenida o ir a un concierto. Sin saber ni cómo ni por qué ni quién lo había invitado, de pronto, fue a ver un espectáculo que se anunciaba como *¡Viva la gente!*, con unos coros impresionantes y puesta en escena a la americana; aunque aquellas canciones que oía en la radio, le parecían muy cursis: «Esta mañana de paseo / con la gente me encontré / al lechero, al cartero y al policía saludé / en puertas y ventanas también recuerdos vi mucha gente que antes ni siquiera la vi». Y el coro, seguía: «Viva la gente la hay donde quieras que vas / viva la gente es lo que nos gusta más». Aquella felicidad le parecía empalagosa. Sin lugar a dudas, aquel concierto le resultaba divertido como espectáculo, pero no se creía nada de aquellas letras que cantaban. Todo lo contrario le pasó con otro concierto en septiembre, que esperaba con cierta ansiedad, hasta que llegó el famoso sábado. A eso de las seis de la tarde estaba esperando el autobús con su amigo J. J. A., cuando paró su jefe con su Dodge 3700 azul, bajó la ventanilla y les indicó que subieran y, una vez sentados, con una sonrisa, les dijo: «¿A dónde van los señores?». Y ahí en la misma puerta de la Plaza de Toros los dejó. Ahí estaba el cartel que anunciaba a Los Bravos y nada más ni menos que a Los Canarios, que era su grupo preferido. Aquel gran concierto fue memorable. Cuando acabó el concierto se tuvieron que marchar andando y, al llegar a la mitad del camino, yendo hacia Espinardo por la carretera Nacional, entraron al bar El Cherro, con otro grupo de amigos con los que se iban encontrando. Comenzaron a pedir, que si unas cervezas, que si unos trozos de bonito, que si unas cocacolas, que si unas ensaladillas; entre risas y risas y todo estaba buenísimo. Así como el que no quiere la cosa, algo raro comenzó a pasar. De pronto, un amigo salió a la puerta, después otros dos, y nadie regresaba. Ya no quedaba otra opción que salir por pies. Estaba claro, que, si no lo hacían, tendrían que pagar la cuenta de todos. Comenzaron a correr por la orilla de la carretera como galgos de carrera y él adelantó a varios; otros se perdieron por los huertos de maizales. Corría y miraba para atrás y por allí llegaba el perseguidor, con el potente foco de su motocicleta Ossa; cada vez estaba más cerca. Cuando llegó a su alcance, cruzó la carretera; su perseguidor ya lo hacía a pie, y tanto quiso correr con la mala fortuna de tropezar con una pared y lastimarse el tobillo. Su perseguidor le apretaba la garganta y de su boca salían palabras iracundas. La suerte, de repente, se aliaba con él, de otro local, Casa Peñalver, que estaba a punto de cerrar, salía el dueño y convencía al otro, que la culpa la tenían los zanguangos, los más mayores.

Con la llegada de septiembre terminaba la temporada de la campaña de insecticidas y colonias, y ya no volvería a trabajar hasta los primeros meses del próximo año. Y ahí dejaba a su jefe que tenía su aquel. Aún recordaba la mañana que, buscando una página del periódico que no llevara fotos, se la puso al revés a aquel gitano al que le vendía colonias, y le dijo muy serio: «Mira lo que pone aquí». El gitano tomó el periódico y, después de mirar un rato, respondió: «Hay que ver las cosas que pasan en el mundo». Mientras tanto su jefe lo miraba y sonreía por encima del bigote, sabiendo que aquel gitano no sabía leer. Volvía al tiempo del ocio que no transcurría, con aquellas interminables conversaciones con su amigo J. J. A. y hablaban de lo finito y lo infinito, del vacío y las naderías, y del aquel conjunto vacío, ese misterioso conjunto que estaba en todas las uniones e intersecciones. Hasta que se inventaron una nueva tarea que consistía en ponerle unos nuevos nombres a los descendientes desde Adán y Eva, se ingeniaban un nuevo árbol genealógico. Todas las tardes, con la Biblia a mano, apuntaban en la libreta los nuevos nombres que adoptaban Moisés, David o Goliat. En el transcurso de ese invierno su amigo P. P. le propuso que le ayudara en la construcción de un horno para fundir, a la cera, piezas artísticas. En esa tarea se aplicaron durante meses. No, no exageraba. Aquellos cimientos del horno tenían tantas piedras como la Catedral de Murcia. Durante esa tarea siempre había una excusa para parar y volver a almorzar con las permanentes visitas de amigos y las charlas se prolongaban hasta el infinito. Se hablaba mucho de arte, de escultura y pintura, pero cuando llegaba la hora de contar chistes, entonces él se refugiaba en el salón, con la lectura de la poesía de Miguel Hernández, que siempre lo llevaba a un nuevo mundo que no estaba en el más allá. Y soñaba con aquellos versos estando despierto. De otra manera, cuando pasaron unos meses comenzó por soñar de distinta manera. Nadie le habló y, por lo tanto, nadie lo convenció para que quisiera ser mecánico de aviación. Lo cierto es que de pronto se encontró rodeado de fascículos y de libros, y algunas noches cuando sus amigos estudiaban para los exámenes finales de sus asignaturas, él mientras tanto se metía en un mar de nubes y un sinfín de motores. Aquello no era una nube pasajera ni él estaba viviendo en una nube. El tiempo volaba y las intenciones seguían intactas. ¿El porqué de la elección? No había otra explicación que la de querer volar, volar y volar, la de querer viajar a otros países como mecánico de vuelo. A través de un amigo, que su padre era coronel del ejército del aire, se enteró de la convocatoria para entrar en la escuela de mecánicos de la Base Aérea de León, en la que en el caso de aprobar tenía que permanecer 3 años. Con su amigo J. J. A. comenzó a prepararse las materias de Física y Matemáticas, en las que estaba muy poco versado. Cuando llegó el momento de aquella convocatoria, aquel amigo le pasó sus datos a su padre para ver si le podía echar una mano. Y muy pronto se encontró en un tren lleno de gentes y solo recordaba su llegada a esa base que estaba a las afueras. Aquella pequeña ciudad con su río, con aquella arbolada de verdes muy distintos a los que él conocía, le encantó. Por la noche salió a tomar unas copas por una zona clásica que estaba muy cerca de aquella deslumbrante catedral. Conoció a una chica muy guapa y simpática a la que después acompañó a su casa. Aquella situación, más tarde, le llamaba la atención. No era muy normal acompañar a una chica a su casa, al menos que fueras su pretendiente, y mucho menos que al llegar, al padre, la chica se lo presentara como si tal cosa. En la efervescencia de aquellos recuerdos solo quedaba la majestuosidad de la catedral, el río con aquellos verdes, y las mesas alineadas con mucha gente en el examen. Por supuesto que no aprobó. Algunas veces se había preguntado qué habría sido de su vida si hubiera aprobado.

Y aquel sueño que seguía sin saber ni cómo ni por qué había aterrizado en su imaginación, ahora despegaba y se disipaba en aquellas nubes que pasaban raudas como el tiempo. Mientras su conciencia política social crecía a un ritmo vertiginoso, al mismo tiempo que su abanico de otras músicas cada vez era más diverso; de vez en cuando, escuchaba aquel disco que un amigo le había vendido junto a otros objetos por 15 pesetas. El padre de aquel amigo era camionero y viajaba a Barcelona y desde esa ciudad había traído ese disco de Joan Manuel Serrat, que cantaba: «*Ara que tinc vint anys, / ara que encara tinc força, / que no tinc l´ànima morta / i em sento bullir sang*». Y esas canciones de Blood, Sweat & Tears, los Hollies o las de Jefferson Airplane, se mezclaban con las de Violeta Parra, Luis Eduardo Aute, Víctor Manuel y Masiel. O con aquellas letras de Mari Trini o Cecilia que contaban historias. Aunque los momentos especiales se lo llevaba el famoso tema *Get Ready* de los Rare Earh, que duraba más de veinte minutos y que bailaba como un derviche una y otra vez, en la terraza de su amigo M. A. C. Su amigo era un tipo muy especial, tanto como J. J. A., de esos que los otros llamaban raros. M. A. C. con los otros siempre mantenía la distancia y siempre vestía como un dandi, con chaquetas de cuero negro, guantes y corbatas y paseaba con aspecto circunspecto. Lo que no sabían los otros que se paseaban calle mayor arriba, calle mayor abajo, era que, desde la ventana, los espiaba y se reía de sus jactancias. Ya tenía muy claro que quería estudiar Medicina para especializarse en Psiquiatría. Desde esa habitación oscura que daba a la calle le gustaba desfogarse con la música clásica a todo volumen, mientras se metía en el papel del director de orquesta y movía sus brazos y su cabeza de manera vertiginosa, al tanto que él o J. J. A. simulaban tocar ahora el violín y después el chelo. Música, música, música, a todas horas. Sin embargo, ahora también necesitaba la música de las palabras, sus dosis de lectura cada día eran más grandes, y la velocidad de sus lecturas aumentaba. Seguía sin tener libros en su casa, pero se abastecía de la colección de la Biblioteca Básica Salvat de su amigo J. J. A., y lo mismo de esa colección de bolsillo lo mismo leía *La Mente humana* de José Luis Pinillos, que *Trafalgar* de Benito Pérez Galdós, que la *Antología Poética* de Antonio Machado. A esas lecturas se le sumaban las de un periódico clandestino que le pasaba un conocido. Su compromiso político y su militancia ya estaba a la vuelta de la esquina y por esos caminos aparecían Lenin, Mao, Trotsky o el Che Guevara. Otra vez se paraba a pensar qué quería ser en la vida. Ya había cumplido los 18 y no tenía oficio y había sido aprendiz de unos cuantos. El párroco, una mañana, le había dicho que quería hablar con él y lo convenció de qué él valía mucho y tenía que estudiar. Le propuso ingresar en la Universidad Laboral y le dijo que no se preocupara por haber dejado de estudiar, que él se comprometía a solucionarlo. Sin embargo, decidió seguir el camino por su cuenta y se matriculó en una academia privada para prepararse para el examen de Graduado Escolar. Había decidido tomar los estudios que había dejado entre los 12 y 13 años. Y ahí se encontraba de nuevo disfrutando con la Historia, la Geografía, la Geometría y los modos y los tiempos de los verbos, lo contrario que le pasaba con las Matemáticas, con las que llegaba a entender su lógica, pero siempre se le quedaba suelto alguna parte del problema. En esa misma academia comenzó un curso de Mecanografía, se acababa de comprar una máquina a plazos, que abandonó a la mitad. Llegaba otra primavera y otra vez comenzaba a trabajar en aquella fábrica de colonias y aquel verano iba a ser más duro que el año anterior, después de trabajar más de nueve horas, tenía que acudir a las clases de la academia, que estaba a tres kilómetros y, después de dos horas, tenía que ir andando hasta su casa, ya que a esa hora ya no funcionaba el autobús. Sin embargo, ese verano estaba enamorado y los padres de la chica se oponían a esa incipiente relación. Ya estaba muy curtido en esas sensaciones de adversidad. Su amigo J. J. A. estaba mucho más enamorado que él de una amiga de ella, que veraneaba juntas, en la misma playa. Así que algunos domingos resultaban ser simplemente maravillosos. Tomaban el autobús hacia el Puerto de Mazarrón y allí estaban las enamoradas, que solo tenían por la tarde unas horas libres para burlar la vigilancia de la familia. Aquellos momentos románticos después se quedaban grabados como las secuencias de una película con final feliz. Aquellos momentos, entre los pequeños roces junto a una cueva marítima, ante la contemplación de las olas que rompían en las rocas, con aquellas nubes que formaban entre el murmullo del agua y el vuelo de alguna gaviota, entre las manos que se iban acercando hasta entrelazarse, eran los versos inconexos de la poesía de esos instantes. A los de antes se sumaban otros momentos inolvidables, como la suculenta paella de arroz con marisco y el placer de poder invitar a su amigo. La vida ahí en la playa se detenía, la prisa dejaba de existir. Y aquel domingo era muy diferente, tenían la ocasión de quedarse hasta las once de la noche, ya que otro amigo que iba en coche para Molina del Segura los recogería y los dejaría en Espinardo. Esa noche, mientras esperaban recostados en el muelle del puerto, contemplando la luna llena de agosto, frente a ellos, en aquella montaña en la que estaba el faro, desde un restaurante le llegaba con nitidez la voz del cantante de un grupo verbenero que cantaba: «Reloj no marques las horas / porque voy a enloquecer. / Ella se irá para siempre / cuando amanezca otra vez». Después en la madrugada, cuando más tarde estaba en la cama, las sábanas se le mojaban de melancolía. De aquel duro verano que ya se estaba marchando, también recordaba que se había comprado una bicicleta de carreras, a plazos, de la que solo los festivos podía disfrutar. Un domingo, después de hacer la ruta Espinardo-Alhama de Murcia, después de volver y tomarse una cerveza, había decidido que la vida de ciclista no era para él.

Después del esfuerzo, en ese intenso verano, le llegó la compensación y ya tenía el título de Graduado Escolar, con el que podría optar a otras actividades laborales que exigían titulación. Ahora volvía a la rutina de buscar trabajo y, en esa rutina de callejear, por cosas del azar pasaba por una calle que nunca pasaba y se encontraba con una amiga de su hermana, que le informaba de un inminente viaje a Madrid. No se lo pensó. El viaje lo organizaba el sindicato vertical, la C. N. S. y consistía en un curso de cooperativismo, con alojamiento y comidas incluidas, y una cantidad equivalente a un mes de salario, al finalizar. Y ahí se encontraba ya en esa ciudad que lo deslumbraba por su grandiosidad y en la que desde el primer momento se sentía integrado. En su primera noche bajaba de Cibeles a Atocha y, al ver el luminoso intermitente de aquella discoteca, entró; se sentía a gusto con aquella flamante cazadora blanca acolchada con esas cremalleras cruzadas, que acababa de estrenar. Aquella discoteca no era muy grande y a esa hora no había mucha gente. Sobre la pista se echó unos bailes y pronto reparó en unos instrumentos junto a un rincón. No se lo podía creer, ¿cómo era posible? De pronto, cesaba la música y por la megafonía se anunciaba, en media hora, la actuación del grupo Los Canarios. Recordaba que había pagado un suplemento en la entrada, pero nunca se podía esperar que el destino lo guiara a esa discoteca. Por primera vez estaba sin ataduras de ningún tipo en una gran ciudad. Solo tenía que asistir a las clases por las mañanas y tardes, después, podía salir de aquella gran residencia de la Escuela de Capacitación para Trabajadores, aunque tenía que regresar los más tarde a la una de la madrugada. En aquella Escuela en la que estaba conociendo a vascos, catalanes, andaluces o extremeños, se estaba cociendo algo. Durante las comidas todo el mundo se observaba buscando complicidades. Y las clases resultaban muy interesantes, con profesores catalanes de Teoría Económica y con la presidenta de la cooperativa de electrodomésticos Fagor de Mondragón. Por aquella época la estrategia del PCE tomaba la decisión de infiltrarse en el sindicato vertical para tomar su estructura, a través de la elección de enlaces. El sindicato CCOO ya estaba en marcha, aunque todavía resultaba muy peligroso realizar propaganda, por repartir octavillas le podía caer a cualquier militante una pena de cárcel de más de 18 meses. Sin embargo, en aquellas clases unos a otros se iban tomando notas de los que intervenían y después se iban juntando los que tenían las mismas inquietudes. En esa clase a él también le empezaba a perturbar la permanente mirada y la sonrisa de una mujer que le doblada la edad. Aquella mujer de pelo corto, de complexión fuerte, que lo miraba con tanta intensidad, tenía en esa mirada un enigma que no podía descifrar. Con mucha intensidad también había él sentido el latir de esa ciudad, que no dejaba de sorprenderle,

le había extasiado la grandiosidad de Velázquez y de Goya y se había ensimismado ante el
cuadro *El Jardín de la las delicias* de El Bosco;
por primera vez desde el aeropuerto de Barajas
veía esos aviones, a tamaño real, que siempre
había visto desde lejos; también de excursión
los habían llevado a la Cruz de los Caídos y a
aquel gran palacio de Felipe II, en aquel mo-
nasterio de San Lorenzo de El Escorial; un domingo había pateado El Rastro, con la mano en
la cartera, por si acaso: y hasta había ligado en
una enorme discoteca, muy cerca de Ventas, con
una chica muy guapa, que resultaba que había
nacido en Cieza, pero vivía en Caracas y muy
pronto se marcharía. Por las casualidades de la
vida, en el Metro se encontraba con una chica
que había conocido hace años en el colegio de
monjas de Espinardo, y se acordaba de cuando
tenía 13 años y de su acento madrileño y ahora
esa rubia estaba estupenda, aquella joven tenía
un algo que la diferenciaba de las demás. Ahora
la acompañaba a su casa y hablaban de aquel
tiempo.

Y ahí estaba siempre el tiempo, pesado o vo-
látil, rápido o lento, y a veces casi inexistente.
Ahí estaba el tiempo que se medía por los segundos y las horas del reloj. Aquel tiempo monótono
siempre terminaba por doblegar su voluntad. Si
echaba la vista hacia atrás, todavía se acordaba
de ese trabajo en la imprenta que tanto le había
gustado. Le encantaba componer, jugar con las
palabras de metal, y aquel intenso olor a tin-

ta que lo embriagaba. Sin embargo, en aquella vetusta máquina de imprimir, en la que tenía que quitar la hoja con una mano y poner una nueva con la otra, una vez y cien y doscientas y trescientas, con esa acción repetitiva se sumergía en un tiempo oscuro, que no pasaba. La máquina con su ritmo sincronizado seguía y seguía y él, como un poseso, miraba y miraba el reloj. Aquella maldita rutina acababa con su paciencia. No lograba superar la prueba de operario de máquina y, sin embargo, en la tarea de cajista se sentía como un escritor. En aquella pequeña imprenta no existía la especialización y cada uno tenía que hacer un poco de todo. Ahora que volvía a pensar en los oficios y en que ya se le había pasado el tiempo de los aprendices, tenía que volver a buscar trabajo, ahora se acordaba de aquella frase, que tantas veces había oído: «Aprendiz de mucho, maestro de nada».

Ahora ya sí se podía hacer el pasaporte. Después de no haber podido intentar ir a Londres. Ahora su punto de mira estaba puesto en París. Allí vivía desde hacía ya más de 20 años, una prima a la que no conocía, que estaba casada con un francés que trabajaba en una industria aeronáutica. Le había escrito una carta. Y ahí estaba él pensando en Francia. Le encantaba escuchar a Sylvie Vartan, a Johnny Hallyday o a Michel Polnarell, mientras fantaseaba con las calles y el río de esa ciudad que hasta se le aparecía en sueños. Sin embargo, la repuesta de aquella carta no llegaba y empezaba a pensar que o no le quería responder o que aquella carta no había llegado a su destinataria. Sin embargo, el camino de Francia se ponía en su camino. A través de un amigo tenía noticias de unas plazas para ir a la vendimia y le daba la dirección del organismo oficial en el que se tenía que apuntar. Se presentaba con su amigo P. C. y ya tenía dos billetes de tren con destino a la frontera de Irún. Aquel viaje con parada en Madrid, con otros dos amigos también del pueblo, resultaba una odisea. En aquel tren atestado de gente de toda condición, con sus maletas repletas de latas de conservas para ahorrar en comida hasta el último céntimo, ya el viaje en sí era la mar de divertido, entre gentes que cantaban o contaban chistes o montaba la bulla por la bulla porque no soportaban el silencio. Uno de sus amigos quería conocer el Metro y una vez que se montaba ahí no había manera de que bajara, aquel amigo tenía su parte gamberra y junto a la puerta, con la excusa de la gente que subía o bajaba, no dejaba de apretarse o rozarse con las chicas que podía, mientras se reía y se regocijaba en su papel de paleto. El tren salía por la noche y la llegada a Irún, muy temprano por la mañana, era todo un espectáculo para la vista. De pronto se encontraba con aquellos montes de unos verdes intensos y desconocidos. Después de pasar los pertinentes controles sanitarios, ya tenían todo el día para conocer la ciudad, en la que en esa mañana de domingo se celebraban competiciones festivas. Y ahí estaba ante una pareja de baile, que, con los sonidos de la dulzaina, levantaban los brazos y daban unos saltitos, haciendo un cruce de piernas en el aire, en los que por momentos parecían bailarines de ballet. A continuación, en aquella misma plaza, en un lado, participaban dos tipos robustos que, subidos a unos troncos, con el hacha cortaban la madera; mientras al otro lado, unos tipos robustos levantaban una gran piedra de más de 200 kilos, en varios movimientos, ante los paisanos que los jaleaban. Después se acercaban a una taberna y aquellos hombres bebían, comían y cantaban como si el mundo se estuviera acabando. De vez en cuando escuchaba los sonidos de un idioma desconocido, que no se parecía ni al francés ni a ningún otro de los que hasta ahora había oído.

Ya se acercaba la hora de la salida y regresaban a recoger las maletas al centro oficial, para dirigirse hacia la estación. Miraba una y otra vez aquel pequeño libro y trataba de memorizar las frases más usadas en francés y en español. Aunque el paisaje ya contemplado le parecía fantástico, la aventura que siempre había soñado comenzaba al cruzar la frontera, por primera vez pasaba al otro lado de esa palabra que tanto había escuchado. Con las ascuas y los ecos aún del mayo del 68, apenas habían transcurrido cuatro años, Francia siempre le había parecido el paradigma de la Libertad. Aún recordaba a aquella chica que había visto bailar en una discoteca de la playa, a esa joven francesa con un vestido blanco transparente que danzaba con los pies descalzos y se contoneaba, mientras las luces violáceas giraban; o también a aquellas dos hermanas gemelas que regresaban a su pueblo por vacaciones, hijas de murciano y francesa, que habían nacido en Montpellier, con sus minifaldas y sus modales sofisticados. Definitivamente se podía considerar un afrancesado y, al cruzar esa frontera todo le parecía exótico, lo miraba todo de otra manera distinta y estaba atento a aquellas palabras que, aun pronunciándose de forma diferente, significaban lo mismo: *Je t'aime, liberté* o *bonjour*. Al día siguiente comenzaban la tarea, habían llegado por la noche a ese pequeño pueblo de la ciudad de Cahors, y se habían instalado en un gran caserón, a las afueras de ese pueblo, muy poco iluminado. Al amanecer, todo le parecía maravilloso, de pronto se encontraba con un espectacular paisaje, entre pequeños montes, rodeado de grandes nogales y pequeños riachuelos. Comenzaba la tarea de cortar y cortar y cortar racimos de uvas, en aquellas hileras que se perdían con la vista más allá del horizonte, que unas veces estaban sobre terreno plano y otros escarpados. En aquel trabajo no había nada especial que descubrir, siempre era la misma función, cortar, cortar y cortar y echar esos racimos a una pequeña cubeta, que otros iban recogiendo. Al otro lado de la hilera siempre estaba su amigo P. C. Apenas tenía tiempo para fumarse un cigarrillo Gitanes. El trabajo era bastante duro y lo que le sorprendía era esa pareja de franceses que siempre iban los primeros en las otras hileras de viñedos, porque a continuación siempre pasaba el encargado y les indicaban que tenían que ir al mismo ritmo. Después se enterarían de que esa pareja cobraba el doble y que eran como los atletas que hacen de liebres en las pruebas olímpicas para lanzar la carrera. De aquellos otros compañeros muy pronto le llamó la atención una pareja de estudiantes franceses, que apenas hablaban con nadie. El joven tenía el pelo largo y anillado, con gafas redondas y pinta de intelectual y ella era robusta con larga melena rubia, pantalones muy ceñidos que marcaban sus formas, ojos grandes y azules y unos protuberantes senos, y que solía responder con su mirada desconcertante, las muchas miradas que siempre se posaban en sus movimientos, mientras se agachaba. Junto a esta pareja siempre había una misteriosa joven de estatura baja, pelo largo moreno y sedoso, con mirada misteriosa. El tiempo transcurría. Al tercer día, en una de las hileras se armó una trifulca con uno de los compañeros, fuerte y aguerrido, que convivía en el caserón. Un espigado joven francés le recriminaba le gritaba y le llamaba fascista. El encargado llegaba y todos miraban, La situación se calmaba y el joven francés, que hablaba castellano, les decía que era nieto del Gobernador del Banco de España, durante la II República Española, y se disculpaba, aunque seguía manteniendo su posición. La discusión entre los dos había surgido cuando el compañero había defendido a Franco y el joven francés le había dicho que Franco era un asesino. Así acababa una jornada más. Al finalizar siempre los recogían en una furgoneta grande de marca Citroën y en aquellas dos hileras de asientos, frente a frente, las miradas se iban posando y situando; aquella chica rubia estaba emparejada y eso saltaba a la vista, sin embargo, la morenita no y ya estaba eligiendo a uno de sus compañeros. Y así comenzaban unos encuentros sexuales muy tórridos: la primera vez al aire libre en el bosque, la segunda encima de una lápida en el cementerio del pueblo y la tercera en la habitación del viejo caserón. Después de instalarse en la habitación de arriba, todo iba bien, hasta que se oyeron unos gemidos y uno de aquellos compañeros convenció a otro para gastarle una broma y comenzaron primero a golpear la puerta y más tarde el tabique, desde la habitación de al lado. La chica se marchó asustada pensando que se encontraba ante unos salvajes. Aquella chica lo mínimo que podía pensar era que se encontraba ante un grupo de elementos, de reprimidos sexuales. De vez en cuando, aunque había un largo paseo por un camino sin iluminar, marchaban al pueblo y muy pronto encontraron su bar preferido. Su propietario era un señor ya muy mayor que se había casado con una aragonesa, a la que le doblaba la edad y la aragonesa, a la tercera visita, ya coqueteaba con más de uno del grupo, de vez en cuando invitaba a una ronda de

Ricard Pastis. En uno de esos paseos por el pueblo se encontraba con un chico que hablaba español, que había nacido ahí, hijo de una viuda murciana que se había tenido que exiliar, y los invitaba a cenar. Ese domingo la señora les preparaba un gran banquete y hablaban mucho de la Murcia de entonces y la de ese momento. Su hijo le mostraba su habitación y entre libros les enseñaba unas revistas pornográficas y al marcharse les regaló un par de ellas. Aquel domingo, por la tarde, se le quedaban unas imágenes grabadas al pasear por la alameda, un niño llevaba en la delantera de su bicicleta una bandera roja con la hoz y el martillo y zigzagueaba sorteando los árboles. Aquellas imágenes no dejaban de ser inocentes en ese lugar, claro que lo que ocurría en España era que, por tener una de esas banderas, podías ir directamente a la cárcel. En otro paseo él ya había comprado en una librería cinco ejemplares de unos escritos de Lenin, publicados en *El Ruedo Ibérico*, que estaban prohibidos en España. Otro domingo, a través del joven que había conocido, fueron invitados a una fiesta en el centro juvenil; aunque no era fácil ligar así como así a la primera, se lo pasaron estupendo bailando canciones de los Cledence Clearwater Revival; después tomaron unos vinos con un viejo francés que había participado en la guerra civil con los republicanos, con todo lujo de detalles les fue narrando las batallas en las que había estado con las Brigadas Internacionales. Acabaron cantando algunas canciones y el viejo feliz pagó todas las rondas. La vendimia en aquella zona ese año se había retardado y algunas mañanas, ya en los días finales, amanecía escarchado y los dedos se le congelaban hasta que salía el sol. Una de aquellas noches, de domingo, en las que convivían nueve, de los que ya dos habían abandonado por la rudeza del trabajo, uno de ellos al que llamaban El Cartagenero, que ya pasaba de los cincuenta, no llegaba esa noche y todos pensaron en que algo le había ocurrido y ya estaban pensando en denunciar la situación. A eso de las cuatro de la madrugada llegaba en un furgón de la policía. Por la mañana les contaba las peripecias. Resultaba que se había ido a una casa de citas, tras mirar a unas y a otras chicas, se encontraba con una que tenía unas tetas muy grandes. La elegía por esas cualidades y comenzaba a besarla y magrearla, una y otra vez con delectación, pero no conseguía llegar a más, a la crema. En un momento de arrebato al meterle la mano entre los muslos se encontró con una enorme polla, y se puso frenético hasta el punto de enloquecer y quería matar a ese travesti. El travesti le había manifestado a la policía que ese hombre llevaba dos copas y que, como no entendía el idioma, pensó que estaba de acuerdo. El Cartagenero, después de quedar libre, de lo que más se lamentaba era de que lo hubiera engañado, y se enfurecía mucho cuando uno del grupo con sorna, le decía: «¿Pero te gustó?». La vendimia terminaba y tenían que tomar el tren en la estación de Cahors. Como tenían tiempo, después de dar una vuelta por el famoso puente de aquella bonita ciudad, asistían a la fiesta de la vendimia, con degustaciones y verbena. Al día siguiente tomaba la decisión. Sopesaba ir a Paris, tenía un buen dinero, pero como no había recibido carta de aquella prima, pensó que se podría gastar todo ese dinero muy rápido, sin saber dónde se iba a alojar y qué iba a hacer. Con su amigo P. C. tomaron el tren en dirección hacia la frontera con Girona. Había tomado la decisión de quedarse unos días en Barcelona, mientras su amigo seguía hacia Murcia. Ahí en la estación de Francia despidió a su amigo y entró a un cine a ver la película *Morbo* dirigida por Gonzalo Suárez, en ese año de 1972, con Ana Belén. Al salir del cine, sobre las ocho, un poco desasosegado, sin saber por qué, tomó la determinación de no pasar a saludar a la familia y decidió tomar el próximo tren para Murcia.

El otoño se mezclaba con aquel invierno de 1972 que posiblemente fuera más divertido que otros, al menos tenía un poco de dinero, podía comprar libros y se podía permitir algún capricho que otro. Todavía recordaba cómo en la frontera española aquel guardia con bigote le había registrado su maleta de escay blanca. Al abrirla, el guardia se había encontrado con un desorden de ropas; en la parte superior había colocado las dos revistas pornográficas, junto a varios calzoncillos sin lavar y, en la parte inferior, liadas en un suéter, ahí estaban los cincos ejemplares prohibidos del libro de Lenin. El guardia, después de recoger las revistas y mirarlas, removía las ropas y, dando por terminada la inspección, le recriminaba: «¿No sabes que estas revistas están prohibidas?». Y después de quedarse con una, echaba la otra en la maleta y la cerraba. Aquellos cinco libros ya los había repartido a los compañeros con los que se reunía en ese grupo que analizaba el marxismo. Su politización iba *in crescendo*. Para saber lo que estaba ocurriendo más allá de España, cada viernes compraba la revista *Triunfo* y leía con fruición las crónicas internacionales de Eduardo Haro Tecglen, las de teatro de José Moleón o las de cine de Diego Galán y, buscando entre líneas, leía esa sección que firmaba Manuel Vázquez Montalbán con el seudónimo de Sixto Cámara. Aquel invierno, por las tardes, se reunía con otros amigos en los almacenes La Alegría de la Huerta, situado en la céntricas Cuatro Esquinas. Ahí, en la planta baja, la sección de música tenía la forma circular de un disco con unos reposabrazos de escay negro, en los que a través de los auriculares podía escuchar en estéreo aquellos discos, que nunca compraba. Así pasaban las tardes, hasta que llegaba la hora del cierre, de vez en vez, Diego, el encargado, le llamaba la atención, aunque con poca convicción, cuando llegaban los potenciales clientes. Mientras tanto, aquel invierno, algo estaba cambiando en su pueblo. Ya se habían celebrado varios bailes para la juventud en el Casino, aunque más tarde se suspendían por las protestas de los más beatos que los consideraban inmorales. Ahora tenía claro que ya no quería formar más grupos musicales. Ahora disfrutaba yendo a los ensayos de otros amigos, como Los Playboys, observando cómo preparaban los nuevos temas. En más de una ocasión los contrataban para pequeñas salas de fiestas en la ciudad, que no eran otra cosa, sino casas de lenocinio, refinadas y disimuladas.

Aquel invierno raudo y veloz se mezclaba con el buen tiempo y ahí se quedaba aquel beso en el centro de aquella primavera en flor; también olía a rosas aquella mañana, en aquel paseo que por la senda recorría el trayecto de Espinardo a Murcia, junto a las vías del tren de cercanías de la línea Murcia - Caravaca de la Cruz. A mitad del camino, por fin se decidía a besar a aquella chica. El amor estaba en el aire y el trabajo también, el azar le llevaba a trabajar en la fábrica de cervezas Estrella de Levante, que se había inaugurado cuando él tenía 10 años con aquella avioneta que había bombardeado el pueblo con tiques en los que podía leer: «Vale por una cerveza», que estaba muy cerca de su casa. Su horario era de 5:30 de la tarde hasta la 1:30 de la madrugada. Ahí se encontraba ocupando diversos puestos, a veces estaba en esa cinta transportadora de la que tenía que coger las cajas que bajaban y colocarlas en unos palés, en otras ocasiones lo trasladaban a aquel enorme patio en el que se dedicaba a clasificar y completar las cajas con botellas vacías de tercios y de quintos. Una de esas mañanas tuvo que descargar un camión de sacos de cebada de 30 kilos y, por una alergia, los brazos se le pusieron como al personaje Popeye. Trabajar en esa fábrica tenía sus ventajas. Un operario de Algezares no despreciaba ni una. Con aquellos enormes ojos azules que se abrían de par en par, como si navegaran en un mar de felicidad; no paraba de beber y beber y beber y reír y reír, sorteando la vigilancia del encargado que cuando lo miraba, volvía a reír. Aquel operario era feliz. Cuando terminaba le ponía el piloto automático a su Rieju de 49 cc y, después de enderezar el manillar, se marchaba sin prisa. El gran patio por la mañana se transformaba en un gran hervidero de trabajadores, entre camiones y pequeñas furgonetas que cargaban cajas y barriles; por las tardes disminuía el tránsito. En los últimos días el encargado mostraba una gran agitación y se comentaba que, entre los últimos trabajadores, había un policía camuflado. Desde hacía unas semanas, por la mañana, aparecían octavillas espaciadas por algunos rincones del patio y junto a las taquillas de los trabajadores. Aquellos pasquines denunciaban la dictadura de Franco y llamaban a la rebelión, instando a los trabajadores a organizarse en sindicatos libres y a luchar por la democracia. El encargado les conminaba a que denunciaran a los que estaban repartiendo esas octavillas y les decía que el cerco ya se iba estrechando y que pronto descubrirían al autor o autores y que serían despedidos fulminantemente. El verano iba transcurriendo y aquel operario no paraba de beber y estaba feliz y reía y reía, mientras al encargado se le desencajaba la cara, cada vez que veía que se reía, y las octavillas desaparecían y volvían a aparecer.

Llegaba septiembre y terminaba la temporada de verano en aquella fábrica de cervezas, en la que aquel operario feliz se había tomado más de setecientas mil cervezas. Y el amor seguía allí. ¡Oh, el amor! ¿Qué cosa era aquella que no lograba entender? Desde hacía ya un tiempo el hábito de la lectura se había apoderado de él y leía en cualquier sitio a cualquier hora. Los fines de semana disfrutaba yendo a un pinar a las afueras del pueblo y se enzarzaba con clamor, leyendo despacio, ese ensayo de Ortega y Gasset titulado *Estudio sobre el amor*. Y aquella cosa que llamaban amor le seguía dando mucho en qué pensar. En ese tiempo de amor no cesaba de escuchar dos discos de Joan Manuel Serrat: uno dedicado al poeta Antonio Machado y otro a Miguel Hernández. Los oía una y otra vez y aquellas poesías del pasado le hablaban del futuro. Aunque si se ponía a pensar seriamente en el futuro, no lo veía muy halagüeño. Sin embargo, en ese tiempo apenas tenía tiempo de pensar en ese tiempo en el que todo era presente. Entre aquellos dos discos de Serrat, que reivindicaban y homenajeaban a los poetas, se colaba otro, con la carátula en blanco, también del mismo autor catalán, con canciones que le llegaban y le enervaban el alma, como aquella de: «Harto ya de estar harto, ya me cansé / de preguntar al mundo por qué y por qué / la rosa de los vientos me ha de ayudar / y desde ahora vais a verme vagabundear / entre el cielo y el mar, / vagabundear». O esa otra que le despertaba una cierta melancolía: «El sol nos olvidó ayer sobre la arena, / nos envolvió el rumor suave del mar, / tu cuerpo me dio calor, / tenía frío, / y allí, en la arena, / entre los dos nació este poema, / este pobre poema de amor / para ti».

Por las cosas de la vida y sus vueltas, ahora era un vecino de Espinardo el que lo hacía socio del Círculo de Lectores a él, que antes se había dedicado a esos menesteres. Y ahí en su mesilla de noche tenía su primer pedido: *La interpretación de los sueños* de Sigmun Freud y *Confieso que he vivido* de Pablo Neruda. Aunque no llegaba a interpretar los sueños, soñaba, soñaba y soñaba; se acordaba de su madre que alguna vez, con tono humorístico, le había dicho: «¡Cuántos pájaros tienes en la cabeza!». Y ahí seguía entre las lecturas de Freud que le daban por soñar y las de Neruda que lo bajaban a la tierra. También se había comprado en el Círculo de Lectores una máquina de escribir por la que pagaba una cuota de 25 pesetas mensuales. Ya quería escribir él sus obras completas.

Apenas llevaba unos meses sin trabajar, cuando sin esperarlo conseguía una buena ocupación en aquella fábrica, que acababa de ampliar la plantilla. En aquella fábrica se fabricaban cada día cientos de miles de globos de todo tipo y tamaños, en dos grandes máquinas que tenían una extensión de más cien metros, junto a otra máquina que producía guantes de cirugía. En otra nave cinco máquinas extrusoras producían anillos de caucho, las famosas gomas de entonces, que lo mismo servían para recogerse el pelo que para enrollar un fajo de billetes. En una de esas máquinas trabajaba él en turnos rotativos que variaban cada semana: de 6 a 2 de la tarde, de 2 a 10 de la noche y de 10 hasta las 6 de la mañana. Aquella máquina tenía una torva por la que tenía que vaciar sacos de caucho triturado, de la que salía, a través de un cilindro con resistencia eléctrica, un permanente chorro de goma caliente en forma circular, que se iba desplazando a través de una cinta transportadora a bastante velocidad. En ese trozo de goma caliente había que introducir una varilla metálica, después de echarle polvos de talco para que no se pegara, que a continuación cortaba con unas tijeras y colocaba la varilla en un carro metálico. Cuando se llenaban las hileras del carro, había que meterlo en un horno y cocerlo un tiempo a una temperatura exacta. Aquella producción diaria estaba totalmente controlada y cada operario tenía que producir una cantidad de kilos de gomas determinada. Mientras tanto tenía que volver a sacar aquellos carros del horno, vaciar las varillas, coger unas largas tiras de caucho y triturarlas en otra máquina, para después vaciarlas en la torva. Durante las ocho horas tenía que correr como un autómata de un lado a otro. Aquel chorro espeso de goma caliente no cesaba de salir de la extrusora y, al llegar al final de la cinta transportadora, de más de metro y medio, una vez introducida la varilla, se cortaba con las tijeras y se colgaban en las filas hasta completar el carro. Y así una y otra y otra y otra vez, hasta llenar el carro; y otra y abrir y cerrar y cerrar y abrir el horno, del que salía un enorme fogonazo de vapor a presión, que inundaba la sala. Aquella sala, en la que más allá, otro operario en otra máquina elaboraba aquellas tiras de goma en dos grandes cilindros. Y el proceso se completaba con ocho máquinas en las que se metían aquellas tiras de gomas, ya cocidas, y un mecanismo de cuchillas que giraban la cortaban en anillos, que después se empaquetaban en bolsas. Aquella nave era lo más aproximado a un infierno, en vez del color rojo, aquí predominaba el blanco, en aquel ambiente denso en el que las partículas de aquel polvillo hasta se podían respirar. Aquellos componentes químicos flotaban en el aire. El ruido de las máquinas cortadoras era atronador, con aquellas cuchillas que giraban y giraban, mientras la tira de goma se introducía a través de un rodillo. Después de estar unos meses, cada día cuando llevaba más de cuatro horas, cuando miraba por la ventana y veía pasar un pájaro, tenía la sensación de que se encontraba en una cárcel. Cuando terminaba la jornada y salía a la calle, respiraba y volvía a renacer. Atrás quedaba ese atronador ruido y aún le zumbaban, como una sinfonía de grillos, los oídos un buen rato. Cada día le correspondía un litro de leche, que le daban para paliar los efectos nocivos de aquel polvillo que se respiraba en la atmósfera que hasta contenía partículas de azufre. Después de trabajar, aunque se sintiera cansado, le esperaba el gozo de la lectura y, sin saber por qué, ya llevaba un tiempo enfrascado en aquella escuela de Frankfurt, aunque había leído a Theodor Adorno, su predilecto era Herbert Marcuse. Y leía *El hombre unidimensional, Razón y revolución* o *El Final de la utopía*, buscando una especie de alimento para su conciencia. Y sin saber ni cómo ni por qué ya estaba metido a toda pastilla en aquella célula clandestina, que repartía octavillas a la salida de los trabajadores en otras fábricas, que pintaba las paredes con consignas revolucionarias, que organizaban citas para captar a simpatizantes por la causa; después llegaba el momento para quedar con algún pequeño grupo para hablarles de sindicalismo, ya en esa época el movimiento CCOO iba a celebrar su primer congreso para ser un sindicato y vendía aquellos bonos de 25 pesetas a los simpatizantes. De pronto, su vida se había revolucionado. Había decidido estudiar en la Escuela de Graduados Sociales, con la pretensión de ser asesor laboral.

Para entender aquellas teorías sobre la alienación del hombre en el proceso de las sociedades industriales avanzadas, no era menester estar platicando sobre la condición y el estado de la metafísica, tan solo bastaba con seguir el ritmo de aquella goma caliente que salía sin cesar de esa extrusora, durante unas horas, para comprobar que el hombre era simplemente un apéndice de la máquina. Ya había visto la película *El gran dictador* de Charles Chaplin, que estaba aún prohibida en España, y le gustaba mucho; sin embargo, la película que argumentaba cómo se sentía en el puesto de trabajo de aquella fábrica, se reflejaba en esas secuencias de la película *Tiempos modernos*, en la que Chaplin, en ese trabajo en cadena, no para de apretar tuercas una y otra vez y otra vez. Después de la jornada, uno de esos momentos hermosos, que siempre se repetía, especialmente cuando le tocaba el turno de noche, tenía lugar cuando al salir a las 6 de la mañana, desde lo alto de aquella loma en la que estaba situada la fábrica, contemplaba desde el altozano las luces de la ciudad, la torre de la Catedral de Murcia, aún dormida. Su militancia clandestina, obviamente, se conocía en un círculo muy reducido. Una madrugada, a eso de las 5:30, cuando se dirigía hacia la carretera nacional para esperar el coche de un compañero, una pareja de la guardia civil lo paró y el más joven de los dos, con su bigotito, que ya llevaba unos meses en el cuartel del pueblo, con un tono enérgico y despectivo le pidió la documentación. A esa hora su indumentaria era un mozo azul, lucía una barba extensa y llevaba un macuto. El guardia lo miraba inquisitorialmente y lejos de amilanarse, le reprochó su altanería y le dijo que si era tonto, que si acaso no sabía quién era, dónde vivía y dónde trabajaba, hasta que el otro guardia, ya mayor, le ordenó al joven: «¡Venga, vámonos ya!».

En esos momentos el plan de concienciación sindical, que un pequeño comité de la fábrica se había impuesto como metodología, ya estaba anunciado y muy pronto comenzó a dar sus frutos. De manera que llegó la ocasión de negociar un nuevo convenio colectivo en el sector de químicas, de ámbito regional, y comenzaron a tomar contacto con otras fábricas del sector en Algezares y en Alhama de Murcia y se elaboraron una serie de propuestas sobre salarios y condiciones sociales. La correlación de fuerzas entre los trabajadores ya era propicia en las diversas secciones de la fábrica, y en otras, en el caso de que la patronal no aceptara esas propuestas y se tuviera que lanzar una huelga en la Región. En una asamblea general en la localidad de Alhama se expusieron las propuestas y se votaron: la huelga ya estaba en marcha. Después de varios días y varios tira y afloja, la patronal aceptaba la subida salarial, pero no estaba dispuesta a tener que pagar el 25 % de las prestaciones cuando el obrero estuviera de baja, hasta completar el 100 % del salario, ya que el Instituto Nacional de Previsión solo pagaba el 75 % por enfermedad. El comité de huelga se mantenía en sus trece y exigía que se aprobaran la totalidad de los puntos propuestos. La huelga seguía hasta que al final se lograba que ese punto del 25 % en el caso de baja por enfermedad lo abonaran las empresas, aunque legalmente en el marco jurídico del sindicato vertical, la C. N. S., no se podía admitir, y se había logrado incluir. En aquellas duras negociaciones el abogado oficial del sindicato vertical, en un tono irónico, le había dicho: «¡¡Tú qué es lo quieres?!», después de que haya metido ese 25 %, «¿quieres ponerme una pistola?». La huelga había sido un gran éxito y, en ese año ya de 1974, con ese convenio de químicas se cobraba un buen sueldo. El comité de huelga se disolvió y ahí acababa su misión. Precisamente su misión había sido la de coordinar toda la información y durante esa huelga había escrito los primeros comunicados para enviar a la prensa.

El tiempo transcurría y ya la política era el eje central de su vida. En aquellas interminables reuniones debatían hasta la saciedad la línea de acción a seguir, con aquellos materiales que recibían de Madrid, y planificaban las intervenciones en las huelgas obreras y asambleas estudiantiles. Entre las jornadas de trabajo y su asistencia a las clases, que se perdía la semana que tenía el turno de la tarde, el poco tiempo que le quedaba lo dedicaba a estudiar. Y los domingos, no todos, era el momento para estar con su compañera, ir al cine, o escuchar música. Y ahí daba vueltas y vueltas el disco *Mediterráneo* de Serrat: «A tus atardeceres rojos / se acostumbraron mis ojos, / como el recodo al camino. / Soy cantor, soy embustero. / Me gusta el juego y'el vino. / Tengo alma de marinero. / Qué le voy a hacer, si yo... / nací en el Mediterráneo, / nací en el Mediterráneo».

Y en eso llegó el tiempo de ir al servicio militar obligatorio, en uno de esos momentos económicos más pujante, ya que ganaba al mes unas 19.000 pesetas, una excelente cantidad para la época. No solo lo privaban de su libertad, sino también de ese dinero durante 15 meses. Los primeros tres meses los pasaba en Alicante y los 12 restantes en Lorca, en un regimiento de infantería de intervención inmediata. A pesar de estar a unos 60 kilómetros de su casa, solo pudo pasar seis o siete fines de semana en su casa. Desde el cuartel, seguía participando activamente en la política. Ya había conectado con la militancia de Lorca. Durante las horas del paseo por la tarde se reunía en un bar, junto a la librería Eliodoro Puche. En el cuartel se estaba formando un comité de soldados, con mucha cautela. Ya estaba en marcha la UMD, Unión Militar Democrática, aunque en ese regimiento se respiraba un ambiente extremadamente reaccionario. Así como el que no quiere la cosa, de pronto se vio de cabo y unos meses más tarde de cabo primero, realizando las tareas de suboficial. En uno de aquellos fines de semana cargó la mochila con unos 20 ejemplares del periódico *Combate*, para repartirlos después por Lorca. Aquella tarde, a la hora de la merienda, el diablo se puso de su parte, un subteniente de la compañía de abajo, gordito y con bigotito, lo paró y le dijo: «Dentro de una hora van a tocar alarma general, creo que deberías de revisar tu taquilla». Y efectivamente, aproximadamente una hora más tarde, registraban todas las taquillas de los soldados, y a él le había dado tiempo de sacar esos periódicos y esconderlos en la sección de cocheras, en la que tenía un amigo mecánico. En el código militar, la tenencia ilícita de propaganda ilegal, la condena se castigaba con unos cuantos años. Curiosamente a un amigo le habían requisado una novela de Julio Cortázar, mientras a otro que leía un libro de Ernest Mandel, que quizá no sabían que era trotskista, no le hacían ni caso. Los tiempos estaban revueltos y en la frontera del Sahara español se había montado desde Marruecos la llamada Marcha Verde. Ahí en su regimiento ya estaban preparados los camiones listos para el traslado en caso de intervención, y se intensificaba la gimnasia por la mañana y las marchas hasta Carraclaca, que estaba a unos kilómetros, para simular la guerra, en la toma de una pequeña montaña y, de vez en cuando, tocaban alarma general por la noche y se tenían que vestir a la carrera para hacer una marcha nocturna. España abandonaba el Sahara y en su regimiento recalaban algunos militares que llegaban de allí, con ciertas ínfulas, algún sargento que otro parecía más bien un general. En esa semana que a él le tocaba hacer el papel de suboficial y tener que formar a la compañía durante tres veces al día, ahí le llegaba la contradicción de tener que ordenar o de ser sancionado. Y esa contradicción le provocaba un pequeño daño psicológico. A los mozos más rebeldes ya les advertía que él no iba a arrestar a nadie y que el que se quisiera dar por arrestado que lo hiciera. En aquel patio del cuartel, cuando tenía que bajar a toda la compañía y formarla para llevarla hasta la puerta de salida, para darle el parte al oficial de guardia, les ordenaba a los soldados: «En marcha: un dos, un dos, Aaaaún». Y aquellos tipos pisaban duro con las botas en el asfalto y sonaba el eco de las pisadas, mientras él se regodeaba con esos 142 soldados y lo movía rítmicamente: oblicuo izquierda, oblicuo derecha, y aquellos seguían pisando tan fuerte, que hasta el sargento de su compañía que se creía general, se sorprendía. Todas estas anécdotas servirían después para contarlas, entre ellos, como aquellas viñetas de las *Historias de la puta mili*, que publicaba la revista humorística *El Jueves*, pero a él de todo aquello le quedaba una especie de claustrofobia, de haber vivido al ritmo de las órdenes y de haberse acostado y despertado con el toque de diana. Por eso le gustaba tanto la canción *La mala reputación* de Georges Brassens: «Cuando la fiesta nacional / yo me quedo en la cama igual, / que la música militar/ nunca me supo levantar. / En el mundo pues no hay mayor pecado / que el de no seguir al abanderado. / No, a la gente no gusta que / uno tenga su propia fe. / Todos me muestran con el dedo / salvo los mancos, quiero y no puedo», que también cantaba Paco Ibáñez.

113

Aún le coleaban esos recuerdos, 15 meses no eran moco de pavo. Frente a ese cuartel, en uno de aquellos bares trabajaban dos hermanas simpatiquísimas que preparaban unos bocadillos maravillosos. En ese bar una noche compró un magnetófono de segunda mano, que tal vez había ya pasado por una tercera mano, que guardaba con celo en su taquilla. Cada vez que le tocaba hacer las tareas de suboficial de semana, ocupaba esa pequeña habitación individual en el recinto de la compañía y en los ratos de descanso escuchaba con bastante volumen esa música que ponía de los nervios al sargento chusquero de aquella compañía. Al borde de un ataque de nervios se ponía cuando oía, aquella canción: *L'estaca* de Lluis Llach: «*Si estirem tots ella caurà / i molt de temps no pot durar, / segur que tomba, tomba, tomba / ben cortada deu se ja*». En aquel cuartel los oficiales andaban muy nerviosos después del abandono del Sahara, mientras el general Franco agonizaba, días, días y días. También las medidas disciplinarias se agudizaban en el cuartel. Atrás había quedado su picú con aquellos discos de 45 revoluciones por minuto y en el magnetófono se estaba gestando otra revolución con los nuevos casetes y aquellas canciones de Víctor Jara, Violeta Parra y Quilapayun, que sonaba sin cesar: «El pueblo unido, jamás será en vencido». En aquel año de 1976 la vida política y sindical en España también se había revolucionado, muy poco quedaba para que llegara el mes de mayo y contaba los días, como el chiquillo que esperaba el día de los Reyes Magos, Y aquel día llegó. Después de estar 15 meses militarizado trataba de adaptarse a la vida civil, de vez en cuando soñaba que lo volvían a llamar y tenía que volver por un error, y alguna que otra noche se desvelaba en mitad de la madrugada y tenía que abrir la ventana para respirar. En la calle, los primeros días, se sentía alegre como un jilguero, y esas calles se llenaban con manifestaciones que exigían a gritos: «¡Amnistía y Libertad!». La correlación de fuerzas entre el anciano régimen y las nuevas fuerzas opositoras saltaba por los aires, con los sindicatos organizados, con el control de las universidades por los partidos de izquierda, la posición de las fuerzas antifranquistas ya era un hecho real, frente a el régimen que agonizaba. La democracia ya estaba allí y no había caído por la chimenea ni la había traído la cigüeña. Algunos obreros habían caído abatidos en las huelgas y manifestaciones y ahora los presos políticos salían a la calle amnistiados. De nuevo se incorporaba, con mayor ahínco, a los estudios y volvía al trabajo en la fábrica, en aquella fábrica que le recordaba al poema *La huelga* de Pablo Neruda, que cantaba Luis Pastor: «Extraña era la fábrica inactiva / un silencio en la planta, una distancia / entre máquina y hombre, como un hilo / cortado entre planetas, un vacío / de las manos del hombre que consumen / el tiempo construyendo, y las desnudas / existencias sin trabajo y sin sonido». Y recordaba ese disco que Luis Pastor le había dedicado, en aquella actuación en el salón parroquial de la iglesia de Lorca. En aquel salón, el párroco P. le había dejado una pequeña habitación para que se pudiera cambiar la ropa militar, durante sus paseos por la ciudad.

Otra vez comenzaba la revolución permanente, el ritmo vertiginoso que se intuía y la acción política se incrementaba de tal manera, que algunas noches cuando caía en la cama pensaba que eso era el paraíso. Por revolucionar sus movimientos se compraba una Honda de 49cc de tres marchas y desde aquella motocicleta lanzaba aquellas octavillas, a las seis de la mañana, que por octubre del 1976, llamaban a la Huelga General, contra la supresión del artículo 35 de la Ley de Relaciones Laborales, que suspendía los convenios colectivos y la flexibilidad para que las empresas redujeran sus plantillas, y en la que se permitía el despido libre o, al menos, eso era lo que él recordaba de aquellas secuencias en su memoria, en las que se veía con su barba espesa y larga, con aquel anorak azul, en esa motocicleta de color naranja. De lo que sí tenía certeza era de que ese color no le gustaba, pero era el único que había. De la misma manera que recordaba esas secuencias y aquellas reuniones de todos los militantes, en las mañanas y tardes de los domingos, con las permanentes intervenciones de las dos fracciones principales, entre una extensa nube de humo y alguna botella de coñac de la que bebían a tragos. En aquellos momentos la organización decidía cambiar su estrategia sindical y los militantes obreros se pasaban a la UGT, que apenas tenía unos cuantos afiliados, que provenían del viejo PSOE, con apenas militantes. Desde Madrid habían llegado dos jóvenes abogados, Concha y Fernando, para estructurar el partido socialista y la reconstrucción del sindicato. Con motivo de aquella huelga del 76, él mismo tenía la opción de ser uno de los primeros afiliados con carnet, para que en el caso de que lo detuvieran pudiera argumentar que pertenecía a ese sindicato. Durante ese tiempo se dedicaba plenamente a participar en reuniones políticas y sindicales, en esa campaña de afiliación que estaba en marcha. Por las tardes solía pasar por la sede del sindicato para llevar y recoger nuevas fichas para carnets o para entregar la recaudación de las cuotas. Siempre le llamaba la atención aquel secretario general del sindicato que habían elegido. Era un tipo de mirada vivaz, inquieto, que apenas se dejaba ver, siempre con aquellos pantalones de pana y la chaqueta usada. Aquel tipo no le caía bien porque notaba algo raro en su comportamiento, de hecho, nunca había hablado con él. Una noche en aquella gran bodega, el Bar La Cosechera, del castizo barrio de Santa Eulalia, en el que se reunían los parroquianos de toda la vida para jugar al dominó, que se mezclaban con los estudiantes progresistas y con los militantes de los partidos clandestinos, apareció aquel tipo que siempre fumaba en pipa. Cuando se quiso dirigir a ese secretario general del sindicato, notó que antes de llegar a su mesa, ya se había esfumado. Definitivamente era un tipo muy raro.

Después de aquel verano del 76 su vida se aceleró sin saber ni cómo ni por qué y aquel amor se fue como había venido. Desde hacía ya un tiempo tenía problemas digestivos y el médico le recomendó, después de un mes de baja laboral, que aquellos polvos que respiraba en su trabajo podían ser la causa de sus dolencias y le recomendó cambiar de actividad. No se lo pensó. La sociedad también se estaba transformando. La empresa le pagó una buena indemnización y se fue al paro. En aquel nuevo curso en la Universidad, que comenzó en otoño, se desarrolló un vendaval de sensaciones desconocidas. Se compró un coche, un Dyane-6 de segunda mano, que muy pronto se adaptó a él, como si lo conociera de toda la vida, que lo llevaba a todas partes, con elegancia y sin prisa. Ahora disfrutaba estudiando y pasaba el tiempo conspirando en aquellos cafés en los que se reunían sus compañeros, entre mirones y observadores que espiaban todos los movimientos. Y así del Bar Ipanema, pasaba al Bar La Cosechera y ahí estaba el camarero Lope, Pepe, el yerno del dueño, y el viejo y entrañable Alberto. Aquel otoño resultaba muy movido con la huelga de la construcción y con las manifestaciones. Ahora tenía mucho más tiempo para su formación teórica y leía textos de Marx o de Trotsky. Se reía cada semana con aquella viñeta de la revista *Herma-*

*no Lobo*, que siempre acababa anunciando: «Y la próxima semana, habláremos del Gobierno», y disfrutaba con la lectura de la revista *El Viejo Topo*. En uno de aquellos números la revista, con el ánimo de provocar, colocó en la portada la bandera republicana. Esa tarde, junto a su carpeta, se llevó la revista a clase y ahí estaba sobre la mesa. Al pasar, el profesor de Derecho Sindical, la miró, la tomó y le echó un vistazo a las páginas y otro vistazo severo a él. Con su amigo P., que estudiaba Magisterio, ya al final de otoño, se pasaba por aquel piso de estudiantes en el que vivían una chica de Alicante y otra de Albacete, y en aquel piso escuchaba música sin cesar y hablaban de marxismo y de trotskismo, hablaban, hablaban y hablaban. De bar en bar una noche se encontró con una francesa, y, sin más le preguntó: «¿Qué es la vida?»; la francesita con una sonrisa pícara, lo miró y respondió: «*C'est la vie*». ¡Ah, la vida! ¡Cómo pasaba la vida!, que de pronto era primavera y ahí llegaba como una flor, a pasar unos días, la hermana de la joven camarada de Albacete. Una de aquellas noches, en aquel piso de estudiantes, decidieron ir a la discoteca Barbus que estaba a las afueras y hasta allí los llevó el Dyane-6, que corría como ocho caballos. Y ahí sobre la pista bailaban dando saltos hasta que llegaron las lentas y bailaba con la hermana que había llegado de Albacete, sonaba la canción *Gavilán o paloma* de Pablo Abraira: «Amiga, hay que ver cómo es el amor / que vuela a quien lo toma. / Gavilán o paloma

/ Pobre tonto, ingenuo charlatán, / que fui paloma por querer ser gavilán. / Amiga, hay que ver cómo es el amor / que vuela a quien lo toma. / Gavilán o paloma». Aquella chica se apretaba, se pegaba tanto y tanto que se fundían en un solo cuerpo. La chica temblaba.

Comenzaba la campaña para las elecciones de 1977. La Universidad era un hervidero de ideas y en aquellas asambleas la agitación de las diversas tendencias ideológicas colocaba a sus peones en los puntos más estratégicos del campus, mientras para confundir el debate o reventar la unidad, de vez en cuando, intervenía algún que otro facha, que después de ser silbado tenía que abandonar. Aquel curso había aportado fuerte por los estudios, aunque seguía con su proselitismo y, horas antes de entrar a las clases, por el pasillo central de aquella Facultad de Derecho, trataba de vender el periódico *Combate*, hasta que llegaba algún tipo con pinta rara y tenían que dejarlo, alguna que otra vez, a la carrera. Otras veces colocaban pancartas o repartían pasquines. Atento siempre a la tarea de captación, solía concertar cita con algunos estudiantes, en esas reuniones él tenía muy claro que jugaba el papel de obrero en la organización, aunque ahora estuviera en paro y asistiera a la Universidad. En aquellas clases se mostraba activo y de en vez en cuando polemizaba con un joven profesor de Derecho del Trabajo. Aquel bedel, contra pronóstico, que parecía un coronel cuando, en plan marcial, abría y anunciaba el fin de las clases y que no dejaba entrar si ya pasaban unos minutos, le caía bien. Aquel tipo, calvo y bajito y con bigotito, tenía tendencia a querer saber la vida de cada uno, sin embargo, también él les contaba la suya, que no era precisamente muy alegre.

En aquella primavera del 77, los dos meses que quedaban para llegar a las elecciones generales del 15 de junio, fueron hermosos y trepidantes, en Semana Santa legalizaban al Partido Comunista de España (PCE) y regresaban los últimos exiliados, ahí estaba Dolores Ibarruri, *La Pasionaria,* y el poeta Rafael Alberti y ahí estaba el Guernica, el famoso cuadro que Picasso había pintado por encargo de la República para la Exposición Universal de París de 1938. La gente estaba entusiasmada, los militantes clandestinos abandonaban la clandestinidad y los más viejos asistían atónitos a aquellos primeros mítines del PCE y del PSOE, que terminaban cantando la Internacional; de nuevo se alzaban los puños, mientras las organizaciones a la izquierda de los comunistas y socialistas, trataban de hacerse ver y oír, en las puertas de los centros y polideportivos en los que se celebraban mítines del PCE, que había sido el partido hegemónico en la lucha contra la dictadura, y el PSOE que reaparecía en cuadro de sus cenizas, con el prestigio que había tenido durante la República. Lo cierto era que los mayores seguían teniendo miedo de manifestar sus sentimientos y sus preferencias políticas, mientras los jóvenes, que iban a votar por vez primera en su vida, vivían la vida con intensidad. Por las radios y la televisión sonaba la canción del grupo Jarcha: «Dicen los viejos que en este país hubo una guerra / y hay dos Españas que guardan aún, / el rencor de viejas deudas. / Dicen los viejos que este país necesita / palo largo y mano dura / para evitar lo peor, / pero yo solo he visto gente / que sufre y calla / dolor y miedo, / gente que solo desea su pan, / su hembra y la fiesta en paz. / Libertad, libertad sin ira libertad / guárdate tu miedo y tu ira / porque hay libertad, sin ira libertad / y si no la hay sin duda la habrá. / Libertad, libertad sin ira libertad / guárdate tu miedo y tu ira / porque hay libertad, sin ira libertad / y si no la hay sin duda la habrá».

Se celebraban las elecciones y las ganaba esa derecha moderada, recién creada, que se situaba en el espacio del centro, con 165 escaños; los socialistas obtenían un buen resultado, con 118 diputados, después de haber estado muchos años fuera del foco de la escena política, y los comunistas que eran los que más habían luchado contra la dictadura y por la democracia lograban 20 diputados; la derecha más a la derecha, los de AP, conseguían 16 escaños. Su organización que había exigido unas Cortes Constituyentes decidía hacer boicot a aquellas elecciones y también perdía; no importaba, ya estaban acostumbrados a ir de derrota en derrota hasta la derrota final, o el triunfo, según se interpretara. En aquella organización se debatía y aquella Liga Comunista se partía en tres fracciones. La democracia ya estaba allí, entre los últimos coletazos de la extrema derecha y el intermitente ruido de sables y el terrorismo de ETA. El sueño de la revolución permanente se iba disipando con aquella ruptura pactada de la oposición de izquierdas y los partidos herederos del franquismo. Al menos los portugueses sí que habían hecho su revolución de los claveles. El tiempo viejo ya era otro tiempo nuevo, y cada vez le seducían menos, aunque su compromiso siguiera intacto, aquellas largas reuniones. Le quedaba una gran satisfacción de haber empleado todo su tiempo durante esos años en aquella larga lucha antifranquista por la democracia. Se despertaba de un sueño grisáceo y le invadían unas ganas locas de disfrutar, de gozar, de beber, de bailar.

Hasta llegar a aquel verano de 1977, si miraba hacia atrás, se encontraba con una serie de secuencias que siempre se repetían con la misma nitidez, con aquellos planos americanos, medios y contrapicados. A partir de esos momentos, el foco de aquellas secuencias se quedaba parado en unas pocas acciones, y las otras se velaban cuando trataba de rebobinar. Esas pocas secuencias que recordaba hasta llegar al verano de 1978, se mezclaban con otras a su libre albedrío, como si se escaparan por los agujeros de un colador, y salían caprichosamente. Y ahí siempre estaba la música. Sonaban y sonaban: *It's A Heartache* de Bonnie Tyler y se agitaba el corazón; David Bowie cantaba *Heroes* y le transportaba a otra constelación; los Sex Pistols gamberreaban desafinando con su *Good Save The Queen*; con los Bee Gees se tragaba su soniquete con *More Than a Woman*; con Jonh Paul Young y su *Love is in The Air*, sentía que el amor estaba en el aire. Quizá en su subconsciente hubiera un ánimo de revancha, o más bien de ajustar cuentas, contra ese tiempo tan largo, monótono y gris, que había vivido. Lo cierto era que el nuevo ambiente social, ya en plena ebullición, le acompañaba. En la ciudad comenzaban a abrir estupendos garitos en los que se podía escuchar la mejor música del momento, al tiempo que se despertaban las inquietudes culturales con cinefórums, conferencias, y la apertura a otras músicas como la celta, el jazz o el flamenco, y en las discotecas bailaba a tope con aquel *Night Fever* de los Bee Gees, que estaban hasta en la sopa de letras, con aquellos divertidos Queen que cantaban *We Hill Rok you* o con aquella estilizada Donna Summer que invitaba a la sensualidad con su *I Feel Love*.

Cuando las cosas vienen como vienen no hay que darle vueltas. Así que de pronto en aquel verano de 1978, llegó un viaje que ni en sueños soñaba. Después de estar 10 años trabajando en el Palacio de Miraflores de Caracas, llegó su amigo el escultor Pedro Noguera y le dijo que estaba preparando un viaje por Europa. Lo invitó y, sin más, aceptó. No tenía ningún tipo de ataduras. Comenzaron a coordinar el viaje. Como un Pegaso, su Dyane-6 ya estaba dispuesto. Le quitaron los asientos de atrás, le adaptaron un mullido colchón de gomaespuma, y ese espacio se convirtió en una cama. Una mañana comenzó la aventura. Obviamente aquel coche de segunda mano no pasaba de los más de 100 kilómetros por hora y, a partir de esos momentos, las horas ya poco importaban, ni llevaban prisa ni tenían un itinerario concreto. El viaje no empezaba bien, al pasar Madrid y subir un puerto, el coche se paró. Después de un par de horas el mecánico solucionó el problema del carburador. Aquella noche, al pasar Burgos y llegar a un pueblo del País Vasco, cenaron estupendamente y durmieron por primera vez en esa improvisada cama. No estaba mal. A la mañana siguiente, con las luces del alba, continuaron el viaje con la pretensión de llegar a París. En su memoria se almacenaban bellos paisajes de prados de intensos verdes, hasta llegar a la frontera por carreteras con frondosos árboles camino de París. Con un momento muy especial que sin saber por qué recordaba con mucha nitidez, que había sido la parada junto a la carretera, junto a un puesto de sandías, que regentaban unos ancianos con cara de felicidad; aquellas sandías las degustaron como un auténtico manjar. ¡París! ¡La France, oh, la, la! Ya estaban muy cerca de París, el cartel indicaba a 10 kilómetros y el Dyane-6 tranquilo y audaz hacía su entrada triunfal sin haber elegido previamente esa ruta, por la carretera, después por la avenida los ponía a los pies de aquella Torre Eiffel, que había visto en algunas películas. Aquella torre se divisaba a los lejos y una extraña emoción se iba adueñando del momento. Después del largo viaje, descansaban tumbados en el césped, bajo un sol que calentaba pero que no quemaba, miraba hacia arriba y parecía que volaba con aquellas espumosas nubes blancas, mientras soñaba. Después de descansar se dirigían hacia la dirección que tenían anotada de un primo de P. N., que vivía en un barrio limítrofe con otro de magrebíes. Al día siguiente el joven hijo del primo de P. N. los llevaba en metro al Museo de Louvre y se sorprendían en el departamento de escultura, con aquella escultura de mármol a tamaño natural del *Gradiador Borgese,* o con la del *Hermafrodito durmiente,* o con aquellas otras de la *Venus de Milo* o la *Venus de Arlés.* En el recorrido por esas salas, observando aquellas obras, sentía como una borrachera de arte; se extasiaba contemplando *La balsa de la Medusa* de Théodore Géricault o *La encajera* de Jan Vermeer; mientras trataba de descifrar el *Código de Hammurabi* de aquella Mesopotamia; se invitaba a esa famosas *Bodas de Canaa* de El Veronés; y aquella supuesta esposa de Francesco del Giocondo, le miraba desde un ángulo y otro y le guiñaba el ojo; aquella *Mona Lisa* parecía que estaba viva.

Sí, París era una ciudad hermosa, desde luego que no había que ser un urbanista ni un filósofo especialista en estética. Muchas veces

había oído que bien valía una misa, aunque
no entendía de la misa la mitad; en esa ciudad
con sus luces singulares y durante aquel espectacular atardecer, junto a *la Basilique du Sa-
cré-Coeur*, muy poco había que saber. La belleza
estaba allí en sí misma. Aquella noche tenían
cita con el primo de P. N. y otro amigo de Cabe-
zo de Torres que trabajaba allí. Ni qué decir que
después de cenar, entre compatriotas, y de dar
un repaso a la situación y a las cosas de Murcia
y de España, para terminar la noche, se dirigían
a tomar unas copas por la zona de de los caba-
rets, y allí estaba el famoso *Pigalle*, entre luces
fluorescentes que giraban y giraban creando un
clima de fantasía, que hasta el mismísimo Don
Quijote podía de nuevo confundir las aspas de
aquel *Moulin Rouget* con gigantes. Algunos de
aquellos garitos estaban en los sótanos y desde
la acera de la calle los porteros ofrecían, a gritos,
el espectáculo y la oferta de copas que bajaban
de valor cuando les oían hablar en castellano.
Ni qué decir que el precio de las copas era pro-
hibitivo para el salario de los trabajadores, aunque se podía tirar la casa por la ventana de vez
en cuando. Sus amigos se marchaban, ya que
al día siguiente trabajaban, y allí se quedaban
ellos. Tenían ganas de jolgorio. Y bajaban por
aquel *boulevard* en el que, junto a las puertas
de las casas, y en su paseo central, con andares
sinuosos y movimientos exagerados, paseaban
chicas y chicas que parecían más chicas que las
chicas, pero que realmente no eran chicas, entre

las luces románticas de las farolas y el efecto efusivo de las copas, miraban y jugaban a preguntar: «¿*Femme* o *Tranfors*?», con alguna mirada que otra del macarra de turno. Entre vueltas y vueltas a la calle se deleitaba contemplando la belleza oriental de aquella japonesa, una y otra vez, jugaba y jugaba, hasta que, al final, aquella japonesa no era una *femme*, ya que con su dulce sonrisa de *geisha* afirmaba que era *tranfor*. Sí, las noches parisinas tenían su encanto; sin embargo, la luz esplendente y la vida en sus cafeterías y terrazas, también era especial, por primera vez había visto un barrio habitado mayoritariamente por magrebíes, con sus tiendas y negocios y se había sentido distinto en esas cafeterías en las que se tomaba mucho té. París tenía mucha vida y enganchaba, pero el viaje tenía que continuar. Al día siguiente partirían para Bruselas. Necesitaban comprar una manta para tapar los objetos de la parte de atrás del coche y taparse en caso de que alguna noche pudiera hacer frío. En un gran almacén les atendía el dueño, un simpático portugués, que después de charlar y charlar un buen rato, les hacía un 50 % por ser españoles y decía que los ibéricos éramos como hermanos.

Y ahí estaban en la Grand Place de la capital belga, con sus adoquines y sus impresionantes fachadas, una joya arquitectónica de arte renacentista con elementos góticos, flamencos y hasta neoclásicos, que le dejaba a uno patidifuso después de acceder por uno de sus callejones.

El corazón de la capital se resumía en esa plaza, por la que a mediados del XVI se utilizaba para ejemplarizar con los espectáculos de las decapitaciones; ahí estaba el Hotel du Ville, el ayuntamiento, La Maison de l'Etoile o la Masion du Roi, con aquellos balcones decorados y su campanario. Y ahí estaba el Museo de la Cerveza. Paseaban por la ciudad que tenía un aspecto provinciano y, después de visitar el Museo de Cera, por la noche, en un sótano de esa plaza, que cambiaba su belleza y su misterio, escuchaban a un grupo de jazz, entre cervezas, y se divertían siguiendo el ritmo golpeando a compás con unas cucharillas. Esa noche dormían a las afueras de la ciudad en el coche y por la mañana le despertaban unos gendarmes con gestos de pocos amigos. Después de comprobar la documentación, ya en un tono de amabilidad, les informaban que estaba prohibido pernoctar o aparcar en esa zona. El viaje tenía que proseguir y Ámsterdam estaba cada vez más cerca, pero antes observaban, aquel monumental Atomium que era el sello de la imagen de modernidad de la capital belga, desde que se diseñó para la Exposición Universal de Bruselas de 1958, con sus 102 metros altura y esas 9 esferas de 18 metros de diámetro que representan un átomo de hierro ampliado 165.000 millones de veces. Antes de salir de la ciudad, llegaban a un barrio que estaba en fiestas y ahí sobresalía esa noria, entre el carrusel que giraba, que podría ser la misma noria que había visto de niño en la feria de Murcia y, al parar junto a un bar, se encontraban con aquel taller mecánico de un malagueño y aquel barrio se asemejaba al de cualquier ciudad provinciana. Y sonaba la misma música del momento, se bailaba con el *Blame i ton the bogie* con The Jackson o se cantaba el *Is This Love* de Bob Marley. En aquellos caminos hacia Ámsterdam inmensamente verdes, en los que se perdía la vista en el horizonte, aparecían las famosas vacas holandesas tan plácidas que parecían reír, entre algunos tulipanes salvajes. La imagen previa que uno tenía sobre ese país desconocido se correspondía en el mundo rural con el mundo que había soñado. Otra cosa sería Ámsterdam, aquella capital tenía otra resonancia en su imaginario, y ya estaban a la vuelta de la esquina.

En la atmósfera de aquella ciudad se respiraba un ambiente especial, con sobresaliente énfasis en los alrededores del barrio rojo y en esa bulliciosa arteria principal que era la Warmoesstraat, con sus chillones neones escarlatas, que no dejaban de parpadear. Lo que más le sorprendía durante el día era la cantidad de gente de todo tipo que circulaba en bicicletas y el respeto que le tenían los automovilistas. Por las noches el llamado barrio rojo se transformaba en un hervidero de gentes con muchas ganas de vivir, algunos con ganas locas, entre tribus urbanas, punkis y anarquistas. Y cómo no, le llamaba la atención aquellos *coffee shops* en los que el personal podía libremente consumir hachís. En esos cafés, de pronto, estaba saboreando una cerveza, y el que estaba a su lado le pasaba el cigarrillo. Aún en el verano del 78, llegar desde una provincia de España y encontrar esa verdadera libertad producía un choque cultural. La moral mojigata y represiva y el poso que había dejado el franquismo no se quitaba así como así, de la noche a la mañana. Y queriendo curiosear se metían en aquellas cabinas colectivas en las que echaban unas monedas, se abría una ventanilla, y se encontraban con una chica desnuda, como si estuvieran en un cuento de las mil y una noches. A través de un cristal frontal podía ver la cara de su amigo P. N., mientras la chica se movía lascivamente y él se reía y su amigo más; la chica se movía más y ellos se reían más; hasta que entraba el encargado del local. Por supuesto que no se reían de la chica, pero el ataque de risa todavía les duraba al salir a la puerta.

Atrás se quedaba el perfume holandés y el viaje sin destino ni fechas concretas proseguía, aquella mañana, con la salida desde Ámsterdam con la pretensión de llegar a Hamburgo. Tomaban la carretera. Entre él y P. N. existía una absoluta confianza y unas veces conducía uno y, cuando se cansaba, el otro aprovechaba para echar una cabezada; no llevaban ningún tipo de prisa y en la autopista por mucho que pisaran el acelerador aquel Dyane-6 no pasaba de los 120 kilómetros por hora. Así que dejaban que los camiones les adelantaran alegremente. De vez en cuando alguna que otra pitada de saludo sonaba al ver la matrícula de Murcia. Ya iba sintiendo esa extraña sensación de las fronteras, de cambiar monedas, de idioma, y de cigarrillos, de los que probaba las marcas más populares; durante ese trayecto las luces y el paisaje apenas cambiaba. Sin embargo, muy cerca de Hamburgo recordaba la eclosión de aquel atardecer de rojos escarlatas propias del Apocalipsis, que de tan bellos parecían el momento cumbre de una ópera de Warner. Anochecía y la aventura estaba por llegar. Ni al más sagaz de los guionistas se le hubiera ocurrido escribir la acción de lo que estaba a punto de ocurrir, ni tal vez en el caso de que un espectador las pudiera contemplar las hubiera creído, pues ellos tampoco, pero lo cierto es que el escenario allí estaba. En un cruce, mientras buscaban el cartel que indicara la dirección hacia el centro urbano, tomaban un camino comarcal muy mal iluminado, que ni tenía espacio para dar la vuelta. Entre una luz misteriosa de color amarillo desvaído, conducían muy despacio y, a lo lejos, se divisaban unos potentes focos blancos. El camino se iba estrechando y una sensación de extraño misterio se iba adueñando de la situación. A unos metros podían ver unas casetas y unos guardias armados. Uno de aquellos guardias después de dar las buenas noches de malas ganas, comenzaba a increparles en alemán y ellos obviamente no entendían nada ni del idioma ni del mensaje; a continuación, en un inglés básico se entendía con P. N. Aquel guardia no se explicaba cómo habían sido capaces de acceder a una zona restringida del puerto de Hamburgo. Y por supuesto mucho menos ellos, que le indicaban al guardia que podía registrar el vehículo. Después de unos momentos tensos, el guardia les dejaba marchar, indicándoles la dirección adecuada para salir de aquel enorme puerto, situado en esa bahía del río Elba, que desembocaba en el Mar del Norte, y que era la puerta de entrada a Alemania. Atrás quedaba ese otro momento anterior, en el que en la autopista utilizaban los servicios de duchas para camioneros, con la característica picaresca, en aquella estación de servicios; cruzaban por el pasadizo hacia el área de enfrente, se hacían pasar por camioneros, toalla al hombro, introducían la moneda que abría la ducha, y después de ducharse uno lo hacía el otro, con la misma moneda.

El viaje, la aventura, moverse, ir de un lugar a otro. Aquel viaje en nada se asemejaba al de un tour operador, con una programación planificada, sino todo lo contrario; si por un lado se podía conocer el lugar de procedencia, en algunas ocasiones les preguntaban de dónde eran, sin embargo, cuando alguno se interesaba hacia dónde se dirigían, ni ellos mismos lo sabían. Y ahí seguían contemplando esas imponentes fachadas, junto al puerto, muy cerca de aquellos escaparates en los que posaban chicas desnudas. Aquellas luces de verano que se reflejaban sobre aquellos vetustos edificios le daban un halo romántico al ambiente. Ya sabían que el panorama cambiaba realmente en invierno. Al llegar la hora de comer siempre trataban de probar los productos típicos del lugar y aquella noche se daban un pequeño festín, aunque al pensar en esos instantes no recordara si habían comido codillo o pescado, pero sí guardaba en su memoria aquel patio con un hermoso jardín, muy bien cuidado, en ese coqueto restaurante, con la perfecta simetría de las mesas y la colocación de los cubiertos, en un ambiente armónico. La tranquilidad se presuponía, los alemanes en los restaurantes no montaban bulla, como se gritaba en cualquier bar español. Ahí les atendían muy atentamente y, al mirar el color del cabello de la chica y el chico, caía en la cuenta de que la tonalidad del cabello rubio ya se iba imponiendo, desde hacia unos días. A la mañana siguiente tomaban el camino de la frontera con Dinamarca. En la contemplación de aquellos paisajes, junto al fiordo, se vislumbraban versos sueltos, como esas formas de poemas que se estructuraban en la mente y no se escribían. Al cruzar la línea fronteriza, después de cambiar los marcos por coronas, lo que ya le empezaba a llamar poderosamente la atención era el nivel de vida. Compraba un paquete de cigarrillos y le costaba 350 pesetas, al cambio, una auténtica barbaridad en aquellos momentos. Ya se dirigían hacia aquella ciudad de nombre rimbombante, Copenhague, y muy pronto estaban en la bahía del puerto ante el símbolo más importante de la capital danesa. Observaban esa misteriosa escultura de más de un metro de altura sobre una roca de granito, que había regalado a la ciudad Carl Jacobsen, el fundador de la marca de cervezas Carlsberg, y que homenajeaba al gran escritor danés Hans Christian Andersen, que, entre tantos cuentos infantiles, había escrito el de *La Sirenita*. Hasta ese momento el Dyane-6 con su parsimonia pasmosa había visto tirados en las carreteras por averías a otros coches españoles de otras marcas más potentes, pero ahora renqueaba. Lo llevaron a un taller, les atendió un joven mecánico, que hablaba inglés, como muchos de los habitantes de esa ciudad; levantó el capó y, después de mirar y de dar un par de acelerones, ya sabía qué tenía: el acelerador estaba simplemente obturado, lo limpió, les explicó que la causa era la mezcla de los diversos octanajes de la gasolina, y no les cobró. Intentaban darle una gratificación y se resistía. ¡Qué poco pícaros eran estos daneses! No, afortunadamente, no olía mal en Dinamarca, todo lo contrario que escribió William Shakespeare en su famosa: *The Tragedia of Hamlet, Prince of Denmark.*

De vez en vez se acordaba de su casa y de su familia, aunque estaba en un sueño. Muchas veces se había imaginado la vida de aquella sociedad del bienestar de los países escandinavos, con sus socialdemocracias avanzadas, pero ahora estaba allí y también lo estaba viviendo como en otro sueño. Ya estaban en Gotemburgo y se dirigían hacia esa ciudad que estaba a 470 kilómetros de Estocolmo, de nombre rimbombante, que era el colmo de su imaginación. En el imaginario popular de un cierto tipo de español aún estaban aquellas suecas que iban a Benidorm y que se bañaban con las vikingas al aire; en materia sexual los españoles venían de un largo túnel, de décadas, de represión «satánico y sotánico», como en su día afirmó el poeta Pablo Neruda, y apenas hacía un año que se había proyectado la película *El último tango en París*, durante meses el personal había cruzado la frontera y había hecho cola en los cines de Perpiñán, como si hubieran ido de turismo cultural.

Ahí estaban en esa linda ciudad de Gotemburgo y las bellezas rubias de ojos azules paseaban por las calles de la ciudad, ajenas a las miradas al albur. La estancia era agradable, pero el viaje tenía que continuar y ahí estaba el Dyane-6 con su morro pintado de negro, tomando rumbo sin arrogancia hacia la capital. En ese largo trayecto por carretera se producían los momentos más hermosos para la vista y el espíritu, aquellos paisajes de grandes y frondosos árboles, a ambos lados de la autovía, tenía para los sentidos el mismo placer que generaba la lectura de un gran libro de poemas; *Belleza y Verdad* de John Keats. Aquella naturaleza no tenía fin y se repetía a cada momento. En aquel tramo inicial, durante muchos kilómetros, su amigo P. N. descansaba y dormitaba con su cabeza pegada a la ventanilla, mientras él sentía un gozo indescriptible, conduciendo y oyendo una casete de los Rolling Stones, que se repetía, una y otra vez, con canciones como *Paint it Black* o aquella otra de la simpatía por el diablo que escuchaba una y otra vez: «¿Es mi nombre? Dime *baby*, ¿cuál es mi nombre? Dime *baby*, ¿cuál es mi nombre? Quu, quién Um *baby*, ven aquí abajo. Quu, quién, oh yeah, ven aquí abajo, oh yeah, oh yeah! Dime *baby*, ¿cuál es mi nombre? Dime baby, *baby* adivina mi nombre. Dime *baby*, ¿cuál es mi nombre? Te lo diré una vez, eres culpable. Quu, quién Quu, quién. Oh yeah. Cuál Quu, quién. Quu, quién. Quu, quién. Oh yeah».

¡Qué belleza! Nunca había visto tantos y tantos árboles juntos con esa gigantesca altura. ¿Cómo se llamarían esos árboles? Ya quedaban pocos kilómetros para llegar a Estocolmo y por su cabeza pasaban las imágenes ficticias que se habían recreado en su mente de esa ciudad, que era el paradigma de la libertad. Al llegar al centro urbano, la ciudad era bella pero no grandiosa en el sentido de enormes edificaciones. Su diseño tenía un estupendo trazado urbanístico y sus proporciones arquitectónicas eran muy equilibradas. Al bajar hacia la plaza del Cristal, junto a unos almacenes sonaba la canción *Take a chance on me*, y una sueca que los oía hablar en castellano, les decía que les importaba un carajo el grupo Abba, que los suecos estaban atontados y que preferían a los latinos. Nosotros no le habíamos pedido opinión, pero a ella le daba igual, seguía hablando sin parar y hasta acababa gritando, tanto que parecía que era latina y se hacía la sueca, pero no. En Suecia nos encontrábamos con unos personajes verdaderamente singulares, a un andaluz que trabajaba en la Renfe en Barcelona y sus vacaciones las pasaba en Estocolmo, con la intención de conseguir un permiso de trabajo para residir ahí, pero no lo conseguía y ya era el segundo año. Estaba enamorado del estilo de vida sueco. Después coincidíamos con un vasco, que tenía pinta de etarra, con tarjeta de residencia, que se dedicaba a robar dos o tres bicicletas a la semana, las revendía, y eso le daba para ir tirando. Tenía problemas de conciencia, pero argumentaba que no le quedaba otra. Los suecos dejaban las bicicletas en sus puertas y nunca le echaban el candado.

En esa época se notaba la presencia de chilenos y argentinos exiliados. Una de esas noches que tenían que tomar el último tranvía, mientras caminaban hacia la parada, una chica les preguntó la hora y P. N. se la dijo. La chica se marchó corriendo como una loca. Al llegar a la estación, al tanto que sacaban el ticket, aquella chica los miraba con odio y no cesaba de gritar: «¡La concha de tu madre!», mientras ellos como si no fuera con ellos se hacían los suecos. No le encontraban sentido al asunto, hasta que se daban cuenta de que P. N. llevaba su reloj adelantado en media hora, por eso la chica había salido como una bala y al llegar y verlos reír, pensó que lo habían hecho aposta. Desde el primer momento que llegaron a Estocolmo tuvieron la suerte, nada más aparcar el coche en el centro, de que se dirigiera a ellos un chaval melenudo del Puerto de Santamaría, al ver la matricula de Murcia del Dyane-6. Después de tomar un café y de entablar una amena conversación, los invitó a quedarse en un gran edificio que estaba ocupado por gente de toda condición, desde jóvenes, a matrimonios con sus niños. En pleno centro, por motivos especulativos, querían derribar ese edificio y la mayoría de propietarios habían firmado la autorización, excepto una abuelita que se oponía y lo había recurrido, ya que se negaba a abandonar su vivienda. En aquel edificio ocupado había una perfecta organización, desde tareas educativas y de recreo para los niños, hasta un comité de autodefensa para cuando llegaban la policía, otro de limpieza, y otro que informaba a los ciudadanos y atendía a la prensa.

En ese edificio les asignaron un piso, por mediación del joven andaluz, en calidad de invitados; todo estaba organizado: que se querían quedar a comer allí, pues se apuntaban por la mañana y pagaban una modesta cantidad. Aquella ciudad también ofrecía servicios para los extranjeros que iban de paso, de manera que podían comprar huevos y carne en el supermercado y utilizar las cocinas en un centro, con sus platos y cubiertos, con una limpieza exquisita; hasta los exiliados tenían su subsidio, con la condición de estudiar el idioma sueco, unas horas al día.

La temperatura era excelente y el sol no picaba, y los suecos disfrutaban los pocos días de calor que solían tener, con aquellos azules oscuros que tanto se diferenciaban de los mediterráneos. Cuando paseaban por los cuidados parques podían ver alguna que otra chica recostada con las tetas al aire. Aquella estampa natural y bella también causaba una cierta extrañeza a algún que otro parroquiano del lugar, como aquel tipo mayorcito, regordete y sonrosado, con gafas y cara de vicio, que, encorbatado y con cartera, pasaba varias veces, disimulando de un lado a otro, al que se le iban ensanchando los ojos cuando se aproximaba al lugar en que estaban las chicas tumbadas. Estocolmo era una ciudad para quedarse. Sin embargo, el viaje proseguía y en esos preparativos conversaban con una chica que les recomendaba que lo mejor para ir Praga era asegurarse de conseguir antes un visado en el consulado y les facilitaba todo lo pertinente a esa información. No lo hacían. De nuevo, bajaban hacia Dinamarca para coger el ferri con la intención de ir al Berlín comunista. Tomaban el barco con bandera de la República Democrática Alemana, desde Gedser hasta Rosctock. Sin embargo, antes de embarcar entraban en un restaurante y le servían una de las mejores tablas de quesos que hasta ahora había probado, con unos sabores y unas mezclas nuevas, aún tenía el gusto en el paladar de esas finas hierbas. Al llegar a la ciudad comunista de Rosctock algunos de sus habitantes parecía que nunca habían visto un Dyane-6, pues se reían mientras saltaba, con el efecto de los amortiguadores, en aquella subida del puerto adoquinada. En las afueras de la ciudad de Rosctock dormían en el coche, junto a unos huertos.

A la mañana siguiente en la autovía hacia Berlín, recordaba que habían parado a tomar un tentempié en un área de servicio y le habían servido una bandeja muy nutricional entre carne y verduras y frutas. Después llegaban al puesto fronterizo de Berlín y tenían que declarar el dinero que llevaban. Y ahí estaba ese Berlín Oriental con sus encantos y con su muro, ahí permanecían esas calles, que, como museo, habían quedado tal como el último día de la II Guerra Mundial, después de los intensos bombardeos sobre la ciudad. Y ahí estaba su plaza mítica, la gran Alexanderplatz. Y ahí la vida era lenta. Desde Berlín se dirigían hacia un pequeño puesto fronterizo con Checoslovaquia, el paisaje boscoso resultaba monumental e inquietante. En aquel puesto fronterizo solo había un «vopo» y un auxiliar. El guardia le pedía la documentación y al rato trataba de negociar, por teléfono, con no se sabe quién. Hablaba y hablaba, gesticulando, mientras los miraba. El «vopo» con sus grandes botas y correajes y sus ademanes prusianos, de cuando en cuando se acercaba al coche, y él le enseñaba el chavero del coche y le mostraba al «vopo» en esa circunferencia del llavero la hoz y el martillo con las siglas del PSUC. Y el «vopo» lo miraba muy serio y se encogía de hombros. La noche caía y después de varias horas el «vopo» les comunicaba que no podían pasar. Les indicaba en un papel un trazado para llegar a la frontera de la Alemania Federal, con Austria. En aquella frontera de montaña de estilo romántico anochecía y el camino para volver al pueblo estaba muy mal iluminado, para subir le habían preguntado a una pareja de ancianos y estos, muy amables, llamaron a un joven, que con su ciclomotor los acompañaba. Apresuraban la bajada antes de que anocheciera y al llegar al pueblo ya era de noche y se desorientaban al llegar a la calle central, al estar cortada por obras. Un joven de aspecto raro, al que le preguntaban más por señas que por palabras, se colocaba junto a la ventanilla del conductor y, con el coche en marcha lenta, los dirigía hacia otra calle mucho más oscura. Por sus mentes mientras se miraban pensaban que aquel tipo les iba a dar un palo y, sin embargo, ¡quia!, aquel tipo de mala pinta resultaba ser un tipo estupendo y, después de ir pegado al coche, por varias callejuelas, los sacaba de nuevo a la calle central y los despedía con mucha simpatía. Salían de esa población, de cuyo nombre no se acordaban, y dormían en mitad del camino de otro lugar, que no sabría precisar. A la mañana siguiente llegaban a ese pequeño puesto fronterizo entre las dos Alemanias. Y de nuevo ahí estaban los «vopos» con cara de pocos amigos, registraban el coche y les recriminaban que cómo era posible que estuvieran allí si llevaban un visado en Berlín para 24 horas y ya estaba caducado. Ahí les tenían una hora y otra, al tanto que registraban las maletas, con cierta saña, de los otros alemanes del lado capitalista, con deleite y algunas risas cuando aparecía algún que otro sujetador o alguna braguita de moda. Ellos asistían a ese espectáculo con mucha calma. Se tomaban unas cervezas, que, aunque calientes, estaban muy buenas, y al «vopo» desde luego que no le gustaba aquel comportamiento y mucho menos sus pintas. Así era la vida. Después de unas horas, ahora en la ventanilla, una guardia le llamaba la atención sobre el descuadre del dinero que habían declarado al entrar y los marcos que llevaban a la salida. Después de un tira y afloja, entre palabras en inglés y gestos, se solucionaba el asunto. Durante ese tira y afloja, los dos bromeaban sobre la belleza de la guarda y, si uno decía que tenía unos bellos ojos, el otro decía que tenía unos estupendos senos. Al final, la agente que hablaba casi perfecto el español, sonreía y les deseaba un buen viaje. Y ahí ya estaban disfrutando de Salzburgo, la ciudad del genial Mozart, con sus palacios y sus abadías y sus iglesias. Desde aquellas plazas se podía ver en la montaña la monumental Fortaleza de Hohensalzburg y ahí estaba el río Salzach que cruzaba la pequeña y coqueta ciudad.

Desde la coqueta Salzburgo tomaban el camino hacia la mágica Venecia y ya resonaban las notas de la clásica canción de Charles Aznavour: «Qué profunda emoción / recordar el ayer / cuando todo en Venecia / me hablaba de amor». Los paisajes del camino eran muy bellos y muy cerca quedaba la bella ciudad de Trieste, otra ciudad con resonancias históricas. Antes de entrar en la ciudad de los canales, por primera vez, dejaban el coche en un edificio que con sus plantas formaba un gran aparcamiento, al que subían por una interminable escalera de caracol.

Ahí estaba Venecia y en el embudo de los recuerdos, otra vez, se amontonaban los recuerdos y se empujaban los unos a los otros por salir por el agujero del bolígrafo Bic de punta fina, para plasmarse en el papel. Ahí, estaba la plaza de San Marcos, ahí estaban sus gondoleros por los canales, sin embargo, lo que realmente brillaba eran sus luces y, desde aquel *vaporetto* se extasiaba, paralizado y absorto, con la contemplación del Gran Canal, con esas imágenes reales que antes había visto en las pinturas de Canaletto y de Turner y de Tintoretto. Y ahí también estaban los poderosos azules de Edouard Manet, en esa marina de pequeño formato.

Las luces de Venecia. ¡Oh, Venecia! Y ahí estaba la Italia que tanto había cantado con Adriano Celentano, la Zanichi, o la gran Mina; y aquellas películas de Federico Fellini, Luchino Visconti o Pier Paolo Passolini. Desde esa Italia del norte se dirigían a esa otra parte del sur, a la ciudad de Avellino. Ahí tenían una cita concertada, con fecha abierta, con P., un amigo al que P. N. había conocido en Caracas. Y en mitad del camino estaba la monumental Roma. Antes de llegar realizaban una parada en un área de servicio de la autopista y, en aquel restaurante con tiendas, observaba la algarabía de la gente que iba de un lado para otro, que gesticulaban y gritaban, y se sentía como en una ciudad de España. Por la megafonía sonaba la canción de Caterina Casselli, con aquella canción que había triunfado en San Remo, *Nessuno mi può giudicare.*

Al llegar a Roma y respirar su ambiente y observar su luz se sentía distinto, después de ese viaje por otros países, seguía en el extranjero, pero cuando callejeaba y entraba en alguna pequeña cafetería, parecía como si se encontrara al lado de casa. Miraba el Coliseum y tocaba sus piedras y pensaba en las películas de romanos. Siempre había estado del lado de los esclavos. Siempre había gritado: «¡Yo soy Espartaco!» y por supuesto siempre había perdido. Ante la plaza central del Vaticano, su amigo el escultor P. N. se quedaba deslumbrado, detrás de esa puerta estaba Miguel Ángel y su grupo escultórico *La Piedad*. Y de aquella Capilla Sixtina, qué decir, pues que uno se podía quedar ahí a vivir unos días, bajo esa bóveda, y poner unos andamios. Después de esa explosión de arte en su interior, le daban una vuelta a esa pequeña ciudad, por su exterior, y disfrutaban de unas espléndidas vistas. Antes de partir le cambiaban el aceite al coche y el mecánico, que había trabajado de camarero en la costa de Barcelona, les hacía un precio especial. Y continuaban el camino del sur. Al llegar a la Campania, preguntaban por un pueblo de la montañosa ciudad de Avellino, tenían que preguntar y preguntar para llegar al pueblo en el que supuestamente estaba P., el amigo de P. N. Entre una serie de interminables montañas por las que subían y bajaban, como si fueran en una montaña rusa, el Dyane-6 renqueaba al subir, con algún pequeño susto. Al último que le habían preguntado, se había reído al ver la capota del coche, y les había aconsejado que llevaran cuidado y que no lo perdieran de vista, que, en un tris, tras, tres, les rajaban la capota y se lo llevaban todo. Al llegar al pueblo y preguntar, de pronto apareció el cartero, el barbero, el fontanero y hasta el cura, junto a aquella plaza que aún tenía una estatua de Mussolini. Aquellos personajes se parecían a los de Giovanni Guareschi, y pudiera ser que el alcalde se llamara Peppone y el cura Don Camilo.

Aquel pueblo no olía a muerto como Comala, pero en el ambiente se respiraba una extraña sensación de olvido que asociaba a esa definición de que Pedro Páramo era un rencor vivo. Al llamar a la casa de P. su tía no estaba y los recibió una anciana enjuta de ojos vivarachos y enlutada, que después de observarlos de arriba abajo y de cerciorarse de quiénes eran, los trató como si fuera una *madonna*, con toda la dulzura del mundo y les dijo que todo estaba desde hacía un tiempo preparado para esa visita. No había sido posible coincidir en la fecha exacta; la tía de P. estaba en la ciudad y P. estaba en San

Remo, en casa de sus tíos. Con mucha pena la anciana los despidió cuando decidieron tomar el camino de San Remo, a más de 700 kilómetros; por lo que había oído o por una recreación literaria, siempre se había imaginado a la tía de P. como una solterona de 50 años, corpulenta y de senos generosos, rubia y vestida de negro, que administraba sus tierras y tenía el respeto de los campesinos, por su carácter fuerte, que se endulzaba en la intimidad. El viaje proseguía con la misma tranquilidad y el Dyane-6 seguía a velocidad de crucero, despacio y siempre seguro y las canciones del *Sargent Peppers* de los Beatles sonaban una y otra vez, con la contemplación de aquellos cielos azules del Mediterráneo, que ya tanto se parecían a los de su casa. San Remo estaba ya al alcance de su vista. Sin embargo, San Remo en su imaginación era mucho más, era la banda sonora de su pubertad y adolescencia, con aquellas canciones que ganaban el Festival de San Remo y que tanto se escuchaban en la radio. Y ya, ahora, pasaba varias veces al día por aquel teatro en el que se celebraba el Festival. No solamente las playas de San Remo tenían un encanto especial, no le extrañaba que fueran un lugar preferido por la burguesía italiana, al menos cierta burguesía se caracterizaba por tener un buen gusto artístico. Su amigo P. N. y P. estaban encantados de volver a verse, después de un largo tiempo. Se alojaban en casa de los tíos de P. Ya en la segunda noche, cuando subían a casa, los del bar de más abajo, cuando descubrían que eran españoles los llamaban y los invitaba a cervezas. Sí, San Remo tenía su encanto y él se prendaba de aquella iglesia ortodoxa rusa que en su exterior quería recordar a la de San Basilio de Moscú, con sus cúpulas de oro, muy cerca del Casino. La tarde anterior habían pasado por Mónaco y esa mañana se divertían jugando con unas chicas milanesas en la playa lanzándose una pelota de plástico, entre risas. Por la noche se solazaban con las bellas *ragazzas* en una fiesta del PCI con degustaciones y actuaciones musicales, qué más se podía pedir. ¡La vida era bella!

Se iniciaba el camino de vuelta a casa. Atrás quedaban los días felices de San Remo, al pasar por Saint-Tropez también se acordaba de otros días felices al llegarle aquella canción de Pepino di Capri: «*A Saint Tropez / la luna si resta con te/ e balla el twist*». De ese recorrido por toda la costa mediterránea, desde la frontera, solo recordaba destellos de levedad. Después de muchos días de ir de un lado a otro, de idiomas, de gentes, y de paisajes diferentes, ya estaba en Murcia y todo lo acontecido le parecía como el sueño de unas noches de verano. La ciudad por agosto era un remanso de paz, la mayoría de comercios colocaban el cartel de cerrado por vacaciones y por las noches los cuatro gatos que quedaban de su círculo de amistades se concentraban en unos pocos bares, en los que también se reunían los restos de las tribus urbanas que no se habían dispersado.

Mientras se recomponía del largo viaje y retomaba la costumbre de la cotidianeidad, se embarcaba en otra travesía mucho más larga, con la lectura de unas novelas y otras, saltando de un género a otro, con momentos exclusivos para la poesía. Durante meses no tenía beneficio. Su oficio en esos momentos era el de lector, al que dedicaba mucho más que una jornada laboral de más de ocho horas diarias, hasta que comenzó a tomarse más en serio la posibilidad de terminar los estudios de Graduado Social.

La Transición política, imparable, ya estaba en marcha y las costumbres sociales se revolucionaban, la gente joven tenía mucha hambre de libertad, de cantar y de bailar y de reír y se abrían nuevos bares muy modernos. Por aquel 1979, el cartagenero Alfonso inauguraba su pub Krimson, con la música más vanguardista del momento, su impecable estilo inglés, con su juego de dardos y su proyección de diapositivas, que te llevaban a lugares hermosos, a otros mundos. Como otro mundo era pasar de la penumbra del Krimson a las tenues luces de La Cosechera, en tan solo diez minutos de distancia, para tomar la última copa o el último carajillo, que estaba situado frente a un colegio mayor femenino, en el que a esa hora se arremolinaban las bellas chicas exhalando los últimos minutos antes del cierre. Y ahí estaban sus peculiares camareros, el viejo Alberto con sus cabellos blancos de patricio, su yerno Pepe, y el inigualable Lope, impasible al ademán, con su voz suave y monocorde. A su memoria llegaban con nitidez aquellas imágenes de las tardes que aparcaba su Dyane-6 frente a la puerta y con sus amigos se fumaba unos cigarrillos de hachís, con la música del grupo Camel, y después, ni qué decir que entraban al bar, colocados. El camarero Lope, con una mirada condescendiente, los observaba después de prepararles unos vasos de leche con licor de menta. Se bebían ese mejunje y por cualquier tontería de la conversación se reían y reían tanto que Lope notaba algo raro en ese reír. Se volvían a pedir otra leche con menta y a reír mucho más y Lope los volvía a mirar y esbozaba una leve sonrisa. Y esos momentos terminaban siempre con la sentencia de Lope: «Nenicos, qué habéis tomao, no bebáis más que os vais a emborrachar».

Entre copas y ratos de jolgorio, las mañanas y las tardes, las dedicaba a leer. Atrás quedaban esas exclusivas lecturas filosóficas y aquellos ensayos de la escuela de Frankfurt, que tanto y tanto había leído y discutido, especialmente aquellos textos de Herbert Marcuse. Ahora la narrativa y la poesía eran la temática de sus lecturas. Después de las obras clásicas francesas y rusas, llegaban las del «Boom latinoamericano», que le llevaban a otras obras que no se incluían en ese llamado «boom». Y curiosamente si la obra de García Márquez le llevaba a William Faulkner, la de Julio Cortázar lo conectaba con Edgar Allan Poe.

Hasta que llegó un nuevo trabajo, el sindicato UGT comenzó a instalar asesorías jurídicas en los locales de las Casas del Pueblo y él comenzó a llevar el asesoramiento de los trabajadores de las localidades de Blanca y Abarán, a las que iba las tardes de los martes, y a las de Jumilla y Yecla los jueves. Aunque esas tareas administrativas pudieran ser tediosas, siempre le resultaba agradable y le contentaba resolver problemas o injusticias. La remuneración que recibía por ese trabajo tampoco daba tanta alegría. En materia de derecho laboral, asesoraba sobre convenios colectivos, salarios, horarios, vacaciones y pagas extras o condiciones higiénicas en el trabajo. Cuando había un despido siempre trataba de convencer a la empresa de que readmitieran al trabajador y cuando no era posible tramitaba la demanda. Y finalmente asistía a los actos de conciliación y, si no llegaban a un acuerdo, entonces preparaba el dosier para el juicio que defendían las abogadas P. G. y M. LL. Una de esas otras tardes que le tocaba hacer una suplencia en el pueblo de Águilas, recordaba que recogió a un autoestopista que iba para Granada. Durante todo ese viaje en el Dyane, hasta que lo dejó en Lorca, llevaba la canción de *El tren* de Leño y en la casete sonaba una y otra vez. Sin lugar a dudas que aquel chico nunca escucharía aquel tema tantas veces: «El tren / sube a mi tren azul / su dulce chimenea te puede dar / algo que hace tiempo busca tú / si controlas tu viaje serás feliz». ¿Por qué se archivaban en la memoria estas anécdotas? Eso sí que era un enigma.

En aquellas labores estuvo dos años y sufrió una decepción de clase, que era como una afrenta moral. En la UGT las aguas estaban revueltas y una nueva fracción de otro sindicato se fusionaba y conseguían casi una mayoría en la nueva ejecutiva. Ya un compañero de la construcción de esa ejecutiva, con la cara muy marcada por el sol y con muchos callos en las manos, le había advertido de lo que se avecinaba. Efectivamente no falló, al mes siguiente colocaron en su puesto a otro asesor de esa nueva fracción. Aquella decisión le dolió en su conciencia de clase, la sintió como una certera puñalada por la espalda, tanto que por doler le dolía en los cojones del alma, como decía el poeta Miguel Hernández. Otra vez a la intemperie, de nuevo se refugiaba en la literatura. Su nuevo círculo de amistades se fue ampliando. Ya llevaba un tiempo viviendo con su amigo el periodista G. C. y, en aquellas reuniones con otros colegas, el gusanillo del periodismo fue creciendo. Aunque aún sin ánimo de llamarse escritor, ya había comenzado a escribir sus primeros relatos cortos; ciertamente que en esos momentos ejercía más de poeta ocasional, en días de vino y rosas, cuando en los bares le escribía unos versos improvisados a alguna chica no exenta de belleza.

O el amor estaba en el aire, como decía aquella canción, o ya había llegado y no se enteraba o estaba a punto. Lo que sí llegaba y no se lo pensaba ni una vez era la invitación para viajar con unos amigos en un Simca 1200, que se prestaba mucho más a la comodidad que aquel otro de la otra canción que decía «qué difícil es hacer el amor en un Simca 1000, en un Simca 1000». De fiesta en fiesta, el primer destino era Pamplona y ahí estaban una noche y otra, entre el bullicio y las charamitas musicales de la Peñas que marcaban el compás. Con la intención de correr con los toros en aquella calle de la Estafeta que tanto había visto, pero para eso había que levantarse muy temprano y siempre se acostaban muy tarde. La fiesta estaba en la calle y la calle era su casa, hasta que llegaban a la tienda de campaña que tenían instalada en una ladera y dormían como un lirón. Por cierto, ¿cómo dormía un lirón? O como si estuvieran en un hotel de cinco estrellas. Desde luego que desde aquel lugar sí que veía el titilar de las estrellas, una de aquellas tardes en aquella fiesta que no tenía tregua, después de beber y beber, entre vinos y algún que otro pacharán. De pronto sintió que se movían los edificios y que las caras de las gentes se distorsionaban. ¿Aquello era raro o el raro era él? Se echaba en la parte trasera del Simca 1200 que estaba aparcado muy cerca y las charamitas que seguían sonando con aquellas piezas populares le sonaban a música clásica, mientras el mundo se iba recomponiendo. La música seguía un día y otro hasta que llegaban las notas del «pobre de mí, pobre de mí, ya se acaban las fiestas de San Fermín». Y partían para Bilbao y allí descansaban en casa de una amiga de J. L. L. Al día siguiente en un chiringuito de ese barrio que estaba en fiestas, por la noche, comían en esa parte de la ría las mejores sardinas a la plancha que recordaba. Después, en la cafetería de un hotel del centro, le pedía un *belmonte* al camarero y se desentendía hasta en dos ocasiones, hasta que visiblemente mosqueado le decía que no estaba para bromas. Le aclaraba que *el belmonte* consistía en un café con leche condensada y coñac y el camarero volvía a mostrarse muy simpático y diligente. Al día siguiente en la otra ría, en una especie de merendero, comían en unas mesas de madera con asientos de troncos de árbol, un pollo asado espectacular.

De fiesta en fiesta llegaban al Festival Internacional do Mundo Celta de Ortigueira, en la provincia de La Coruña, con unas playas salvajes, entre dunas, y un espeso bosque. El recinto se situaba junto a un pequeño puerto de pescadores, en aquella pequeña población tomada por más de mil personas con mucha gana de bulla. Durante la segunda jornada, una tarde después del almuerzo, con más bebida que comida, antes de que anocheciera, entraban a un colmado y se tomaban una bebida espiritosa. Le pedía un carajillo de orujo y aquel tipo con aspecto de boxeador retirado y con pocas ganas de bromas, iba de un lado para otro tratando de atender como un loco a la doble fila que tenía ante el mostrador, y se lo servía. Se lo bebía casi de un trago y le decía al tipo que ese carajillo estaba bastante flojo. El tipo lo miraba con cara de asesino y, después de un largo silencio, le espetaba: «¿Quieres, de verdad, probar mi orujo casero?». Le volvía a poner otro carajillo con su orujo y podía votar a bríos, que aquel brebaje era el auténtico bálsamo de Fierabrás. Nada más tomar el camino hacia el recinto sentía cómo las piernas se aligeraban y al rato más que caminar parecía que flotaba como un Pegaso. La música sonaba y los brazos se alzaban. De pronto se encontraba girando en corro con la extraña sensación de un derviche, de un lado una chica joven, del otro una más mayor; giraban, reían, y el corro se iba agrandando. De vez en cuando levantaba la cabeza y miraba las estrellas y a la luna, que casi la podía tocar, y se sentía feliz. Después de bailar y bailar hasta el éxtasis, se dejaba caer y, de pronto, se encontraba besándose con furor con una chica a la que no le había visto el rostro. Por su mente le pasaba la sensación de que podía estar besando a un travesti quizá porque había visto una película con una situación parecida. Se miraban a los ojos y hablaban y decidían dar un paseo por las dunas, ante la perplejidad de la amiga y de su hermana, que no daban crédito a lo que estaba ocurriendo. Y lo que ocurría entre las ondulaciones de las dunas, tampoco ellos se lo creían, ante la inmensa luna por testigo. Aquella chica que trabajaba en el Instituto Oceanográfico de Vigo no era una chica alocada.

De Galicia a Asturias, aquellos montes verdes le seguían impresionando, tanto como aquellas hermosas vacas mansas que miraban con la cara de no haber roto nunca un plato, entre unas enormes plastas de mierda. Aquellas escenas que les resultaban cotidianas a los habitantes del lugar, obviamente, a él no dejaban de sorprenderle. De lo que no había ninguna duda en aquella espléndida mañana era de la otra belleza, tampoco para el lugareño que mientras cuidaba a las vacas no dejaba de mirar, con los ojos saltones, a la hermosa chica que se bañaba desnuda en aquel bucólico riachuelo. A la mañana siguiente disfrutaba en la romería del Carmín de Pola de Siero, entre la algarabía y las gaitas y se acordaba inevitablemente de aquella canción de Víctor Manuel: «Y la gente por el prado / no dejará de bailar / mientras se escuche una gaita/ o haya sidra en el lagar». Sonaban las gaitas y hasta las podía escuchar, recordaba aquellos momentos que se mezclaban con las risas mientras trataba de escanciar la sidra sin que cayera fuera del vaso, al tanto que alzaba su mano derecha y dejaba caer el dorado líquido que a veces se derramaba sobre la cubeta. Aquella noche también se iban a reír. Aquel colega, en su gran casona de Pola de Siero, los invitaba a un guateque improvisado, aprovechando que sus padres salían a misa y después a una reunión. Y ahí estaban con las dos estupendas chicas de Torrelavega, que habían venido a pasar las fiestas. Bebían, bailaban, reían y, cuando el ambiente comenzaba a revolucionarse, sonaba el timbre y se presentaban los padres, que abroncaban sin pudor al colega. Y se acababa

esa ruptura de comunicaciones de los Led Ze-
ppelin. Al día siguiente se enteraban del pasado
falangista del padre.

De Asturias al País Vasco y allí estaba en una
de las ciudades más bonitas, para comparar con
otras bellas, con su playa de La Concha. Desde
aquel *camping* del monte Igueldo se desayuna-
ba con unas vistas de tarjetas postales. La ciudad de San Sebastián se llenaba de jazz con su
ya famoso Festival. En aquella edición tenía la
suerte de ver a Gato Barbieri, que salía al escenario con su saxo, al que abrazaba como si fuera
una amante y, después de tocar un tema de más
de diez minutos, se dirigía a la concurrencia y
se presentaba con un escueto: «Buenas noches,
Barcelona». El Gato parecía haberse quedado en
los tejados de Barcelona, en la que había tocado
la noche anterior. Otra noche tenía la suerte de
escuchar a Dizzy Gillepies y a Freddie Hubbard,
en un duelo de trompetas, el maestro Dizzy había dejado un reguero de alumnos aventajados
y ahí estaba Hubbard. En la ciudad se respiraba
ese ambiente cosmopolita que le ponían los miles de visitantes que llegaban a ese Festival, y
el cartel no era para menos. Aquella otra noche
participaba la orquesta de Duke Ellington, con
un grupo de viejecitos que aún quedaban de las
noches gloriosas de Ellington, y en esta ocasión
era dirigida por su hijo Mercer. Y otro más de los
grandes subía al escenario, un tal Art Blakey&-
The Jazz Messengers que ponían el listón muy
alto con aquella exuberante percusión. La actua-

ción de Blakey era memorable, tocaba y tocaba, con aquellos carnosos labios y aquellos ojos que reían, dirigía a esos mensajeros que disfrutaban y contagiaban el disfrute, mientras de cuando en vez, Blakey, jugueteaba como un niño con las baquetas. Al terminar la gente abandonaba el abarrotado polideportivo con la certeza de haber vivido una gran noche de jazz. Y ahí se quedaba él acompañando a los técnicos y músicos que retiraban sus instrumentos, y la sorpresa llegaba cuando el mismísimo Blakey, con una toalla sobre sus hombros, como si fuera un boxeador que acababa de ganar otro combate, salía y se situaba a unos metros, al tanto que él le saludaba: «¡Eh, Blakey!». Y Blakey sonreía y le ofrecía aquel sombrero blanco y él se quedaba anonadado y no lo tomaba. Antes de marcharse de San Sebastián pasaban a saludar a una amiga de J. L. L., en la bajada del monte Igueldo. Al aparcar el coche, desde un restaurante se escuchaba la canción *L'Estaca* de Lluis Llach: «*Si jo l'estiro foro per aquí / i tu l'estires foro per allà, / segur que tomba, tomba, tomba, / i ens podrem alliberar*», que tocaba una orquesta en un lugar de celebraciones y esa música le llevaba a un tiempo reciente. Al entrar a esa casa de madera, en mitad del bosque, con un salón desde el que se podía contemplar las estrellas, a través de un translucido techo, veía a una chica muy guapa, descalza con una combinación transparente, mientras comenzaban a charlar y sonaba la música de Francoise Hardy, se le iba el hilo de la conversación y soñaba que estaba por lo menos en París.

Sin embargo, ya se encontraba otra vez en Murcia, en otro verano caluroso hasta el éxtasis, que siempre era el mismo verano, y tal vez se encontraba en ese otro viaje fascinante que lo llevaba a otros mundos, a otras vidas, y tal vez ya estuviera callejeando por las calles de París en busca del tiempo perdido o tal vez quisiera encontrar a la Maga en el Pont Neuf, o quizá no; o quizá ya estuviera instalado en aquella montaña, a la que había llegado antes de leer *El Proceso*. Lo cierto es que si miraba detrás de la niebla podía ver al agrimensor que ya le estaba indicando cómo llegar a la senda que iba al castillo, pero no, por lo que podía realmente entrever se encontraba en una clínica de reposo, a esta parte de la loma que llamaban *La Montaña mágica*. Y ahí un simpático italiano llamado Settembrini le repetía una y otra vez una sonora palabra: «¡Capisco!».

En aquel verano caluroso, aquellas lecturas se mezclaban con las lecturas de otros estíos. En uno de esos veranos se encontraba de viaje y recorría esos parques y esas calles y hasta hablaba unos idiomas que desconocía. En aquel verano, en el que ya se habían repetido unas máximas de cuarenta grados, observaba la cortina de la ventana con la ilusión de que se moviera, aunque no sabía qué era mejor con ese espeso aire subsahariano. De nuevo se sumergía en esas aventuras, en esas lecturas que le llevaban a otras culturas. El tiempo se detenía en Murcia y aquel itinerario rutinario siempre era el mismo: tomar café en La Cosechera y charlar con su amigo Martín de Londres sobre música y literatura; cenar en el bar Ipanena con un grupo de periodistas y profesores y más tarde copas y baile en la discoteca Ditirambo, situada en un sótano, a la que llamaban «el estómago de la noche» porque a última hora reunía a la gente más variopinta: rojos, fachas, tunos, estudiantes, y algún que otro policía de la secreta, que una noche enfadado sacó la «pipa», brazo en alto.

Y el amor se colaba de nuevo y llegaban aquellos momentos de sexo y ternura, con las canciones de Silvio Rodríguez: «Te doy una canción, se abre una puerta / y de la sombra sales tú. / Te doy una canción de madrugada / cuando mas quiero tu luz. / Te doy una canción cuando apareces en el misterio del amor / y si no apareces, no me importa, yo te doy una canción». O aquella otra de Pablo Milanés: «Yo no te pido /que me bajes una estrella azul/ solo te pido / que mi espacio llenes con tu luz». Así era la vida y aquellos ratos inolvidables: las fiestas improvisadas en el piso que compartía con G. C., en la que de pronto lo mismo sonaba Pepe Blanco con su «sombrero, ay, mi sombrero. /Eres de gracia un tesoro. / Y tienes rumbo torero /cuando te llevo a los toros. / Te quiero porque tus alas, / sombrero de mi querer, / conservan, bordao con gracia, / el beso de una mujer», que de pronto sonaban Los Ramones con su *Hey Ho Let's Go*. La modernidad y la movida había llegado a Murcia y en El Abanico de Cristal se escuchaba una música suave con unas excelentes tablas de variados quesos y patés, que se unían a esas tascas ya clásicas como la de El Cuervo, en la que Paco era un clásico con su vino, sus cascarujas y sus sobradadas a la plancha, en la que no se escuchaba música y se podía hablar y cantar. Con la otra histórica de El Candil, con Rafa, Pedro y Paco, con aquellos murales de Párraga, que tomaban el relevo de las otras tascas mucho más tradicionales, como la de El Garrampón con su vino peleón y sus vermús, con lo mejor del barrio, en la que se reunían lo mejor de cada casa. Con cierta guasa un día un parroquiano, al entrar, miró a la clientela y dijo: «Señores, aquí hay por los menos 50 años de cárcel». Sin embargo, para modernidad la de El Groucho, con Pepa, El Turco, Nico y Julián, con aquellos aires a lo David Bowie. Aún recordaba aquellas mañanas y tardes del verano caluroso que se repetían en dos cosas: la temperatura que no bajaba y el horario fijo, como si realizara una jornada laboral, para leer aquellos dos tomos de Alianza Editorial del *Ulises* de James Joyce, de los que se despegaban las hojas del uso, también como otro viaje a Ítaca, y su extrañamiento al perderse por las calles de Dublín, mientras quería almorzar riñones fritos como aquel Leopold Bloon, con el que paseaba hasta llegar la noche. A esas noches que le daba por llegar más temprano de lo habitual a la discoteca Ditirambo, casi recién abierta. Antes aparcaba el coche a la espalda de Simago y se fumaba un cigarrillo de hachís para coger ritmo. Al bajar las escaleras metálicas ya veía la pista y allí estaba solo y en centro de la pista haciendo virguerías un chaval de Alcantarilla que bailaba como un auténtico gimnasta, vestido a lo Travolta, aquel *Saturday Night Fever*; por supuesto que no quería competir con él, cuando minutos más tarde se lanzaba a la pista, aunque el chaval le lanzaba alguna mirada retadora, mientras sonaba ese tema que le divertía, *¿Da ya think I'm sexy?*. Él solo tenía ojos para mirar, después de girar en sí mismo, a la chica que estaba sentada junto a la pista, le sonreía y canturreaba: «*If you want my body and you think I'm sexy / come on, sugar, let me know. / If you really need me / just reach out and touch me. / Come on, honey, tell me so. / Tell me so, babe, da ya think I'm sexy*». Y la bola del cristal del techo daba vueltas mientras se mezclaban los colores blanco y azul y se transmutaba en momentos de *La vie en rose*, cuando la chica que estudiaba filología inglesa lo miraba.

Y ya llegando a este punto y altura de estos escritos, se preguntaba para qué y para quién escribía esta autobiografía y ya ni se acordaba cómo había empezado todo. Solo sabía que tenía que escribirla. Tal vez la incógnita la despejara aquella frase de Manuel Azaña: «En España la mejor manera de guardar un secreto es escribir un libro». Proseguía con aquellos comienzos de los años 80 en los que le llegaban una multitud de recuerdos que pugnaban por salir con total nitidez, mientras asomaban fragmentos de unos y otros y se mezclaban, por ejemplo, cuando escuchaba aquella canción de Luis Eduardo Aute: «Cine, cine, cine, / más cine por favor / que todo en la vida es cine / y los sueños cine son», y de pronto se encontraba viendo aquella cruda y brutal película, *Cuerno de cabra* del búlgaro Metodi Andonov, en blanco y negro, con apenas banda sonora y aquellos inquietantes silencios, en el Cinema Iniesta, con aquella apuesta semanal por el cine que llamaban de arte y ensayo, y que a algunos les parecía pornográfica, y de aquella película los recuerdos se enroscaban en las sesiones del cine Roxi. Otra cosa era la magia de los cinefórums, todavía recordaba el placer de estar con R. F. viendo *Johnny cogió su fusil* de Dalton Trumbo, una película tan dramática como antibelicista; en aquel colegio mayor universitario con todos aquellos amigos «progres», y otros revolucionarios, que querían cambiar el mundo, que después se lucían en las intervenciones. Después llegaría ese enamoramiento literario con Cesare Pavese e Italo Calvino y sus insaciables ganas de ver cine italiano y las inevitables comparaciones, que si Luchino Visconti era mejor que Federico Fellini, que si también estaban Victtorio de Sica, Bertolucci y Pasolini y, por supuesto, Michelangelo Antonioni. Y aquel amigo gordito que cada vez que hablaban de cine, acababa gritando: «¡*Voglio una donnaaa...*!».

De aquellos momentos de *dolce far niente* entre los sueños que el cine producía, no decía

él que no fueran días de vino y rosas, porque
realmente algunos tenían ese calificativo, aunque aquellas rosas le llevaran precisamente a
esa canción que decía: «Manda rosas a Sandra
que se va de la ciudad / manda rosas a Sandra y
tal vez se quedará», y esa ciudad le llevara a la
escuela de cine de Barcelona y después a aquellos dos borrachos, Jack Lemmon y Lee Remick,
y a sus otros *Días de vino y de rosas*. Para rosas,
ya estaba el poema de Juan Ramón Jiménez:
«¡No le toques ya más, / que así es la rosa!». De
aquellos días los momentos más intensos llegaban con las noches que se prolongaban hasta
el amanecer y que terminaba desayunando en
aquel barrio de San Antolín en el bar en que
tomaban sus primeras copas de anís y coñac los
basureros y, al llegar el alba, también Shereza-
de descansaba y contaba una noche menos de
las mil. En una de aquellas noches en la que
se liaba la manta a la cabeza, le proponían un
viaje a Marruecos y sin más aceptaba. Al día
siguiente salían por la mañana y descansaban
en Málaga, para retomar el viaje por la mañana, muy temprano. Nada más reanudar el viaje,
aún dormido en la parte trasera de aquel autobús, de pronto saltaba literalmente hacia el techo. Al parecer habían intentado robar la rueda
de repuesto y, al dejar algún tornillo aflojado, la
rueda se soltó y la otra trasera del autobús pasó
por encima, después de zigzaguear, el conductor
logró dominar el autobús, en el que viajaba con
un grupo de montañeros de Murcia que iban a

escalar en el Alto Atlas, con otro grupo reducido de amigos que lo hacía por turismo.

Después del percance del autobús y de la reparación podían contarlo y cantarlo y después de embarcar ya estaban en Ceuta. Comenzaba el largo viaje de más de siete horas por las sorpresivas carreteras marroquíes hasta recorrer los 642 kilómetros que los llevaban a Marraskech, con aquellos tres apartados: los mayores en la parte delantera, las parejas o los que flirteaban en el centro, y al final los más juerguistas, siempre entre risas y cantos y cigarrillos, algunos mezclados con hachís. Con un paisaje que iba cambiando según se acercaban al sur, por el que junto a las carreteras siempre veían a algún pequeño grupo o a un solitario que esperaba, en un cruce de caminos. La entrada a la ciudad de Casablanca, al pasar por su centro, en nada se parecía a las calles de la película *Casablanca* y en aquel cafetín en el que pararon, atestados de hombres, no estaba Humphey Bogart, mientras las calles se encontraban atestadas de gentes que iban de un lado para otro y cruzaban de un lado a otro en dirección oblicua, que por momentos le parecía un hormiguero. Al llegar ya de noche a Marraskech, se instalaban en un camping junto a la zona más francesa de la ciudad y muy cerca se encontraba con un grupo de camellos descansando, que le llamaban la atención, nunca los había visto acostados, durmiendo. Al día siguiente los montañeros seguían su ruta hacia el sur y él se instalaba con tres amigos en el hotel CTM, en la misma plaza Yamaa el Fna, uno de los más módicos, que tenía una gran terraza desde la que se podía observar el bullicio de la plaza que se transformaba de la mañana a la noche. En su mente ya llevaba un álbum de imágenes que le había dejado la lectura de *Las Voces de Marraskech* de Elías Canetti y comenzaba a explotar por sí mismo aquellos lugares, mientras escuchaba la llamada del imán desde la mezquita Kutubía, con ese nombre tan bonito que significa «mezquita de los libreros» y el gran parecido de su minarete con la Giralda de Sevilla.

Comenzaba la aventura de pasear por el zoco y por la medina y de pronto parecía que retrocedía más de mil años, contemplando aquellas estampas que parecían de paisajes bíblicos o de las mil y una noches, cuando llegaba al lugar en el que estaban las pieles desolladas de animales y, junto al zoco de los tintoreros, un mundo de colores para la vista emergía de aquellos tanques y otro de olores, con el vapor de aquellas grandes madejas de lana recién puestas al sol. En ese laberinto de calles de la Medina, otro abanico de colores y olores le desbordaba cuando llegaba a la zona de las herboristerías en la que se podía encontrar soluciones para todo, para el cuerpo y la piel, y para la belleza con aquellos *khòl*, esos polvos negros que usaban para maquillarse las mujeres, hasta la cantárida, ese famoso afrodisíaco que venía a ser como la viagra, extraído de unos escarabajos de un verde esmeralda metalizado.

Cada mañana antes de meterse al zoco, lo primero que tomaba era un gran zumo natural de naranjas exprimidas en aquel rudimentario artefacto que tenía el vendedor en su carrito. Aquel tipo, que le había pedido el primer día más del doble, ya le cobraba casi como a un nativo, casi tres veces menos. Y se reía, siempre estaba contento. Después miraba los diversos espectáculos de la plaza Yamaa el Fna: que si aquellos dos boxeadores que fingían un gran combate, que si el encantador de serpientes jugaba con el reptil; sin embargo, lo que más le apasionaba eran esos cuentistas que narraban viejas historias llegadas desde más allá del desierto, en el que habitaban los hombres azules; miraba la cara de asombro que ponían los circunstantes, que a veces reían a coro, y se imaginaba los argumentos de esos cuentos de ese idioma del que no entendía ni siquiera una palabra. Después le esperaba ya en el zoco otra cita diaria. Un vendedor de fulares le había pedido 20 dírham por dos unidades y él le había ofrecido 10, cada día el vendedor le bajaba uno y él le subía otro. Y se marchaba.

Escuchaba la llamada del imán en distintas ocasiones que le anunciaban que estaba en otra cultura y en otra religión, y cuando observaba a aquellas bellas chicas con sus pañuelos, recordaba a las mujeres de su niñez, que se cubrían la cabeza para ir a misa. Ya llevaba varios días en esa ciudad que tanto había cautivado a tantos. Precisamente esa mañana había visitado las afueras buscando otra vez aquel mercado de camellos, pero ese mercado solamente existía ya en la literatura, en aquel libro de Canetti. Le entraba hambre, después de la caminata, y decidían comer en un chiringuito de mala muerte, pedían carne y no había, al rato un crío traía un gran trozo, con alguna que otra mosca pululando alrededor. Al día siguiente seguían vivos. Y seguía él con la rutina del vendedor de fulares, el vendedor se lo bajaba a 18 y él aumentaba a 12. Durante esos momentos el vendedor se concentraba y no atendía a otros clientes, después de repetir la misma cifra una y otra vez lo despedía con una sonrisa. Otro día invitaba a sus amigos a comer una rica paella en un restaurante pequeño con una terraza espléndida, por mediación de un joven guía mulato de unos 14 años, inteligente y risueño, al que le daba un dírham. Por la noche, frente al hotel, la gran plaza se transformaba y comenzaban a colocar los puestos ambulantes con alimentos de todo tipo, con esa iluminación de farolas de petróleo y esa luz amarilla que le daba un aire de campamento del desierto. Antes de entrar en esa plaza mágica, le gustaba contemplar el trajín desde la terraza del gran bar, que había junto a su hotel. Una noche se encontró con un tipo, que junto a su mesa, le hablaba en un tono suave; apenas le prestaba atención, y el tipo seguía con su discurso, remarcando las terminaciones de las frases, que no entendía; el tipo elevaba la voz y volumen, hasta que comenzaba a chillar y, como no le prestaba atención, se levantaba de la silla y agitaba los brazos, hasta que llegaba un camarero y le explicaba, un poquito en francés y otro en español, que aquel tipo le estaba confundiendo con un conocido y pensaba que no le estaba haciendo ni caso. El caso es que aquello acababa bien. Otra noche, desde otra mesa más alejada, otro tipo no cesaba de observarlo. Ya estaba prevenido, así que no le mantenía la mirada; pasaba el tiempo, miraba de reojo, y aquel tipo no le quitaba el ojo. Después de tomar unos vasos de té se levantaba y, al salir el camarero, al que la noche anterior le había dejado una buena propina, que había estado atento a todas las vicisitudes, se acercaba hacia él y le explicaba que aquel tipo que había al fondo que tanto le miraba era el famoso escritor Juan Goytisolo.

Ya llevaba más de una semana y su percepción del tiempo había cambiado, no existían días laborables y festivos, y sí otro tiempo que se dilataba. Y pensaba en aquella fragilidad del tiempo que le inquietaba y en los diversos tiempos de cada persona siendo el tiempo en sí mismo el mismo tiempo, no lo era para el prisionero en la cárcel o para el enamorado que esperaba la respuesta. Aquel tiempo lento tenía un espacio diferente que solo se guiaba por amaneceres y atardeceres. Entre los recovecos del tiempo así le iban al albur llegando a la memoria aquellas imágenes como si fueran apariciones. De manera caprichosa le llegaban con nitidez los recuerdos de aquella salida mañanera, con su amigo el fotógrafo, P. F., al extrarradio de la ciudad; allí, junto a una estrecha calle, que daba a la muralla, una mujer iba murmurando un buen rato detrás de él, hasta que se ponía a su altura y lo miraba; unos metros más adelante se metía en una casa. Antes con su amigo había estado realizando unas sesiones de fotos con un anciano y un niño. No era nada agradable realizar fotografías y tenía que llevar la máquina escondida. Muchos lugareños pensaban que al hacerle una foto les robaba algo de su alma. De aquel viaje exótico solo iban a quedar algunas fotos y esas imágenes que al azar recordaría; la última mañana había regateado mucho más con el vendedor de fulares, la última oferta de él era 16 la suya 14. Y así se despidió aquella mañana, sin llevarse aquellas prendas tan coloristas, pensando que en otro viaje volvería a regatear con ese vendedor. Después de descansar una noche en Ceuta, el regreso a Murcia fue plácido, y los efluvios de lo vivido en Marraskech y los sonidos de la plaza Yamaa el Fna aún le resonaban como un eco.

De aquella aventura de cultura y paisaje orientalista le quedaba un poso de sensaciones que no se diluían y unos pequeños inquilinos que le empezaron más que a darle vueltas en la cabeza, a picarle de manera pertinaz. De nuevo se volvía a refugiar en esa pequeña ciudad que se miraba el ombligo, en la otra aventura que lo llevaba aún más lejos con aquellas novelas y poesías, de José Lezama Lima a Juan Rulfo; de Rimbaud a Baudelaire; de Jaime Gil de Biedma a César Vallejo; de José Donoso a Augusto Roa Bastos; de los primeros libros de Vargas Llosa a Macolm Lowry y de vuelta siempre a Julio Cortázar. Y el amor no estaba rondando en el aire ni la respuesta estaba en el aire; le bastaba con escuchar a Pablo Milanés: «Esto no puede ser no más que una canción / Quisiera fuera una declaración de amor / Romántica sin reparar en formas tales/ Que ponga un freno a lo que siento ahora a raudales». Y allí estaba aquella cegadora luz, junto a su cama en cuerpo de mujer. Ahí, en ese colchón sobre el suelo escuchando a Chopin, a Bach, a Beethoven o a Mozart, estaban los sonidos que parecían llegar del paraíso. El tiempo se detenía y sin embargo llegaba un momento en el que el despertador con su inclemente y machacón pip, pip, pip lo expulsaba de ese sueño vivido.

Y llegaban esas tardes que se repetían con aquellos *gin-tonics*, a la misma hora, en el Groucho, mientras sonaba David Bowie o Bryan Ferry, o aquellos Radio Futura que cantaban: «Sí, yo caí enamorado de la moda juvenil / de los precios y rebajas que yo vi / enamorado de ti». Después, ya cerca de su casa, unas cervezas y un tocino o queso a la plancha en la tasca El Patio y una partida de marcianos, sin parar de disparar hacia arriba, una y otra vez, y las risas y la cara que se iluminaba, hasta que llegaba la hora de la canción de Serrat: «Te levantaras despacio poco antes de que den la diez / y te alisarás el pelo / que con mis dedos deshilé... / Y te abrocharás la falda / y acariciarás mi espalda

con un hasta mañana». Y al día siguiente llegaba, otra vez, aquella rutina que le sabía como el
bálsamo de Fierabrás.

Y... por la mañana el jazz y el fraseo de
aquel saxofón sonaba como el canto de un gato
que maullaba de amor como si no hubiera dormido por la noche. Y... y comenzaba a esbozar
sus escritos, sus esbozos literarios, y surgían los
primeros relatos cortos. Y... y más tarde comenzaba ya a publicar sus primeros artículos en la
prensa local. Aún recordaba cómo había espe-
rado toda la noche, de bar en bar, hasta tomar
churros, para ver el primer artículo publicado
en aquel periódico *Línea*, que antes había sido
del Movimiento Nacional y ahora era un medio
de comunicación social. Y... y de pronto pasaba el tiempo como si no hubiera pasado y ya se
veía como un aprendiz de escritor. Y... escribía,
se atrevía a escribir un extenso artículo en la
prensa sobre la obra de Julio Cortázar. Y... se
lo enviaba a Julio en un sobre muy fino, con el
periódico con todas sus hojas, con una nota, a
su casa de París. Y... y no. No se lo podía creer,
muy pronto recibía una de aquellas cartas para
avión, con los colores azules y rojos por los bor-
des. Y... y se quedaba alucinado al verlo junto
a la jamba de la puerta de su casa. Y... y leía la
carta una vez, y otra y otra:

París, 7/ 2/ 81

Amigo Peñalver

Gracias por tu cuento —ojalá que sigas escribiendo otros, porque se siente que manejas bien ese

escurridizo género— y por la crítica sobre mis libros. Todo eso me llegó por puro milagro cronópico,
pues el sobre se había roto a lo largo y a lo ancho,
de modo que las páginas se salían por todos lados.
Hasta otra vez, con un abrazo.

Julio Cortázar

Así comenzaba el cuento que él le había enviado, como un pequeño homenaje.

## LOS SUEÑOS DE LA HABITACIÓN
## DE URALITA

A Julio Cortázar

5:45, un hombre camina despacio, muy despacio. Lentamente. Yo, como casi todas las mañanas
del año, me dirijo al trabajo por la misma dirección
y a la misma hora y miro a las estrellas que también parecen que me miran. Atrás queda la ador-
mecida ciudad y, ya a estas horas, en los hombres
y mujeres, las resacas del domingo se dejan sentir.
5:55 a. m., de nuevo metido en la gran habitación de uralita, en donde el tiempo transcurre a su
modo, un modo muy particular de lunes a viernes
en horas tan pesadas y determinadas como largas
condenas. ¿Dormirá mi compañera? Nos vemos los
mismos de cada día, todos en fila corriendo hacia el
reloj, jo, jo, jo, y cada cual lleva en la mano su tarjeta de control. Ahora realizamos mecánicamente
la repetida operación de mirar y remirar la tarjeta
con su número de control correspondiente. En esos
momentos espectrales se oye una voz: «¡Quién tiene
la número 22! A mí una palabra me resuena en la
mente: control, control, control. Y mi compañero me
indica que ponga en programación mi eslabón».
Comenzamos todos a ocupar nuestros puestos
para que la orquesta pueda empezar la sinfonía

correspondiente al día de hoy, lunes, y después de unos momentos de descontrol por parte de algún pequeño sector de músicos desafinados, comienza el sueño de la sinfonía o el sueño en forma de pesadilla de cada día.

Entra a la habitación de uralita, con su acostumbrada cara de tigre, a esa hora de la mañana, el encargado de sección y, con sus gestos de siempre y sentado junto a su mesa, a través del cristal, acecha como si de un observatorio lunar se tratara a todas sus estrellas. Mira repetidas veces de un lado a otro, comprueba la partitura ordenada por el gran director y sin más ordena el toque de ejecución. Suena una sirena varias veces con largo y atronador pitido y todas las máquinas empiezan a rugir como si aquello fuera un concierto de rock pesado o de música bakalao, en cierto modo esta audición es tan mala como puede ser la de cualquier grupo de rock-punk para un melódico, pero menos agresiva, en cierto modo, es un rugir diferente. Una vez que ya estoy en mi puesto, compruebo que me grita mi compañero; me tiene que gritar muy fuerte para que le pueda oír. Lo veo con necesidad de comunicarme palabras urgentes, y las piezas no cesan y las tuercas se enroscan y se desenroscan y pasa el encargado, nos mira y comprueba las piezas. Yo no puedo evitar leer el pensamiento de mi compañero, que me mira y me sonríe, y yo lo entiendo. Ahora no me tiene que gritar fuerte, lo entiendo todo. Es un lenguaje parco en palabras, es eso, un lenguaje de necesidad, de subsistencia, que también precisa de un aprendizaje, je, je, je.

8:30 a. m., ya queda poco para la hora del bocadillo. Miro por la ventana y ahí fuera está lloviendo, y a buen seguro que los hortelanos de mi pueblo estarán contentos. ¿Dormirá mi compañera?

La lluvia no cesa, de la misma manera que el vigilante obviamente tampoco deja de vigilar a su presa. Menos mal que llega la hora del descanso y, en esa media hora, el bocado de manera inevitable se mezcla indistintamente con la palabra urgente, palabra mágica, palabra sin sentido.

9:00 a. m., ahora mi compañero está como ausente. Me pregunto en qué pensará. Le estoy mirando fijamente a los ojos, no sé si con cara de mala hostia, ni por qué y mientras tanto la bota de vino va pasando de mano en mano, y ese rojo líquido va penetrando dulcemente en esas bocas resecas de palabras bonitas, palabras necesarias, en fin de cuentas.

Remiro a mi compañero, que por fin se ha sentado a mi lado, y a modo de preámbulo inexistente, me interroga acerca de mi actitud.

—Sinceramente, de verdad, ¿no sabes qué pasa?

—No —le contesto secamente, pero me resulta muy extraño este lunes.

—Bueno, te diré que, a última hora del sábado, se nos comunicó la decisión, la gran decisión por parte del director de orquesta, que nos manifestó que no le gustaban las últimas actuaciones, que el eminente público que había llegado desde larguísimas distancias kilométricas, en donde curiosamente el kilómetro no existe como tal, se quejaba al parecer de uno de los violines que, al parecer, andaba un poco desafinado.

—Yo —le respondí—, que mi máquina violín, era uno de los más vieji, ji, ji, ji. Eso, sí, viejísimo, de todos los que allí producían. Me miraba fijamente, mientras proseguía, y nos dijeron que utilizarían nuevos métodos de control y tiempo, de un nuevo sistema desconocido para nosotros, y que de esa manera encontrarían el número de control sospechoso. Nos advirtieron que sospechaban de los siguientes números: del 5, del 8 y del 13, del 151 y del 22.

—El número 5, decía: «La primera vez había un hotel en la rue Valette, andaban por ahí vagando y parándose en los portales, la llovizna después del almuerzo es siempre amarga».

Miré de nuevo hacia la ventana y seguía lloviendo, de nuevo pensé en mi pueblo. En mi pueblo casi nunca llueve. Ahora recordaba el día que lo había abandonado. Allí, en mi pueblo, las ovejas eran vigiladas por Pepón el pastor. Aquí el vigilante inspeccionaba meras tarjetas de control.

175

Sobre el número 8: «Descubríamos cómo la vida se instaba en formas privadas de tercera dimensión, que desaparecen».

Y en esos instantes, como si de un espejismo se tratara, parecía no estar dentro de la habitación de uralita. ¿Quizá no estuviera?

Lo cierto y verdad era que alrededor del número 13, se oía una dulce voz, en contraste con la gran agresividad metálica de las máquinas de la habitación de uralita, en esos momentos que casi no tenían final, y Satchmo verdaderamente cantaba:

*Don't you play me cheap*
*Because I look so meek*

Mi compañero, como me veía fuera de sí, me contemplaba y me llamaba la atención también con cara de aturdimiento.

Y ahí estábamos llegando al 151 y eran las diez de la mañana, ya solamente quedaban cuatro horas para acabar una grandiosa obra, para él, el maestro que nos instaba «a renunciar de una vez por todas a la mortalidad». No obstante, mi compañero me seguía gritando y las tuercas se enroscaban y se desenroscaban. Me encontraba mal, tenía fiebre. Tenía control, control, control.

Yo, perplejo, miraba aquellos ojos de tigre, que mi compañero pensaba que no, que no eran de tigre, que eran de gato. Y como tal cosa, me decía Morelliana: «Basta mirar un momento con los ojos de todos los días el comportamiento de un gato o de una mosca para sentir... esa nueva visión a que tiende la ciencia».

La alienación que sentía era tremendamente inexplicable y mi compañero Manuel, por lo visto, se percataba de ello. Y por eso no dejaba de inventarse historias tristes, pero terriblemente hermosas, historias tan necesarias como el aire que estábamos deseando respirar. Y en la habitación el medio ambiente que disfrutábamos la gente, te, te te, era tan insalubre como el agua que pasaba por el río de aquella ciudad. ¡Pobre río! En este medio ambiente, porque claro está, no era ambiente entero, había como una capa espesa de polvo que impregnaba toda la habitación de uralita, polvo que a veces nos daba un aire carnavalesco, ya que se nos posaban las chispas de grasa que las máquinas escupían, de cuando en vez, sobre nuestras caras.

Y todas estas situaciones a Paco el Aprendiz, que ya a su corta edad realizaba el trabajo de hombre, le divertía tanto como si se trataran de esas 12 clases de historia permanente que su vida llevaba, o de esos otros 12 momentos diarios en los cuales pasaba de la responsabilidad al juego y viceversa.

La orquesta a veces perdía el ritmo sostenido y entonces el sonido era horriblemente trepidante, pero, ¡vaya!, casualidad la de esta orquesta y sus fallos, pues la culpa siempre la tenían los músicos. El director y los encargados de sección extrañamente se podían equivocar, y siempre se le echaba la culpa al contrabajo. Manuel me seguía contando el asunto de los violines y me decía que no me preocupara porque las otras secciones permanecían alerta. Yo también lo estaba.

Sería muy duro para ti, ¿verdad?

12:00 a.m., y ya entrábamos de lleno casi sin darnos cuenta en el número 22, que decía, ¡Ah, diantres!, se me olvidaba, lo último que había pensado: ¿dormiría mi compañera? Y de pronto, me salieron dos gritos profundos en forma de 22 que aterrorizaron a mi compañero Manuel. Se asustó. Le respondí que no me pasaba nada y le dije que siguiera. Y así, en este y otros pensamientos, retornaba de nuevo al número 22 que decía: «¿Quién estaba de vuelta de sí mismo, de la soledad absoluta que representa no contar siquiera con la compañera propia, tener que meterse en el cine o en el prostíbulo o en la casa de los amigos o en una profesión absorbente o en el matrimonio para estar por lo menos solo-entre-los demás?»

Ese sí, ese quizá fuera yo.

Pero antes de seguir, se me olvidaba decir, y ya eran dos olvidos, ¡vaya una desmemoria!, que mi compañero Manuel a las 11:00 a. m. había tenido que salir al consultorio médico, y mientras tanto le estaba sustituyendo en su puesto Antonio, que se encontraba junto a mí. Por lo visto tenía problemas de tipo digestivo, asunto este que ya venía siendo habitual que les sucediera a los estómagos de los hombres que moraban en la habitación de uralita.

Después de las últimas acciones de algunas secciones, a las cuales el director tachaba de irresponsables, las cosas no marchaban del todo bien, y la situación de golpe y porrazo había cambiado bruscamente.

Todos los músicos, que habían actuado al mismo compás y bajo la misma clave, estaban fichados y considerados negligentes y díscolos, y otros adjetivos indescriptibles. Para el director, la sección más indómita y, por lo tanto, causante de la gran causa era la de cuerda, que se componía de cinco instrumentos: violín, viola, violoncelo, contrabajo y arpa.

Antonio, que estaba ya un tiempo sin decir nada, me contaba que él no trabajaba por una perentoria necesidad de subsistencia, que no tenía esta necesidad como imperante, que su necesidad era la de combinar o tratar de buscar nuevas experiencias vitales para su vida, que quería ir en busca de emociones fuertes.

Nono, como a él le gustaba que lo llamáramos, había terminado sus estudios de Filosofía y Letras, hacía ya tres años. En los dos últimos años, a pesar de su lenguaje, je, je, je, hermético, se había ganado una amistad de tipo muy especial por parte de todos los compañeros de trabajo, ya que, en los momentos tensos y difíciles, era el primero en dialogar y en mostrar su desacuerdo con los ritmos y movimientos que nuestro director, de una forma autoritaria, variaba continuamente.

En esos momentos tensos era realmente cuando se podía apreciar el cambio de su lenguaje, je, je, je, totalmente diáfano para nosotros.

A él se le ocurrían ciertas cosas, que no todos en un principio lograban entender, por ejemplo, el pasado viernes, había colocado en el tablón de anuncios, junto a unas octavillas de matiz político, un hermosísimo poema oriental en un lenguaje miscible entre la lengua castellana y la persa.

12:30 a. m., ya era esa hora torpe de la mañana, y Nono me había soltado su soliloquio de una forma muy suave, ve, ve, ve... ¿verdad, Nono?

Nono, que estaba ante otra nueva vuelta de tuerca, de aquellas tuercas que enroscaban y desenroscaban, entre los chirridos de escape que los motores de las calderas provocaban, casi gritando, decía que P x P es un error, porque deja P D aislado y después de 15 C 5 D, las blancas quedan mejor. Yo, mentalmente, pensaba en los peones, y miraba a los peones blancos y negros, al tanto que él continuaba con su soliloquio y, por lo visto, se acordaba del caballo de Pavia y le oía decir que 27 P 6 D; A R/ 28 P 5 C era un error de concepto porque permite al caballo entrar en la lucha, y al tiempo que los peones iban y venían, se podía estar preparando con P 4 A, un golpe de audacia. Yo, mientras oía aquellas palabras que podían tener un sentido de huecograbado, que se me podían grabar, que se me grababan. Me divertía con sus expresiones numéricas, empero y, a pesar de todo, me causaban sorpresa los gestos y aquellos diabólicos movimientos de Nono. Miraba su mirada, que podía estar entre la cordura-locura, entre la ra, ra, ra... razón.

Los peones no paraban de subir y de bajar. Nono y yo éramos peones y estábamos permanentemente bajo el control del control de aquellas inhumanas máquinas.

Esa mañana, como casi siempre, que era siempre, los aspiradores de la habitación de uralita no funcionaban, y la respiración se nos hacía insoportable, y yo sin saber por qué, pensaba en Manolo, un peón de albañil y lo veía como a un pájaro que estaba enjaulado al que le quedaban dos horas para volar y respirar al fin libremente. Y respirar el aire que Manolo estaría respirando, siempre sería, aunque fuera más frío, mucho menos contaminado que este. Y además Manolo siempre estaría mucho menos blanco de lo que nosotros estábamos con aquella opaca capa de polvillo.

Por un momento, me despertaban los gritos del encendido soliloquio de Nono.

Y Nono, ya dirigiéndose a mí, me decía: «Mira tú, qué cosa, nosotros aquí y la Dama oyendo el *Allegro Assai* del concierto de Brandeburgo N.º 2 de J. S. Bach, junto a la Reina. Míralas ahí, a través de esa gran cortina de orquídeas, cómo disfrutan comiéndose unos trocitos de queso camembert con vino del Marqués de Riscal.

Yo le espetaba que así parecía ser el juego de la vida, y que la vida podía ser un juego, pero que, en el juego de la vida, hay momentos en los que no se puede jugar nunca todo a una solo partida. Nono me decía: «Mira».

Yo miraba.

Te has despistado un momento y con un solo movimiento, ¡plazz...! El 41 D 2 D- D 8 A y gana la Torre.

1:00 a. m., más o menos, y ya Manuel había regresado del consultorio, me quería contar muchas cosas. Yo le quería contar lo de Nono, y a eso, otra vez, al fin y al cabo, Manuel como siempre me diría mecánicamente: «Sí, sí, vamos, que eso eran sueños que Nono tenía en su cabeza, y además sueños que él no entendía». Sus sueños eran siempre de tías coritas. Yo aún recordaba su último sueño, y así me lo había contado, me había narrado que su vecina que era una posesa iba conduciendo un coche grandísimo, muy lujoso, con todas las luces encendidas: luces rojas y verdes, amarillas y violetas, rojas y verdes. Y él se encontraba en la carretera haciendo autostop para dirigirse hacia la habitación de uralita, pues se le acababa de averiar su coche. Pasaban coches y coches a toda velocidad y ninguno se detenía y él se encontraba muy inquieto porque ya tenía tres faltas de puntualidad en su tarjeta de control.

Así que, como un loco, comenzaba a correr, mirando hacia el suelo, levantaba la vista y no podía creer lo que estaba viendo en esos momentos (aquí, haciendo un paréntesis mientras lo contaba, con grandes aspavientos de las manos, a Manuel se le inflaban los ojos como dos grandes y lujuriosas pelotas inflamadas de fuego), pues el coche que conducía su vecina se detenía junto a él. Y él, atónito, no sabía qué decir y su vecina, que se encontraba desnuda, como la había traído su madre al mundo, le invitaba a que subiera al coche. Y allí, ¡oh, sorpresa, sorpresa!, una vez entrado en calor y después de algunos estupendos kilómetros, él no podía resistir la tentación de posar su mano sobre aquel prominente monte de Venus. Posaba suavemente su mano y recibía una vertiginosa descarga eléctrica que le paralizaba *ipso facto*. Ella no se inquietaba, ya que en realidad le daba mucha pena, penita, pena, y se lo dijo. Le dijo, jo, jo, jo, que le tenía que llevar a un mismo lugar, empero, que podía elegir entre dos caminos. Y estaban llegando a un cruce en donde se podían ver dos grandes indicadores rojos, y sobre estos, dos flechas con dos enormes señalizadores de un color verde intenso, que anunciaban:

Báratro del Trabajo......2 kilómetros

Infierno de la Gloria......5 kilómetros

Puesto que ya todo lo que tenía que acontecer era inevitable, él le había dicho que prefería el Infierno de la Gloria, ya que, aunque fuera mucho más largo... En esos momentos, el coche empezaba a tomar una velocidad supersónica y él intentaba en vano articular palabra, pero ya era demasiado tarde, ya no podía. Su vecina lo besaba salvajemente y la velocidad se disparaba hacia el infinito.

Sin saber a dónde había llegado, de pronto, se encontró despierto en mitad de una eyaculación precoz.

La verdad que como sueño pudiera parecer bonito, sin embargo, para él no dejaba de tener un contenido de angustia o realidad represiva.

Las tuercas no dejaban de enroscarse con grasa y sin ella, y cada media hora teníamos un reconocimiento de control, control, control, de producción cuantitativo y control de producción cualitativo.

Manuel, desde que había llegado, me quería decir cosas y justo a mi lado se encontraba desde hacía bastante tiempo, él, el llamado indocto con cara de tigre y con la gran partitura en sus manos.

Vienen los del control en comitiva y me preguntan: «¿Tú qué número tienes?»

Les respondo: «El 22».

Anotan en su cuadernillo «lo de siempre» y me dicen que llevo un tiempo desafinando.

Se marchan.

Ahora sí, Manuel me dice que nota en el ambiente algo muy raro en este día, que se está fraguando quizá mi despido. Me cuenta que esta mañana, en un jardín, muy cerca del ambulatorio, había visto a una pandilla de jóvenes tendidos a la bartola bebiendo litronas de cervezas sin parar.

Le dijo que de qué se extraña, que si tiene extrañeza de esa situación y que si acaso eso es malo.

Y me dice:

—Hombre, no es que sea malo ni bueno, pero nosotros no podemos hacerlo y tenemos que estar aquí jodidos.

—Bueno —le respondo— tal vez ellos trabajan por la tarde o quizá buscan y no encuentran un trabajo.

—Bah, tonterías —me espeta riéndose sarcásticamente—, tú eres demasiado cándido. Estos son unos perfectos vagos, es que ya nadie quiere trabajar.

Hace unas horas que luce un sol patinado. De poco les habrá servido la lluvia a los hortelanos de mi pueblo. ¿Dormirá mi compañera?

Manuel, me grita: «¡Que sí, que te lo digo yo, hombre!». Enciende un cigarrillo, lo mira y echa una gran bocanada de humo en forma de pequeños círculos que se van diluyendo en la densa atmósfera de la habitación de uralita.

Y yo me quedo pensando si será el 5, el 8, el 13 o quizá el 22. Puede ser que, en tan solo unos días, me quiten mi instrumento y tal vez me vea abocado a tomar el sol.

2:00 a. m., Manuel me dice con la cara muy pálida: «La sinfonía ha terminado».

Suena el despertador, mi compañera me despierta.

—Hola —le digo mientras la miro dulcemente—, ¿has dormido bien?

Y me responde con una respuesta-pregunta: «Yo he dormido bien, ¿y tú?».

—Yo he tenido un sueño terrorífico, un hombre con cara de tigre venía hacia mí con dos grandes números metálicos muy pesados que formaban el número 22 y, de pronto, sin decir nada, me los dejaba caer entre las piernas.

En esos momentos perdía la noción del tiempo y, después del largo sueño, ya no sabía si era domingo o era lunes, si había estado con mi compañera o estaba...

Tenía que mirar el despertador.

Aún recordaba el impacto de aquella carta de Cortázar, después de enviarle ese cuento y ese artículo, con la respuesta a vuelta de correo, en dos semanas. Y todavía no se explicaba cómo se había atrevido a analizar la obra del escritor argentino, en aquel artículo que firmaba ese tal Patricio Peñalver Ortega, que se había publicado el 25 de enero de 1981 en el diario *Línea* de Murcia. Se titulaba «Los desconocidos rumbos del largo viaje cortazariano», con un subtítulo: «Una obra comprometida que no renuncia a la búsqueda de nuevas experiencias». Y así decía:

Embarcarse en la aventura cortazariana supone vernos a nosotros mismos embarcados en un bergantín imposible. Entonces, quizás nos veamos sin desearlo, o acaso deseando no se sabe qué, envueltos a bordo de un viaje fantasmagórico. A lomos de la novela de aventuras, que tan en boga se halla en los días que corren, y con vientos galácticos, nos podemos ver en la Hispaniola, junto al almirante Hawke, John Silver el Largo o el mismísimo Jim Hawking. Con todos estos personajes del escocés Roberto Luis Stevenson, sabemos que nos dirigimos hacia rumbos desconocidos, con viento constante de través y mar tranquila, y que *La isla del tesoro*, con esas «Piezas de a ocho a piezas de a ocho» que el loro Capitán Fint con su acostumbrada rapidez repetía, nos espera más pronto que tarde.

En cambio, dentro de la aventura que supone estar embarcados a bordo del Malcom (Los Premios), sin saber si nos va a llevar a Argelia, Vladivostok o Las Vegas —y a todo esto, nada más y nada menos que con billete gratuito— puede ser toda una oda a la fantasía. Si nos dicen además que el «Malcon» pertenece a la compañía «Magenta Star», sin lugar a dudas, tendremos que recurrir al personaje mágico que es Persio para que nos traiga a la realidad y nos diga «quién es quién en la Argentina».

Se ha escrito tanto sobre la narrativa cortazariana que hoy más que nunca resulta arduo criticar esta, ya que la crisis de paradigmas o de modelos en los cuales basarse no se concretan en una escala de valores determinados, y menos en lo que se refiere al cuento como género literario. Quizás por lo antes dicho deberá ser el lector, a su vez, el propio crítico para, de esta manera, pasar a ser personaje fundamental, puesto que solo de esta forma de entender la lectura cortazariana podrá el lector adentrarse en la aventura fantástica para ser proyectado hacia un viaje cósmico, donde las azafatas o compañeros de viaje a veces se tornarán groseros. Sobre este viaje donde el tiempo se nos propone intemporal nos encontraremos con un ambiente de cotidianidad, entre lo fantástico y lo natural... Y ora podremos subvertir, ora podremos ser subvertidos. Entre vaivén y vaivén de este largo viaje se nos presenta una dicotomía esencial, pero esta dicotomía es como el espejo de uno y debe ser uno el que debe de dilucidar si se considera cronopio o fama.

Los elementos cortazarianos suelen tener una inclinación a la proximidad y tienden a girar en la calle o en nuestro propio piso. Son elementos que continuamente estamos viendo, mirando y en ocasiones oyendo, que los percibimos naturales o descafeinados; eso es harina de otro trigal. Los personajes que, dentro de su abundante producción, son de una variada condición y suerte, se suelen encontrar entre lo ficticio y lo real, lo soñado y lo vivido, y a veces mediante procesos aleatorios son legales y se nos convierten en ilegales; pero hay que resaltar que realmente estos personajes se lo pasan bastante bien, a base de buen comer y buen beber, y nosotros con ellos. La lucidez cortazariana, que se podría hallar entre la cordura-locura del hábil D. Alonso Quijano, se vale de un engranaje dialéctico que usa con tal maestría el juego de la palabra que, hasta la palabra como tal, se podría enfadar. La palabra es mágica y se llena de contenido; esta es real y se vacía de contenido y, sucesivamente, con el humor y la ironía de la lucidez cortazariana hace que lo que parece un juego de palabras se nos torne en una radical rebelión contra ese lenguaje que nos está encubriendo la realidad en lugar de revelárnosla.

En cierto modo, la lucidez cortazariana y su búsqueda continua de nuevas formas de subvertir el lenguaje oficialista está destinada a transformar la conciencia crítica del hombre máquina de nuestro tiempo y, para esto, se sirve de la duda, para que dudando nos asombremos de nuestro entorno cotidiano y podamos dar la vuelta al día en 80 mundos, para seguir ojeando este periódico, mirar ese autobús que tira chorros de agonizante muerte invisible, o ese dibujo que tienen las baldosas del suelo de tu edificio que, pasando todos los días sobre él, apenas conoces. La estética de la que fluye la idea central de Cortázar es la de un supuesto error de la especie humana. Dice Cortázar: «Sigo creyendo que la supuesta diferencia entre lo fantástico y lo que la gente cree que es verdadero es una prueba más de que la especie humana erró su camino esencial». En toda la obra cortazariana hay una música diosa por excelencia. Esta música es el jazz, música para la improvisación que tanto gusta a ese gato llamado Teodoro W. Adorno, que siempre que la oye se tranquiliza y la grafomanía de su amigo Cortázar se ensancha y se crece. Y ahí, en París, Louis Armstrong se posa en el escenario del teatro de Champs Elysées, el 9 de noviembre de 1952, para dar paso a ser el primer cronopio cronológicamente, y con ello hacer de esa música la de todos los cronopios. En ese año escribe Cortázar: «Parece que el pajarito mandón, más conocido por Dios, sopló en el flanco del primer hombre para animarle y darle espíritu. Si en vez del pajarito hubiera estado Louis para soplar, el hombre hubiera salido mucho mejor».

Querer ser un escritor comprometido con las clases oprimidas por la barbarie de los estados totalitarios, sin renunciar a la búsqueda de nuevas experiencias (sabiendo que parte de la población es analfabeta o carecen de una dinámica crítica «impuesta»), es querer y es estar viviendo con la ventana abierta para que penetre el aire, el sol o el ruido del vecino. Si la maquinaria del tiempo se parase y no nos impusiera a cada hora que pasa mirar el reloj, quizás entonces sin tiempo sería el hombre nuevo. Quizás para el hombre nuevo el lenguaje del absurdo sería incompresible y Fenille Morte, el excitado Polanco, Marrast, Tell y Nicole, por ejemplo, (todos ellos personajes de *62/Modelo para armar*) abandonarían su lenguaje juguetón; o a lo mejor los «Bisbis, Bisbis», «Guti, Guti», «Honk, honk, honk», «Ostás fetote», «Ompí, ompí, ompí», «Vosches Muni», pasarían a formar parte de la nueva gramática española. Este lenguaje que parece no tener sentido, como no pocas palabras del actual *Diccionario de la Lengua Española*, se llena de realidad y puede ser la máxima expresión metafísica en la terraza de cualquier cafetería o en el mercado de los jueves.

Aquí, la metafísica, la cosmología, la forma y la moral de la Mística son observados desde las mil y una formas o figuras que se pueden ver en el caleidoscopio, todo esto como elementos para la búsqueda del hombre nuevo, sin renunciar a la realidad cotidiana. Y dice Cortázar: «No cito más que apenas estas / saco de sus casillas a unos cuantos / que todavía creen en la poesía / encasillada en su vocabulario / lleno de compromisos con lo abstracto».

A modo de leves instrucciones para leer a Cortázar. Sobre las diversas posturas y formas de leer parece ser que una de las que va ganando ya un peso específico entre los cortazarianos es la de estar *tumbao* a la bartola. Hay que resaltar (a modo de instrucción «b») que otra forma o postura consiste en todo lo contrario que proporciona el relax del *tumbao* bartolina, o sea, la lectura en marcha andante. Puede parecer difícil leer en marcha andante (sobre todo por Platería y Trapería), pero siempre se puede ensayar previamente por algún que otro jardín; solamente se habrá de tener en cuenta de vez en cuando el color rojo de los semáforos, y no se preocupe de la gente. Ante la obra bastante extensa de Cortázar, obvio es decir que *Rayuela* es la fuente filosófica de la que se nutre toda su narrativa. ¿Qué libro leer en primer lugar? Sin lugar a dudas, el primero que caiga en tus manos. Si esperando a que caiga en tus manos no cae un libro y sí el siguiente telegrama, ¿qué pensarías?: «No cuatro pesos setenta o nada. Si te las dejan a menos compra dos pares, uno liso y otro a rayas». El telegrama que acabas de leer forma parte de *Historias de Cronopios y Famas*. Entre Cronopios y Famas se encuentran las Esperanzas. Quizá por esto sea importante como instrucción b+1 empezar por la lectura de *Historia de Cronopios y Famas*. Después de que hayas descubierto si eres Cronopio o Fama o Esperanza, se recomienda mirarse al primer espejo que te encuentres y sonreír... Sí, no seas tímido. Si a pesar de estas breves instrucciones para una lectura amena, relajada o dinámica y, después de mirarse al espejo no se sorprende, no se preocupe; suele pasar hasta en las mejores familias. Ahora bien, sinceramente recuerde que «las escaleras se suben de frente, pues hacia atrás o de costado resultan particularmente incómodas».

Así concluía ese artículo publicado en el diario *Línea*.

Aquellas palabras de Julio Cortázar le animaban a escribir y pronto llegaba aquel verano tórrido y luminoso de cuando nos hirió el amor. Sus miradas ya se habían cruzado por las calles angostas del viejo barrio, y se sostenían como imantadas en el aire. Después llegaron las palabras y las primeras sonrisas como rosas, en aquellos encuentros en esas nuevas tascas que combinaban lo castizo con lo moderno en la entramada arquitectura bizarra del viejo barrio. En aquellos ojos descubría el fulgor de los azules del cielo límpido de las mañanas y los verdes y la calma de ese mar Mediterráneo, en las tardes, su mirada azul y verde. En aquellos años de finales de los setenta, todo era de color, aunque ella viviera en un ambiente panóptico, con una madre católica y apostólica que le exigía estar a las diez en casa como en la canción de Serrat. Aquella noche, con el viejo truco de estudiar un examen en la casa de una amiga, fue su gran noche. Después de dar vueltas y vueltas cerrando bares en la madrugada, se encontraron. Y se separaron de sus grupos de amigos. Con aquel automóvil Dyane-6 que se balanceaba al tomar las curvas, subieron por el camino en zigzag, hasta llegar a la cima de aquel valle, desde el que se divisaban las luces de la ciudad, a lo lejos, que titilaban. No podía escribir los versos más tristes esa noche. La felicidad brillaba en las estrellas. El firmamento era una gran obra de arte. Sonaba la música. Se besaban. La cinta del casete se rebobinaba una y otra vez como los besos, con aquel *Tubular Bells* de Mike Oldfield. Y en esa atmósfera de las campanas tubulares, amaneció, se hizo el nuevo día. Al arrancar el motor del coche la batería no respondía. Bajaron al pueblo caminando y, al llegar a un pequeño parque se columpiaron como unos niños, mientras se preguntaban: ¿Qué era el amor?

Proseguía la vida vivida y vívida de la autobiografía. Entre aquella modernidad de la llamada Movida algo verdaderamente se movía. En aquellos grupos de rock con acento español, desde ese punk pasado por un nuevo filtro bizarro hasta el nuevo pop urbano, en esa etapa ecléctica y creativa, algo cambiaba continuamente. Y él iba de esos ritmos, también a la música clásica y al jazz, y de rondón ya se había colado el flamenco. Si echaba un vistazo hacia atrás, aún recordaba los ecos del grupo sevillano Smash con aquel desbordante garrotín, o aquella rumba, *Entre dos aguas* de Paco de Lucía, que había llegado a oírse en las discotecas, o las canciones de amor de paz y de libertad de Lole y Manuel, que se mezclaban con las de Leño, en aquella actuación en directo en el polideportivo de Murcia. El flamenco también se había colado en la universidad, con esas actuaciones memorables del San Juan Evangelista, y él escuchaba a José Menese, Juan Peña el Lebrijano y a Enrique Morente, que ya había cantado al poeta Miguel Hernández en su disco de 1971. Y con esos cantaores flamencos se iba adentrando en la fascinante historia del flamenco, hasta llegar a las primeras grabaciones de principios del siglo xx. Recordaba ese lustro que iba de finales de 1977 a principios de los 1982 y todo se movía vertiginosamente, aún sentía el sabor de esa hambre cultural, en el que se mezclaba lo castizo con lo vanguardista, entre la decadencia de la taberna de El Yerbero y el bar La Viña, que había desaparecido, pero podía ver los rostros de los pintores: Pepe Cacho, Manolo Belzunce, Parraga, Ramón Garza o Rosillo, con las de los escultores: Molera, Pedro Pardo, Pepe Marcos o Pepe Hernández Cano. Y las diatribas divertidas entre ellos; los pintores decían que los escultores era unos picapedreros. En ese lustro también llegaba a Murcia la Movida del mundillo del arte, con la librería y la galería Yerba y con la feria de arte ARCO en Madrid, a la que se acercaban los pintores de la periferia para ver las últimas tendencias y lo que se estaba cociendo en la metrópolis.

En aquella pequeña ciudad de provincias, en la que todos conocían la vida y las miserias de los otros, barroca hasta la extenuación, con una incipiente burguesía parca en ilustración, en la que los hijos de los huertanos, ya con el desarrollismo, no querían trabajar en la huerta, y aspiraban a ser oficinistas o dependientes del Corte Inglés. La llamada Movida había llegado como un gran soplo de aire fresco, al compás de los socialistas que conseguían gobernar en el ayuntamiento capitalino y en la administración regional. De pronto emergían unas series de ilusionantes propuestas culturales. Con los Premios Creajoven de música, literatura y otras artes; el teatro salía a las calles, se creaba el Festival de Jazz en las plazas de la ciudad y la Semana del Cine Español convertía las calles en un plató de artistas. Y las noches, ¡ah, las noches! La discoteca Dirirambo ya tenía competencia con otra moderna, Las Tres palmeras. Aún recordaba las noches del Ditirambo en las que cada madrugada era una fiesta diferente, con aquella etapa en la que, a la hora del cierre, se puso de moda tomar una copa de caldo en el Cuba-Club, para empalmar la noche con las mañanas. En esos días de vino y rosas, ahí, siempre estaba la lectura, el debate y la aventura de descubrir a nuevos escritores. Por las calles de esa ciudad luminosa se encontraba, de vez en cuando, con aquellos escritores a los que ya empezaba a admirar y a conocer, con Eloy Sánchez Rosillo, desde que había leído *Las cosas como fueron*, Premio Adonais de 1977, o con el escritor Pedro García Montalvo, con *La Primavera en viaje hacia al invierno*, que había conseguido el Premio Alcalá de Henares, con aquel libro magnífico de relatos publicados en

1981. No tenía aquella ciudad tradición de cafés literarios, pero él recordaba algunas tardes que había ido a tomar chocolate con churros al Café Santos, en su adolescencia, y entre la penumbra del humo de los cigarrillos se había encontrado con los ecos literarios, que después vería en su máxima expresión en el Café Gijón de Madrid. Nada más entrar a ese café madrileño, junto a la puerta, siempre se encontraba con Alfonso el cerillero, con aquel guardapolvos gris, y le compraba tabaco por intercambiar un rato de conversación. Le parecía un auténtico personaje de novela. Por aquellas fechas caía en sus manos una monumental novela de Miguel Espinosa, *Escuela de Mandarines*, que había sido premio Ciudad de Barcelona en 1974, y se embarcaba en aquel universo de seres y estructuras que lo desbordaba, tenía que tomar aire una y otra vez y volvía y volvía a esa aventura literaria. Después, más tarde, tenía la oportunidad de conocer al autor, en aquellas felices tardes del Café Novecento, en las que coincidía con Espinosa y miraba al escritor con admiración y sentía cómo le devolvía la mirada con atención, y así una y otra vez, sin intercambiar palabra alguna.

Ya comenzaba a pergeñar argumentos para escribir cuentos que nunca anotaba, ideas que de pronto se marchaban como el agua por el sumidero. En el placer del ensueño se le ocurrían unas ideas que consideraba brillantes, pero no se levantaba para anotarlas, y en el transcurso de la noche se fugaban como estrellas fugaces.

En la mañana solo le quedaba la resaca, el esqueleto de esa idea nocturna ya difuminada. El tiempo se aceleraba. Después quedaban esas brasas de las primaveras locas que llegaban con la Transición, y aquellas ganas de querer saber y esa curiosidad cultural que no cesaba, sin embargo, al fondo del túnel se vislumbraba la luz opaca del desencanto. Aquellos años de los 80 seguían siendo muy densos para unos temas mientras otros comenzaban a comprimirse. De aquellos días luminosos de radio recordaba La Barraca en Radio 3, con Manolo Ferreras y las noches, hasta las tres de madrugada de aquel Tris, tras, tres, que duraba 90 minutos y terminaba a las tres de la madrugada, también en Radio 3.

De aquellos días luminosos, ya hacía algunos años que la literatura se había convertido en el centro de su vida. Vivía para la literatura y hacía literatura con la vida. Aquellos bocetos de relatos cortos tomaban cuerpo y comenzaban a tomar vida cuando se publicaban, en la revista *Postdata* de Murcia, aparecía uno de ellos, titulado:

### ELLA

«Mirad con el pincel de Cézanne; pensad con la pluma de Novalis y oíd con el *Ballet de la Bella durmiente* de Tchaikovsky y *Quinta sinfonía* de Mahler».

Ella posó instintivamente sus manos entre aquellos muslos que se abrieron irracionalmente, al tiempo que sus largos dedos corrían como pensamientos salidos de un texto clásico. Contempló aquellas piernas entreabiertas y se reconoció abrumada. Sintió una cierta extrañeza, tal vez, un vacío de valor como si la decoración de la casa no le perteneciera.

Sintió una cierta tristeza.

Enchufó la televisión acordándose de la película de esa noche. La película, ¡qué curioso!, ahora en ese preciso instante no le interesaba como secuencias de imágenes, tan solo quería volver a ver aquella escena con toda su parafernalia. Miró la mesa preparada, cubiertos de plata, copas de bohemia y platos de Cheshire.

Esa mesa vestida con mantelería de fiesta presagiaba lo que tendría que ocurrir. Se asomó a la ventana, tal vez buscando a la persona deseada, y tan solo pudo ver a una masa compacta de gentes con bolsas a ambos lados de la avenida. La televisión emitía imágenes que ella no miraba.

Se volvió a mirar sus largos dedos y los labios extrañamente se humedecieron, en ese preciso instante, un cierto furor le recorrió el cuerpo de arriba abajo. Se sentó en el sofá un poco asustada por esa desconocida fogosidad que su cuerpo sentía. Ahora, la decoración le pertenecía y el vacío de valores se mutaba, la tristeza anterior se esfumaba del pensamiento.

Su pensamiento se tornaba sarcástico. Se dirigía sin ir más lejos a los vecinos de su planta. Qué triste sanctasanctórum yacía en sus vidas cotidianas, qué monotonía de costumbres, qué aburrido sentir, ¡Santo Dios, cómo odiaba esa mesocracia ascendente!

Se acercó hacia su estudio para librarse de la atmósfera que le rodeaba, de esos presentimientos inútiles. Miró los lomos de sus libros, sonrió y se sintió cómoda en esa labor de hermeneuta. ¿Acaso existía un placer más hermoso que el de interpretar textos?

En ese lugar de su estudio se sosegaba, solo bastaba dirigir su mirada a ese rincón preferente y sus manos tenían inclinación hacia ese texto.

Ese cuento tan pintoresco permanecía rodeado de tratados recios sobre el ser en su tiempo. Abrió el librito, miró los dibujos y su pensamiento se posaba dulcemente en aquel verde bosque; ese castillo colgado en el aire allá en lo más alto de las montañas y aquellos espinos que no dejaban llegar a todos los príncipes que día a día llegaban de los lugares más remotos de la ciudad. Esa ciudad que empezaba a oler a asfalto ardiente, desde luego que apenas se parecía a la ciudad soñada donde se encontraba el castillo, desde luego que no.

Sintió que llamaban al timbre de la puerta y en realidad no podía discernir si se trataba del suyo o el de la vecina, o de cualquier puerta representada en la película de la televisión.

Dejó que su pensamiento fluyera y se fue adentrando en el bosque, y ahí ya en lejanía se encontró con la puerta que conducía a ese bello claro de bosque, ya se podían ver las puertas del jardín. Se distrajo un momento y de nuevo oyó el timbre de la puerta, para no intimidarse, miró el jarrón de flores representado en el cuadro y pensó que tan solo un ramillete de flores no hacía primavera. Pero la puerta se vislumbraba a golpe de vista y el salón estaba preñado de indescriptibles sensaciones de exaltación. Tras la puerta del jardín permanecían unas pléyades ligeras de ropas y cargadas de deseos. En ese momento Juno también dormía su largo sueño de los cien años y las hespérides estaban dispuestas a regalar unas cuantas manzanas de oro. Príncipes de los lugares más remotos de la Tierra se congregaban a la puerta del jardín y desde allí se contemplaba la puerta del castillo. Era tal el silencio envolvente en los alrededores que los susurros entrecortados de las ninfas bastaban para sumir a los príncipes en un sueño de placer donde la memoria dejaba de pensar en el lugar en que se encontraban y en el año en el que habían llegado. El devenir estaba en las manos de ellas.

Aquel lugar donde la alegría bujarrona envolvía el pasar de las estaciones en tan solo un día, unos días, unas horas, adormecía. Todas las hadas trataban de convencer a esa ninfa negra que no tenía cubierto para comer.

Volvió a mirar la mesa, se tocó el tobillo y la televisión le ofertaba una multitud de objetos por segundos. Sus manos seguían en los tobillos y por segundos, que parecían horas, un hormiguero le recorría concéntricamente la espalda. Sus labios se entreabrían con electrizante sabor dulce, al tiempo que sus caderas iniciaban un contoneo incontrolado. Empezaba a sentir un calor fogosamente desmesurado, su blusa blanca con puntilla vienesa desabrochándose botón a botón y sus zapatos negros dejaban en desnudez sus pies.

Tan solo, por un momento, se preguntaba qué estaba ocurriendo, de qué manera lo superfluo se mezclaba con lo subliminal; la respuesta era el silencio. La televisión ahora no emitía su discurso vacío y daba paso al largo girar del disco. No había colocado uno de sus discos preferidos, y tal vez sí uno para ese momento majestuoso, para esa pasión escéptica que le enervaba, ahí donde las horas tornábanse años. Sin embargo, en ese girar preciso el disco le transmitía una armonía con ritmo matemático y los sonidos se combinaban con los espacios fragmentarios. La sensación de verdad para ella era el conocimiento de la unidad de esos tiempos-fragmentos que el disco proyectaba por los altavoces. ¡Por cierto, que los altavoces eran de una gran marca de alta tecnología y calidad! Esta última frase que estaba pensando la traía de nuevo a su salón y, aun no pudiendo entender si se encontraba acompañada, su cuerpo experimentaba una cierta actitud al ritmo de la música, tal vez como poseída, sus piernas se balaceaban armoniosamente.

Se volvió a asomar a la ventana y la escenografía de las calles también experimentaba un brusco estado de ánimo, la noche se vestía de luna llena y el sueño se apoderaba de sus habitantes. No todo era silencio, a lo lejos se oían sirenas que por momentos mutaban su sonido, algunos semáforos convertíanse en intermitentes y los camiones de la basura limpiaban la ciudad de sus inmundicias no contadas. Todo ello sucedía ahí abajo, aquí el clima variaba en tan solo veinte minutos, esa *Suite del Ballet op. 66* ya se dejaba atrás su «Adagio. Pas d'action», y se adentraba en su «Valse. Allegro (Tempo di valse)». El disco giraba y los surcos quedaban recorridos, se empezaba a vislumbrar el final. De nuevo esas sensaciones la llevaban al salón de su niñez y aquella desconocida que le leía el cuento sin nombrarle nunca qué autores lo habían escrito. Ello creaba un inquietante clima también en su estado de ánimo y esa concepción griega musical, esos modos, actuaban sobre ella. Así *diastástico* (enérgico) la puerta parecía abrirse, *sistáltico* (enervante) el ascensor parecía oírse en ascendencia y *hesicástico* (extasiante).

Ahí su cuerpo sentía el rumor de su blusa al deslizarse por sus caderas hasta caer al suelo, al tiempo que un sofocante calor se apoderaba nuevamente de sus labios humedecidos. La bruja Carbajosa ganaba en su acción; ella como poseída no lograba controlar su sueño y veía que todos los guardianes del mundo no bastaban; se desvanecía y sentía que su dedo era pinchado.

El fuerte escozor le llegaba a las axilas y todo empezaba a ser irreal. La duda escépticamente corría hacia lugares de su cuerpo antaño impronunciables. Unas manos desconocidas hurgaban en la vertical de sus piernas, buscando la torre del castillo, desesperadamente buscaba la llave que la librara del sueño. Un solo beso y todo volvería a ser felicidad deseada.

Afuera la luna llena corría y las estrellas parecían observar estáticas el prolongado placer y las diversas maneras de entender las horas que caminaban hacia el amanecer. Ello era como oír el gorjeo de los pájaros en un jardín y pensar que efectivamente era un bosque, así como si el sonar del murmullo del río se convirtiera en un limpio manantial y nos recordara nuestras obligaciones para con la naturaleza.

Esa otra naturaleza que era su cuerpo. ¡Qué extraño!, con los ojos abiertos empezaba a vibrar y veía coronar la cima de la montaña. También los surcos del disco se acercaban a su tramo final. Ese «Tempo di Valse» ajustaba un imaginario maillot de color malva en su cuerpo delgado y su pálido rostro sonreía armoniosamente. Poco tiempo le quedaba al último surco del sueño y el disco dejaba de girar, ese «Tempo di Valse» contenía la medida del tiempo.

El silencio que reinaba ahora le volvía a aturdir fronterizamente. La frontera entre su pasado y el presente solo su memoria la guardaba recelosamente. El cuento andaba por el sendero del bosque hacia su final y de rondó le penetraba otra música. La música que la transportaba a la realidad. El giradiscos contenía la *Quinta* de Mahler.

Trompetas y violines se interpelaban en la búsqueda de la polifonía. Más tarde súbitamente empezaba la fuga.

Los dedos de la aurora siempre rosáceos señalaban el final de la noche. La mañana fresca y lozana la estaba despertando de la realidad.

Ella retiraba racionalmente sus manos de aquellos muslos que instintivamente se cerraban y sus largos dedos seguían el «Rondó. Finale». Al fondo, la mesa seguía vestida de fiesta. Sola.

Ahí acababa ese relato. La autobiografía que comenzaba con esa frase: «Preferiría no hacerlo», de *Bartleby, el escribiente*, proseguía y en ese mar de pensamientos le llegaba un pensar sin concretar y otro que fugaz se marchaba con sus aristas, mientras los analizaba como si estuviera en una playa con aires de Robinson Crusoe, al compás de las olas. Aquellos pensares se les escurrían literalmente como la espumosa agua de las manos. Si miraba por la abertura del caleidoscopio y se marchaba por el túnel del tiempo, en busca de su primer recuerdo, lo podía datar a una edad entre los siete u ocho años. Una víspera de la noche de los Reyes Magos, sobre las once de la noche, miró a hurtadillas cómo su padre, que acababa de llegar, colocaba unos paquetes encima del armario. No pudo pegar ojo en toda la noche y estuvo atento a cualquier ruido, hasta que, a las siete de la mañana, con el canto de los jilgueros, se levantó para colocar los juguetes en el comedor. Cerró los ojos y soñó. Aquella noche descubrió que los Reyes Magos eran los padres y, cuando su hermana le dijo que los Reyes Magos acababan de llegar, esbozó una sonrisa. Lo cierto fue que aquel descubrimiento muy poco le afectó a la magia de aquel solemne momento. Ahí estaba su tren de piezas macizas, con una locomotora roja y negra y sus tres vagones, girando, girando y girando, por aquellos raíles circulares y no se cansaba de darle cuerda y de viajar, una y otra vez y otra. Viajaba, viajaba. Aquel momento era uno de sus primeros recuerdos. De los momentos felices, aunque algún que otro traumático podía haber, si al modo de un psicoanalista, le hubieran preguntando por su primer recuerdo doloroso. Se acordaba con nitidez de aquel episodio que, aun siendo duro, no le quedó trauma alguno. Sucedió una mañana de domingo. En el campo, a la salida del pueblo, se encontraba tumbado en una hondonada para resguardarse de la mirada de las gentes. El sol brillaba en lo más alto y refulgían los rayos solares amarillos sobre su cabeza. Con su amigo Manolo en un acto iniciático se fumaba los primeros cigarrillos de la marca Bisonte y la cabeza le daba más vueltas que un bisonte en un redondel. En ese marco de lucecitas blancas y amarillas que veía, de pronto al mirar hacia arriba, descubrió la imponente figura de su padre. No estaba soñando. Su padre venía de cazar jilgueros con red y llevaba una capaza sobre el hombro. Se llevó las manos a la vista. Aquella figura no podía ser real, pero vaya que si lo era. Su padre se quitó la correa y lo llevó dándole correazos hasta su casa. Así era la vida de dura y así se inculcaba la rectitud en la casa de los obreros.

Proseguía en ese ir y venir de los recuerdos.

En aquellos comienzos de los ochenta todo se transformaba, hasta por llegar, llegaban al Gobierno central los socialistas con Felipe González y con Alfonso Guerra, que decía: «A España no la va a conocer ni la madre que la parió». Y en aquellas estancias que pasaba en Madrid, donde la Movida se movía, disfrutaba de las noches del Foro, que siempre terminaban en Bocaccio; una de aquellas noches se había echado un baile con la actriz Charo López, en la famosa discoteca Baile el baile, ante la mirada de un joven productor americano; otra noche coincidía con un amigo que acompañaba a su admirado director de cine Elías Querejeta, y los invitaba a compartir mesa en la terraza de El Teide, y el director hablaba de los murcianos y de sus años en Murcia, cuando su padre había sido

Gobernador Civil; y otra noche una amiga californiana, a la que había conocido días antes, le quería presentar al director Víctor Erice, que era su vecino en Opera. Aquellas noches siempre comenzaban después de la cena, en un bar de un amigo en la plaza de la Lealtad, frente a la Bolsa; en la que solían reunirse un grupo de periodistas de la radio, la prensa y televisión. Aún recordaba otra noche, en la que él y P. M., que se habían adelantado al grupo, al intentar entrar a uno de esos bares clasistas del barrio de Salamanca, que estaba de moda, les dijeron que estaba el aforo completo. Unos minutos más tarde, llegaban los tres amigos que los acompañaban y, como uno de ellos era el famoso locutor Luis Mariñas, del telediario de TVE, les dejaron pasar, les pidieron disculpas y hasta los invitaron a una copa. Así estaba la cosa y la fama tenía sus ventajas. Las noches, de vino y rosas, ahí estaban, la una juntándose con la otra, y mientras tanto ahí estaba la Movida con su epicentro en el barrio de Malasaña, con aquellas fascinantes actuaciones en La Madrangora, con Joaquín Sabina, Javier Krahe y Alberto Pérez. De aquel Madrid —«Allá donde se cruzan los caminos / donde el mar no se puede concebir / donde regresa siempre el fugitivo/ pongamos que hablo de Madrid»— regresaba a Murcia y, mientras tanto, también la Movida murciana se movía con nuevos bares como El Zalacaín o El Aula, El Sur, El Latino o El Kama, en los que se reunían los «rojos», los rockeros, los «progres», los artistas, pintores, escritores, actores o músicos. Murcia también estaba cambiando y al final iba a llevar parte de razón aquel Alfonso Guerra, con su famosa frase.

Ya en los entresijos de los años 80 los recuerdos se atomizaban y tan pronto su memoria de manera caprichosa seleccionaba un pasaje de un año, como a continuación giraba a otro año anterior o posterior. A comienzos de aquella década la nebulosa del desamor se había instalado con ahínco en su vida. A esa etapa de nubes grises se le adherían un par de nubarrones negros. Con la pérdida del trabajo remunerado, también tenía que abandonar aquel piso de alquiler, en el que convivía con un par de amigos, y volvía de nuevo a casa de sus padres. Aquellos recuerdos, de pronto, se mezclaban con aquellas lecturas vertiginosas de las obras completas de Georges Simenon, adquiridas en unos grandes almacenes, Simago, que cerraban por derribos. Ahí se encontraba embelesado con aquellas lecturas, un día y otro y otro, siempre con la banda sonora de David Bowie y aquel tema, *Blue Jean,* que sonaba en aquel casete del álbum *Tonight,* que sonaba sin cesar en ese aparato de segunda mano que se había comprado, en el que de vez en cuando la cinta se enredaba y había que volver a enrollarla con un bolígrafo Bic.

De nuevo se veía en esa rutina que se tornaba costumbre, por la que transitaba hasta 1985, que volvía a trabajar como corrector de pruebas en la revista semanal *Lean,* con el aliciente de volver a retomar la publicación de artículos y reportajes, que había interrumpido tras el cierre de la *Hoja del Lunes*. Volvía a recomponer su vida y, al tanto que intentaba resituar su estado sentimental, durante aquel verano escuchaba a los Radio Futura con su *Escuela de Calor*, «y en las piscinas privadas, las chicas desnudaban sus cuerpos al sol».

Las nubes grises comenzaban a disiparse.

Aunque hubiera preferido no hacerlo, proseguía con su autobiografía y, aunque dejara de escribir una semana, cuando la volvía a retomar, siempre reaparecían los mismos episodios de esos años. Se preguntaba: ¿Por qué esos recuerdos y no otros? Y a esa pregunta no le encontraba la respuesta. No era esa solamente la pregunta que no podía responder, también había otras, sin contar con las primigenias: ¿De dónde venimos? ¿Adónde vamos?

¿Cuál era su futuro laboral? Definitivamente ya había aparcado la idea de trabajar de asesor laboral, la mayoría de sus compañeros asesoraban a empresas. Ya llevaba un par de cursos con la intención de matricularse en Filología Hispánica, pero no se decidía, había algo del mundillo académico que le repelía. Sin embargo, la decisión de dedicarse en cuerpo y alma a escribir ya estaba tomada, por eso se enfadaba en esas fases en las que no escribía ni una línea, a pesar de no tener una ocupación laboral y de tener todo el tiempo libre. De lo que no podía prescindir era de leer y, a trancas y barrancas, iban surgiendo los argumentos de sus primeros relatos cortos y llegaban las primeras publicaciones. Acababa de publicar *El hombre del maletín* en la revista *Monteagudo* de la Universidad de Murcia.

Después recordaría la espera de aquellos largos momentos hasta ver publicados sus primeros cuentos. Aquellas sensaciones sí se asemejaban a algo, no era a otra cosa, que al sabor de los primeros besos enamorados; la literatura pensaba que era el hecho más hermoso del amor, cuando la vida, a fin de cuentas, se transformaba en literatura, o viceversa.

Ahí tenía la revista y podía, por fin, leer aquel cuento publicado:

### EL HOMBRE DEL MALETÍN

El tren asomó sus potentes focos, sus ojos se iluminaron y por los servicios de megafonía se oyó la procedencia del hombre que ahora bajaba. El hombre miró a ambos lados del andén número uno y tan solo se encontró con abrazos y carcajadas de alegría, que contrastaban con la profunda seriedad del señor López. El hombre agarró su maletín y, tras caminar hacia la puerta principal, se halló frente al señor López; dirigió su mano derecha al bolsillo interior de su chaqueta y sacó una tarjeta. El señor López no entendía nada, miraba el maletín detenidamente y por fin se decidió a indicarle varias calles.

Se despidieron.

El tren lanzaba unos pitidos que al parecer indicaba su marcha, ellos volvieron la cabeza y sus miradas se encontraron de nuevo; tal vez si aquellos potentes pitidos no se hubieran visto de nuevo, al fin y al cabo, se habían despedido y una cierta premonición rondaba ya en la mente del señor López.

El hombre caminaba lentamente y se adentró en la primera calle indicada; la calle era angosta y a esa hora de la tarde estaba vacía. Llegó al final de la calle y se tropezó con una farmacia; no sin antes echar una mirada semicircular de reojo; entró al ver la puerta abierta. Al fondo se oía una tonada andalusí y él, que al parecer gritaba, se sorprendió al ver que su propio canto era acompañado por la música.

Jadeaba y no cesaba de mirar el maletín, cuando del fondo salió el mancebo exigiéndole unas extrañas pólizas de entradas.

Yo, que soy una persona perfectamente capacitada física e intelectualmente, les diré que no conozco de nada al señor López, y en cuanto al hombre del maletín...

El hombre buscaba en su bolsillo y no entendía qué pólizas eran necesarias. Se animó y sus ojos chispeaban. De nuevo sacó la tarjeta y, de manera jactanciosa, la mostró al mancebo, que vestía de negro. Al tanto que el mancebo le expresaba ciertas indicaciones baladíes, mientras se marchaba, la música regresaba a sus oídos. La calle seguía desierta y pensó por segunda vez que no tenía salida. Se encaminó de nuevo hacia la estación, y allí donde la calle se ensanchaba, volvió a mirar circularmente. ¡Cá! Cuál fue su enorme sorpresa, al final de la calle y junto a la farmacia, se encontraba el señor López.

Se saludaron.

El hombre miró la fachada principal de la estación y se dirigió hacia el quiosco. Dentro de sus cábalas ya entraba la más recia suposición. Sobre todo, al oír la conversación de aquellos hombres junto al puesto de venta.

—Que no, y dale Perico al torno. Yo te digo que el jambo tenía jindama y quería najarse.

—Y yo te digo que Dante llevaba razón al colocar a Avicena en el Purgatorio.

Miraba su maletín y por fin, al cabo de un rato, los hombres paraban su plática y el vendedor paraba de gritar: «Me queda la figa, me queda la mudanza». El hombre sacó otra vez la tarjeta y las tres cabezas se juntaron en torno a ella:

—Que no, ni quiero la figa, ni quiero la mudanza.

El vendedor le indicó la primera calle a la derecha, al llegar a la primera bifurcación, y ya en la esquina le gritó: ¿Pero, oiga, de verdad que no quiere la figa?

Necesitaba descansar y se le presentaba una oportunidad de oro molido al encontrar un café abierto, repensaba la cantidad de tiempo que había perdido. Se aferraba a la barra y ya era la quinta copa que tomaba; ahora muy cerca se oían los pitidos del tren. Abrió el periódico y al mirar la fecha se sorprendió que el tiempo no fuera medible en cantidad, ya que seguían pasando las mismas cosas.

Miró hacia el maletín y ¡Quia!, no estaba y no se lo creía. Salió corriendo, pues era mucho lo que se esfumaba.

Corrió por las calles y, aunque no podía recordar por qué parte de la ciudad se encontraba, corría. Al parecer habían pasado varios días, y por las calles se acordaba de la bata negra del mancebo.

Yo, que soy una persona perfectamente capacitada física e intelectualmente, les diré tan solo... ¿Que quién soy?

El hombre seguía corriendo y todas las mañanas se acercaba a la estación; sin embargo, el tren esa mañana llegaba con bastante retraso; por los servicios de megafonía se anunciaba su procedencia y allí, junto al andén número uno, el señor López bajaba con su maletín de piel de cocodrilo. Se acercaba y sacó una tarjeta en la que decía con letra gótica: «Señor López».

Se despidieron.

El señor López se dirigió a la farmacia y, después de largas gestiones inconclusas, salió airadamente; al final de la calle el vendedor le ofreció la figa.

Yo, que soy una persona perfectamente...

Les diré que una y mil veces intenté relatar las

peripecias del señor López, también les diré que no conozco al señor López de nada, ya que se trataba de un personaje, quizás, el central, de la que iba a ser mi próxima novela y los originales me fueron robados.

Yo, señores, soy el hombre del maletín.

Así terminaba ese relato. Y de nuevo regresaba a otro estío.

En ese mar de veranos en el que las olas, aun siendo distintas, siempre eran el mismo mar, el mismo verano. Otro de esos periodos calurosos que no podía datar, recordaba tan solo pequeños fragmentos de su vida cotidiana, en las que quería escribir y, sin embargo, se comportaba como un auténtico Bartleby; y saltaba de un verano a otro y se veía en aquel taller corrigiendo los textos de otros autores, desde libros que hablaban de botánica o Platón a programas de fiestas de pueblos y folletos de todo tipo. Y de ese verano a otro, en el que no paró de conectar una noche con otra, siempre llenas de conversaciones de literatura y arte, bañadas en alcohol, con aquellos momentos de madrugada, como pequeños *flashbacks*, recordaba las imágenes de aquella noche con el coche de su amigo R. G., por la Gran Vía, en marcha lenta con el volumen a toda pastilla de la casete en la que sonaba una y otra vez, aquel tema de Siniestro Total: «Te mataré con mis zapatos de claqué. / Te axfisiaré con mi malla de ballet. / Te ahorcaré con mi smoking / y morirás mientras se ríe el disc-jokey / y bailaré sobre tu tumba / y bailaré sobre tu tumba».

La música, siempre estaba la música, como una cronología de su vida, también para recordar las etapas de su vida. Si sonaba Franco Battiato, con su *Centro de Gravedad Permanente*, nada más tenía que recordar la de veces que había tarareado aquella canción: «Una vieja de Madrid con un sombrero, / un paraguas de papel de arroz y caña de bambú. / Capitanes valerosos, / listos contrabandistas noctámbulos. / Jesuitas en acción / vestidos como unos bonzos /en antiguas cortes con emperadores / de la dinastía Ming», que asociaba a aquel verano de 1985.

En esos flashbacks de la película de su vida, en esa década de los 80 hasta finales de los 90, apenas recordaba sucesos de mayor importancia. Solo que quería escribir y no lo conseguía; y así las horas y los días pasaban. La excusa perfecta para atenuar ese deseo de narrar era la incesante lectura de novelas, poesía y pensamiento, siempre con el fondo de la música clásica o de jazz, mientras tanto las noches, las largas noches, entre sueños de alcohol, pasaban y pasaban como en la narración de aquellos cuentos orientales de las mil y una noches. Vivía la vida instintivamente, no por determinación, sino por unas costumbres y unas rutinas instaladas en su devenir. Mientras tanto por su pensamiento pasaban unos argumentos y otros, unas tramas y otras, y unos personajes que nunca pasaban al papel. A la noche, cuando se acostaba, esos personajes se le aparecían como fantasmas y le mostraban sus quejas. No se levantaba para tomar notas de aquellas secuencias tan nítidas, confiando en que al levantarse las recordaría, sin embargo, a la mañana siguiente, esas peripecias de aquellos personajes ya se habían esfumado. Y así prefería hacerlo, pero no lo hacía. Siempre pensaba que si aquellas historias merecían la pena volverían a surgir. Y así unos años más tarde, comprobaría que el nudo gordiano de aquellos argumentos por narrar, volvía de nuevo a emerger. Por esa época, cuando a algún conocido que otro le comentaba lo que tenía pensado escribir, casi siempre escuchaba que si quería escribir una auténtica novela, le podía contar su vida. Ciertamente, así pensaba él, cualquier persona tenía en su propia vida, su propia novela, más cómica o más trágica. ¿Por qué estaba escribiendo esta autobiografía, que ya estaba llegando a su fin? No lo sabía. ¿Por qué la había empezado con esa frase de «preferiría no hacerlo»? Tampoco lo sabía. De alguna manera había que empezar y ahí se acordaba del comienzo de las ingeniosas historias de Don Quijote: «En un lugar de la Mancha, de cuyo nombre no quiero acordarme, no ha mucho tiempo que vivía un hidalgo de los de lanza en astillero, adarga antigua, rocín flaco y galgo corredor. Una olla de algo más de vaca que carnero, salpicón las más noches, duelos y quebrantos los sábados, lentejas los viernes, algún palomino de añadidura los domingos, consumían las tres partes de su hacienda. ¿Era un buen comienzo? Tampoco lo sabía. Lo que sí sabía era que las aventuras de Don Quijote eran el inicio de la novela moderna, la novela de novelas, la gran Biblia, ahí estaban todas las maneras de narrar. Nunca había dejado de ser cervantino.

De la misma manera que no sabía cuál había sido la intención verdadera de ponerse a escribir esta autobiografía, que llegaba aproximadamente hasta el año 1990, ahora sentía la necesidad de concluirla ya, sin más dilación, mientras pensaba que, pasados unos años, tal vez la completaría, hasta llegar a la actualidad. Eso sí, siempre y cuando no apareciera algún intruso que desmintiera la autoría de esta primera entrega, como le sucedió a Miguel de Cervantes, con la primera parte de su Don Quijote, al que un tal Avellaneda le quiso ningunear con una versión apócrifa. Así terminaba esa aventura, ese viaje por los recovecos de su memoria.

## DIETARIO

### Domingo, 22 de julio de 2017

Siempre que llega este domingo del final del Tour de Francia estoy pendiente de la llegada de los ciclistas a los Campos Elíseos, desde los tiempos de Ocaña, Perico Delgado e Induráin, aunque este año perdió la emoción cuando el corredor Alejandro Valverde se cayó y abandonó. El Tour me ha estropeado algunas siestas, sin embargo, a otras les ha dado gloria.

Esta mañana he pasado al ordenador los textos que escribí el viernes de mi autobiografía en dos servilletas del bar al que voy por las tardes. Estoy a punto de terminar un tocho de las obras completas del escritor Raymond Carver. Ya leí algunos de sus libros de cuentos, hace más de 25 años. En esta relectura lo sigo encontrando fresco. Me encantan esos retratos que hace de la familia de clase media americana, los conflictos entre padres e hijos, las rupturas conyugales. En la convivencia cotidiana todo es normal y de pronto salta una chispa y les cambia la vida para siempre. Me gusta su estilo y esa forma de dejar abiertos los finales.

Jueves, 28 de julio de 2017

Ya llevo tres días en un hotel de Torre Pacheco de cuatro estrellas con jardín, spa, piscina, con vistas al campo, de melones y otras hortalizas, y a las montañas de Cartagena y La Unión que se divisan a lo lejos. Ya he estado otras veces en este hotel, aquí todos sus moradores están de vacaciones. No hay prisas. Sin embargo, yo tengo un cierto estrés, como estoy cubriendo la información sobre el Festival Flamenco de Lo Ferro, no paro de pensar en lo que escribí ayer en la crónica y lo que voy a escribir mañana. Me siento en cierto modo raro, por momentos. Hasta hace unos días estaba instalado en la tranquilidad y en la costumbre de la cotidianeidad de mis escritos diarios para mi autobiografía, que suelo escribir sobre servilletas de los bares. Me sentía muy bien. Y de pronto he tenido que dejarlo. En unos días tendré que ir a La Unión y ahí me volveré a sentir como un minero de la pluma. Ya llevo 25 años ininterrumpidos escribiendo para el Festival de La Unión, en *Diario-16*, *ABC*, *Agencia EFE* y diario *La Verdad*. ¡25 años! ¡Cómo pasa el tiempo! «Y cómo pasa tiempo, que de pronto son años, sin pasar tú por mí, detenida», que decía la canción.

Lunes, 31 de julio de 2017

Ayer llegué a Murcia. Hoy he acabado los cuentos que me quedaban de la obra completa de Raymond Carver que tiene más de 700 páginas. Decía Carver que, a la hora de corregir: «Cuando uno se sorprende quitando lo que acaba de poner es que el relato ya está acabado». Yo más que terminar casi estoy empezando. ¿Cómo comencé a escribir mi autobiografía? Es una buena pregunta que sinceramente no puedo responder. El germen para escribir un relato o una novela casi siempre es el mismo. Te surge una idea, se va procesando, hasta que se va conformando un argumento, una estructura que van protagonizando unos personajes principales, a los que durante el camino creativo se les van sumando algunos secundarios, que de pronto aparecen. ¿Cómo apareció la idea de mi autobiografía? Tampoco ahora lo puedo precisar. Solo recuerdo que, de un día para otro, en el mismo momento en que se me ocurrió, sin dilación, empecé a escribir, en esos instantes me puse manos a la obra, como un artesano que tiene que trabajar para comer, cada tarde escribía sobre un par de servilletas de bar. Me busqué un bar donde, en este caso el Ítaca, no me conocieran demasiado los clientes, y adopté sin tapujos el papel de escritor. Tuve que abandonar, a esas horas de la tarde, el bar Zalacaín, que es el lugar al que acudo desde hace más de 30 años (eso sí, al bar Zalacaín regresaba por la noche), para evitar las interrupciones que se producían cuando tenía que saludar a los amigos, que se acercaban a la mesa, ya que después de una breve conversación, había perdido el ritmo de la narración. A buen ritmo paso al ordenador por las mañanas, lo que cada tarde escribo. Ahora estoy con estas notas del Dietario. Mi autobiografía está unas semanas de vacaciones. Tengo que escribir en el diario *La Verdad* sobre el Festival del Cante de las Minas de La Unión.

Martes, 1 de agosto de 2017

Mucho calor. Han caído unas cuantas gotas de lluvia. Los estudiosos de las cabañuelas, a través de esos fenómenos meteorológicos, hacen sus cábalas para saber el tiempo que hará el próximo año, ya están en su salsa. El cabañuelo de Mula, José Buitrago, ya dice que se esperan unos meses lluviosos en 2018 y que lloverá la primera quincena de los meses de marzo, abril y mayo. Siempre me resultan cuanto menos curiosas estas costumbres ancestrales. Yo también suelo tener ciertas costumbres y no pretendo ser costumbrista. Ya tengo una cierta edad para haber vivido que ciertas cosas, que antes eran consideradas muy antiguas, de pronto por arte de birlibirloque, se han tornado muy modernas por la moda. Yo tengo la costumbre de leer cada año la ingeniosa historia de un hidalgo de la Mancha y esa novela de Don Quijote me sigue pareciendo la gran novela moderna. Es la madre de todas las novelas.

Estos días estoy dejando descansar los escritos de mi autobiografía, que no son otra cosa que los mecanismos de mi memoria, de mi historia vívida. Y descanso de esa historia real, aunque no deja de ser también de ficción, cuando la escribo, mientras estoy en la posada de El almirante Benbow, con un tipo raro que acaba de llegar y que canta: —Quince hombres sobre el cofre del muerto, ah, ja, jai—. Y un gran frasco de ron. A la posada ha llegado un ciego y acaba de dejarle la mancha negra. Y estoy a punto de embarcarme con rumbo a *La isla del tesoro*. Otro año más me acompaña mi amigo Robert Louis Stevenson. Hace mucho calor, me tendré que tomar un cubata de ron.

Miércoles, 2 de agosto de 2017

Lo que son las cosas. Desde hace muchos años mi amigo, Pepe Cacho, gran pintor, comen-

214

zó a decir que yo era su biógrafo oficial. Con su seriedad irónica y sonrisa de actor, cada vez que coincidíamos en los bares, y coincidíamos mucho. Aún de vez en cuando coincidimos y sigue diciendo, a los amigos, que yo estoy escribiendo su biografía y que se va a publicar por fascículos y que se venderá en los quioscos. Le fascina contar esa historia, a la que, a lo largo de los años, siempre le añade algún nuevo ingrediente. ¡Puaf! ¡Quién me iba a decir a mí que yo iba a escribir mi autobiografía!, hace unos meses. ¿Cómo y por qué surge la creación literaria? Eso sí que es un gran misterio. Ahora soy yo el que está contando su vida por entregas en mi muro de Facebook. La estoy llamando autobiografía, cuando en realidad en un sentido literario sería una miscelánea. La estoy escribiendo en tercera persona, como narrador. Mi pretensión es ir hasta el momento en que llego por primera vez a escribir. Supongo que nunca sabré por qué empecé. A partir de ese momento, la autobiografía, que formará un libro, incluirá relatos cortos, cartas, algún poema y ciertos artículos en prensa.

Lunes, 14 de agosto de 2017

Regreso de cubrir la información del Festival del Cante de las Minas de La Unión para el diario *La Verdad*, después de diez días, con unas crónicas que escribía por las mañanas con música de Lou Reed. Mi canario que no es amarillo y se parece más a un gorrión por su plumaje, se alegra, aletea, y se bufa de contento. Mi gata Estrella y mi gato León, al abrir la puerta me miran, impasibles, y siguen dormitando. Después más tarde buscaran el roce, el ronroneo, pero será cuando ellos quieran. Son muy suyos, libertarios. Un perro en esa situación se habría vuelto loco de alegría y se acercaría con el rabo loco de contento. ¿Quizá los gatos sientan de otra manera? De La Unión vengo con una impresionante resaca, después de haber escuchado la mar de mineras, cartageneras y tarantos, seguiriyas, soleás y fandangos. Y otros cantes, ole. He visto algunos espectáculos interesantes. Aunque siempre he estado con un cierto estrés por ver qué escribía o no en esas crónicas. Lo mejor del Festival sigue siendo el reencuentro con los amigos a los que solo veo una vez al año, también se echa de menos a los que ya no están. La mayoría de días he comido con José Manuel Gamboa y con Paco Hidalgo Gómez, a los que conozco desde hace bastantes años, unas jornadas más tarde se unió la japonesa Kyoto Shikace. Esos momentos de la comida y la tertulia son siempre muy enriquecedores. Nos reímos y por unos momentos vivimos en el reino de la ironía, de la sutil a la gruesa, hasta la levedad. De pronto emerge la socarronería y en algunos instantes se confunde la realidad con el surrealismo. Sin embargo, en el fondo y en la forma, somos gente muy seria. Me alegré también de ver y compartí momentos con Norberto Dotor, que tanto sabe de arte y flamenco. Ahí quedan los recuerdos de la 57 edición. Regreso a la rutina. Por la mañana retomo la lectura que dejé y ya estoy a punto de desembarcar de la Hispaniola en la Isla del Tesoro, con el malvado John Silver. Por la tarde, otra vez regresó al bar y allí me están esperando las servilletas de papel rugoso en las que estoy escribiendo estas notas. A través de la cristalera la gente pasa por la angosta calle de comercios, tranquila, de un lado para el otro. Y aquí estoy tratando de retomar el hilo de mi autobiografía que me dejé hace ya más de veinte días. Creo que me quedé en una etapa en la que tenía, pongamos que diecisiete, y sonaban las canciones: «Un rayo de sol, ooo, me trajo tu amor»; «y la playa estaba desierta y el mar bañaba tu piel, cantando con mi guitarra para ti: María Isabel». Y yo estaba enamorado en aquel otro verano.

Miércoles, 16 de agosto de 2017

Esta mañana la he dedicado a pasar al ordenador las notas que escribí de mi autobiografía, en dos servilletas en el bar la otra tarde. Esta tarde no podré escribir a la hora acostumbrada, a esa hora estaré en la 7 TV pública de la Región de Murcia, con una entrevista amable en la que hablo de mi vida y mis cosas. Yo cuando voy a cualquier televisión siempre hablo de mi libro. Me encanta Francisco Umbral. A comienzos de los 90 trataba de imitarlo con mis negritas en mis numerosas columnas de *Diario-16*. En la mañana de ayer también disfruté tumbado en la cama con el hermoso *dolce far niente*, para mí ese tiempo de no hacer nada se transforma en el goce de poder tumbarme a leer sin tener que levantarme a una hora determinada. Me recuerda a esos otros veranos en los que literalmente estaba colgado de la literatura. Ahora leo por enésima vez *La isla del tesoro* de Robert Louis Stevenson y cuando aprieta mucho el calor le doy a la lectura un poco de fiebre mental, y me paso a la *Introducción a la Estética* de Hegel. La música siempre es aleatoria y al azar elijo en estos momentos los éxitos de John Lennon. Aunque yo siempre fui de los Rolling Stones, cuando se separaron seguí con mucho interés sus creaciones en solitario, me encantaba Georges Harrison y me divertía mucho Paul McCartney y las cosas de Ringo Starr. Mis veranos siempre fueron muy felices en lecturas. Aún recuerdo aquellos estíos en los que yo vivía instalado en las lecturas del *Ulises* de James Joyce y en las diversas maneras de leer *Rayuela* de Julio Cortázar, siempre esperando ver, a lo lejos, los andares de la Maga, al pasar el río por el Puente Viejo. Regreso ahora a esa Rayuela y me siento más joven.

Sábado, 19 de agosto de 2017

Observo que cuando trato de buscar en el cajón de los recuerdos esos fragmentos de las diferentes etapas de mi vida, siempre emergen los mismos de ese montón un tanto abigarrado, con muy pocos matices nuevos. Casi puedo visualizar las imágenes de esos momentos como si se tratara de unas secuencias de cine. Esa es mi vida, *Vivir para contarla,* como dijo el gran García Márquez. Curiosamente también ahora recuerdo que las veces en las que ha surgido la ocasión de intercambiar con un amigo o en la intimidad con una amiga, las partes de lo vivido, rememoradas oralmente siempre han sido las mismas. Ahora, por escrito también.

Ya pasó el puente de la Virgen de agosto. La ciudad, en mitad de la tarde, sigue vacía como otrora. Apenas transitan vehículos y los pocos transeúntes parecen extranjeros o inmigrantes. Llego a la estación de ferrocarril de Murcia, que parece de finales del xix, y me encuentro a los mismos personajes que allí están siempre, unos porque trabajan, como las camareras del bar, y otros pintorescos a los que les gusta ver el pasar de los trenes. En esos momentos me acuerdo de los trenes vacíos con destinos a ninguna parte y me llega la canción: «En los pueblos fronterizos miran el paso de los trenes, / las rutas desiertas de Tozeur. / Desde un viejo balcón tu madre me observa / y se acuerda de mí y de mi forma de ser». Suelo ir en tren a Orihuela y, en bastantes ocasiones, cuando saco el billete, coincido con mi amigo Sebastián que trabaja en la zona de información. Siempre hablamos de arte, de música, pero fundamentalmente de literatura. Esta tarde me ha recordado algunos aspectos de mi libro *Una novela sin nombre*. En su comienzo, con esa atmósfera gris y ese personaje un tanto melancólico, le recordaba a ese otro personaje de *La Náusea* de Jean Paul Sastre, al que todo le sale mal, que va al bar y quiere ligar, pero no lo consigue. Y después de un rato hemos llegado a la conclusión de que toda una generación pertenecemos a esa época del existencialismo y de la *nouvelle vague*. Después he tomado estas notas sentado en la mesa, mientras un tren partía, hasta que por la megafonía anunciaban la salida del mío.

Martes, 22 de agosto de 2017

Escribo para que me leas solamente tú. ¿Y quién eres tú, lectora o lector, que ahora mismo lees esta nota? Así como el que no quiere la cosa, dubitativo, aún sigo sin saber por qué comencé a mitad de mayo el proceso de literaturizar mi vida. No es que yo considere que tengo una vida muy interesante, aunque sí creo que cualquiera puede tener una novela sobre su vida. Mi objetivo era y sigue siendo llegar hasta el momento del porqué empecé a escribir, cuando procedo de una familia de ágrafos. Ya no hay ninguna duda de que este verano está siendo el verano de mi autobiografía. ¡Ni yo me lo puedo creer!

Cada mañana paso las notas de la tarde al ordenador, en el que ahora mismo el cursor no para con su intermitencia, y siempre escucho la música que voy eligiendo al azar. Hoy comencé con Enrique Morente y esos versos de San Juan de la Cruz: «En esta noche oscura de esta vida / qué bien yo sé la fuente fría / aunque es de noche». Seguí con la *cuarta sinfonía* de Bruckner, un poco de Herbie Hancork y otro poco de Jonh Coltrane. Ahora que lo pienso, todas mis novelas las he escrito oyendo música, especialmente clásica o jazz, porque no me distraen los textos de sus letras. Creo que hay música en todo, hasta en el silencio, y no me refiero a los silencios que se escriben en los pentagramas. En el más puro y estricto silencio, al rato resuena un misterioso eco repetitivo, como en el sonido de la lluvia o en las rachas de viento que modulan sus altibajos. A veces todo es repetición, como esas miradas, de cada día, al levantarnos frente al espejo.

Jueves, 24 de agosto de 2017

Las cosas, como la vida, a veces son curiosas. Ayer terminaba el viaje con la Hispaniola y llegaba a buen puerto, en compañía de John Silver el Largo; ahí quedó otra relectura más de *La isla del tesoro* de Robert Louis Stevenson. Y hoy sin saber por qué me encontré con la última novela, *Mac y su contratiempo* de Enrique Vila-Matas. Siempre me gusta leer los libros a contratiempo, nunca cuando son novedad. Curiosamente este libro trata sobre la repetición como núcleo central. Ya hace mucho tiempo que conozco la literatura de Vila-Matas, incluso alguna reseña literaria he hecho de su obra en «Ababol», suplemento literario del diario *La Verdad*. Cuando nadie lo conocía por estos lares, mi amigo Carlicos el Gallego ya lo había descubierto, como a otros exquisitos autores llamados de minorías. Ahora muchos de nuestros jóvenes quieren escribir como Vila-Matas, antes como Roberto Bolaño, mientras otros lo hacen como Paul Auster o como Mario Bellatín. Esa moda de imitar o reflejarse en esos espejos, no la veo mal (también el libro de Vila-Matas hablará de ese tema de la imitación). En otras épocas, otros nos mirábamos en Julio Cortázar o en Gabriel García Márquez; después estaban los que lo querían hacer al modo de Borges, a estos había que echarles de comer aparte. Sin ser Funes, la experiencia de la vida me ha demostrado que bastantes de estos últimos, en efecto, eran más borgeanos que Borges.

Volviendo a la música, cuando escribo estas notas en formato servilleta, suelo escuchar otras músicas; la propia que suena por el hilo musical del bar en el que estoy, con éxitos de los 80 y 90, y alguna que otra canción me lleva a otro tiempo. A esa música se le une la otra música, la del murmullo de voces a lo lejos, en la mesa en la que unos jóvenes se atropellan en sus palabras, a lo cerca, las voces de dos jóvenes maduras, y en torno, se mezclan los sonidos de la cafetera con los de la vajilla, que siempre se repite. Otra tarde repito con mis escritos en este bar. ¡Las cosas de la vida!

Sábado, 26 de agosto de 2017

La vetusta estación de tren de Murcia parece que no cambiara, de hecho, yo creo que no se ha modificado desde que se inauguró. Sus viajeros de cercanías sí que cambian, de los días laborables a un sábado como hoy, y esperan como si no esperaran nada. Aquel anciano que está en la mesa de siempre, que mira como vienen y van los trenes, en realidad tampoco espera nada.

Nada es lo que hoy precisamente he escrito sobre mi autobiografía, ni una línea. Tampoco tengo prisa. Se me ocurre un dicho: «Las prisas son para los malos toreros y los ladrones».

Durante estos meses estoy haciendo un trabajo de introspección, un viaje al centro de la memoria, y los recuerdos hasta parecen que afloran de forma onírica. La pasada madrugada me desperté excitadísimo, después de haber soñado con uno de aquellos amores de los tiempos de la Transición, que dejaron huella, y se perdieron en ese viaje sin retorno. Esta mañana comencé a leer *Las célebres órdenes de la noche*, de Diego Sánchez Aguilar, otro viaje poético con unos versos fuertes y chispeantes que no te dejan indiferente. Siempre me resulta curioso leer un libro de una persona que conozco, porque durante la lectura me acompaña su rostro o alguna vivencia. A Diego lo conocí en el Bar del Fulli, un bar muy especial incluso para los tipos especiales. Nos vimos en algunas ocasiones, nos mirábamos, pero no intercambiamos ninguna conversación. Yo ya intuía que era un tipo interesante, que estaba en ese viaje creativo. A veces se viaja más por los libros que viajando.

Miércoles, 30 de agosto de 2017

Ayer a esta misma hora estaban cayendo chuzos de punta, no sé lo que son los chuzos, que es una palabra que oía cuando era pequeño, lo cierto y verdadero es que llovió mucho en poco tiempo. Por aquí no suele llover y hay una pertinaz sequía, se pide y se ruega agua, y en ese mantra llevamos desde el día después del diluvio universal. Después de la tormenta siempre llega la calma; y por aquí siempre se comen migas, cuando las nubes blancas se tiznan de oscuro. A esta misma hora oigo que ayer cayeron más de quinientos rayos y ayer estaba a esta misma hora en la estación del ferrocarril por distintos motivos a los de hoy. Ahora viajaré hasta Orihuela, que tiene el nombre de estación ferroviaria más hermoso del Mediterráneo. Siempre me alegro por la megafonía cuando escucho: «Próxima estación: Orihuela, Miguel Hernández». Y me acuerdo del rayo que no cesa. Ayer a esta misma hora me acordé de la sempiterna rambla de Espinardo, que se desboca con rabia cuando llueve y solamente se acuerdan de ella cuando llora a mares. También me acordé de mi calle cuando era como la famosa calle a la que le cantaban los Lone Star. De aquella calle

de tierra, que cuando llovía como ayer se formaban riachuelos, en los que después competía con
mis amigos en una emocionante regata con mis
barquitos de papel. Esos recuerdos del papel
hacen que fije la mirada en el blancor de la servilleta en la que ahora mismo escribo, sentado
en la mesa de la estación, mientras un tipo con
gafas gruesas me mira como si fuera el vigilante
de seguridad. Por acordarme me he acordado de
aquella letra de Serrat: «Barquito de papel, / sin
nombre, sin patrón / y sin bandera, / navegando
sin timón / donde la corriente quiera». Y esa corriente me ha llevado al otro poema de Borges,
que canta El Cabrero: «Bruscamente la tarde se
ha aclarado / porque ya cae la lluvia minuciosa.
/ Cae o cayó. La lluvia es una cosa / que sin duda
sucede en el pasado». No me ha dado tiempo a
recordar más, por la megafonía se oía: «Tren con
destino Alicante. Salida inmediata».

Sin duda la lluvia de ayer sucedió en el pasado y ya forma parte del recuerdo. Hoy luce un
sol esplendente.

Viernes, 1 de septiembre de 2017

Contar la vida. Durante más de 3 años estuve escribiendo unas entrevistas, en la última
página de los domingos de *Diario 16-Murcia*, en
las que contaba en unas pequeñas pinceladas
la vida del entrevistado. A uno de ellos, con lo
que me contó, podía haber escrito un pequeño
libro, ¡qué pena que no guardara aquellas cintas

de casetes! Creo que lo he contado en otra ocasión, mi amigo el gran pintor Pepe Cacho decía, y sigue diciendo, que yo soy su biógrafo oficial y argumenta que su biografía saldrá en fascículos semanales para su venta en los quioscos. La de vueltas que da la vida, que ahora soy yo el que está escribiendo la mía en pequeños fragmentos que suelo subir a Facebook. Creo que la leen, porque sin ir más lejos, la otra noche estaba en el Festival Lemon Pop con uno de los mejores músicos de Murcia, Chema Espejo Párraga, que, además, ya lleva 37 años como profesor de Historia, y nos encontramos con dos jóvenes amigos, también excelentes en sus materias: Miguel Fructuoso, en la pintura, y Pablo Carbonell, en la arquitectura, y hablando de «cosas sutiles, ingrávidas y gentiles como pompas de jabón», de pronto Carbonell dijo: «¡Y está escribiendo su autobiografía!».

Esto de contar la vida es muy antiguo, tan antiguo como los cuentos orales, de los que procede toda la literatura. Desde antes de los tiempos de las *Mil y Una Noches,* siempre se han contado cuentos, que iban viajando de lugar en lugar y a los que cada cuentista le iba añadiendo alguna peripecia nueva. El núcleo central se mantenía, pero los personajes aumentaban o las acciones se modificaban. El cuento iba rodando como una bola y cada vez cogía más pelos, como esas plantas rodantes que el viento desplaza. La gente no para de contar. En esas confusiones o tergiversaciones hasta yo mismo he escuchado que decían que era concejal socialista o profesor de Filosofía. El cuento de nunca acabar. Hace un tiempo leí una antología de cuentistas suecos; ahora acabo de terminar una selección de cuentos de autores rusos, un buen póquer: Tolstòi, Chéjoj, Gógol y Pushkin. El maestro Chéjov siempre me parece impecable, sin rodeos, en sus planteamientos y en la calidad humana de sus personajes, a los que siempre retrata con un excelente humor, en sus finales abiertos, que siempre te dejan con la sonrisa boquiabierta. Lo de Gógol no es de este mundo, ahora que tanto se llevan las distopías. De pronto te cuenta cómo un personaje recién levantando se mira al espejo y nota que le falta la nariz y se pone en la disyuntiva después de que la vea por la calle y la pierda de vista, de denunciar a la policía o de poner un anuncio por palabras en el periódico. No sé si Gógol leyó aquel famoso poema de «A un hombre de gran nariz», pero seguro que a Quevedo le hubiera hecho gracia este sarcástico cuento. El gran Nicolai Gógol ya me dejó muerto, hace muchos años, cuando leí su obra *Almas muertas*, que él la definía como «un poema épico en prosa», pero que en un sentido quijotesco y cervantino es un gran cuento de la codicia y la corrupción que no cesa. Una manera de contar satírica en la que la ironía brilla por su hermosura. A propósito, hoy no he escrito ninguna línea de mi autobiografía. Vivir para contar la vida.

Ahora mismo estoy escribiendo y me pregunto por qué estoy escribiendo. Escribiendo: me gusta el gerundio y lo vuelvo a repetir. Escribir, ¿para qué? Eso mismo se tuvo que preguntar Miguel de Cervantes, cuando una mañana se levantó hidalgo e ingenioso, teniendo conocimiento de que más del 90 % de los españoles de entonces eran analfabetos, y que además se podría encontrar con un cura, con la complicidad de un barbero, que quería hacer una pira con aquellos artefactos que llamaban libros.

No sé si los libros nos hacen libres, pero sí sé que hay gentes que les temen. Creo que me he distraído, estoy en la estación de ferrocarril y por la megafonía se anuncia: «Atención, atención, por la vía 2 pasará un tren sin parada». Pongo atención y efectivamente pasa una locomotora sin vagones que, al no llevar pasajeros, me parece como la portada de un libro sin hojas. Me vuelvo a centrar en la hoja que no es otra cosa que la servilleta de papel que me sirve para escribir, y otra pregunta me asalta: «¿Para qué escribir?». Supongo que eso lo tendrán más claro los poetas que pueden escribir más de veinte poemas y una canción desesperada. Escribir siempre ha sido un pasatiempo para ociosos. Y ahora que ya no se estila el género epistolar, me acuerdo de aquellas cartas amorosas que casi todos han escrito. Yo mismo le escribí alguna, en el servicio militar, a un amigo que no sabía escribir. Escribir en estas ocasiones tal vez sea un acto de amor, cuando se escribe con el corazón. Claro que no se puede escribir a todo pistón con el corazón porque te puede dar un infarto de miocardio. Mucho más claro lo tenía el gran José Saramago: «Yo no escribo por amor, sino por desasosiego. Escribo porque no me gusta el mundo en donde estoy viviendo».

Me quedó con el intríngulis del por qué se elige un género y no otro. Tampoco sé por qué estoy escribiendo mi autobiografía. Por la megafonía se anuncia la salida de mi tren.

### Viernes, 8 de septiembre de 2017

Con septiembre se reinicia la *reentré* de los actos sociales, la ciudad de Murcia está en fiestas y, sin embargo, mi feria va por otros derroteros. Ahora entiendo aquellos espejos deformantes, que de adolescente no comprendía, después de leer a Valle-Inclán y meterme en esos espejos cóncavos y convexos del callejón del gato. Ahora entiendo esa orgía de esperpentos (mientras escribo esta nota mi gata Estrella no para de ronronear y suenan los grandes éxitos de T. Rex). El gran dinosaurio todavía está aquí.

Comienzan los actos culturales y tengo que dosificar mi presencia en ellos, pues acercándose octubre muy pronto llegará el momento en el que, entre exposiciones y presentaciones de libros, puede que hasta presente el mío, tendré que elegir a esa hora de las 8. En Murcia también a las 8 de la tarde o das a una conferencia o te la dan. Desde luego que como dice la copla: «No se pueden querer a dos mujeres a la vez y no estar loco». En Murcia puedes ir en la misma hora, no a dos exposiciones de pintura, sino a tres. Sin ir más lejos eso me ocurrió ayer jueves, a las 8 se inauguraba en el Casino de Murcia la estupenda muestra «Taurus» del excelente pintor Nicolás de Maya, y, enfrente en la galería Chys, la del joven Alfonso del Moral, titulada «Andalus. Tres viajes, tres ciudades» y, a unos cien metros, en el Restaurante Hispano, en el ciclo «Un pintor a la mesa», se podía ver la muy interesante muestra de Silvia Viñao. Allí me encontré al gran Soren Peñalver, que ha escrito en el catálogo y que pronunció unas palabras. Le comenté: «¿Soren, sabes que estoy escribiendo mi autobiografía y que la estoy publicando en fragmentos en el Facebook?». Me dijo: «¡Ay!, te tengo que decir una cosa, se ha puesto en contacto conmigo una editorial de Alemania, y están interesados en publicar mi autobiografía y es posible que salga antes en alemán que en español». Soren a esos escritos les llama «sus diarios». Le volví a preguntar: «¿Soren, puedo hacer esto público?». «Pues claro que sí. ¡Van a pensar que somos familia!», eso es una frase que me dice a menudo cuando hablamos de publicaciones.

Soren Peñalver es genio y figura hasta en la sepultura; hasta ha vuelto a nacer, como él dice, para demostrarlo. Es un auténtico personaje de novela y su vida real es mucho más importante que la más exquisita ficción. Es un poeta de poetas: Generoso por doquier, por el que ya ha han pasado varias generaciones bebiendo de su néctar. Soren es sublime hasta en sus momentos de nubes grisáceas.

Estamos en feria y cada uno cuenta la feria según le va. Yo sigo en el carrusel de mis recuerdos. Comenzamos la *reentré*.

Viernes, 15 de septiembre de 2017

Escucho canciones de Leonard Cohen y cada canción me va llevando a momentos, lugares y casas diferentes, de *So Long, Marienne*, a *Dance Me to the End of Love* o a *First We Take Manhattan*. La música también tiene para mí el efecto que tuvo la famosa magdalena para Marcel Proust. Precisamente acabo de leer *Sobre la lectura* de Proust, una especie de ensayo que publicó en la revista *La Renaissance Latine*, que lo bueno que tiene es que da algunas claves de la estética de Jonh Ruskin, muy importante para el autor, y que ahí ya se empieza a pergeñar el camino de *Por la parte de Swann*, y lo que sería *En busca del tiempo perdido*.

En ese viaje hacia los recuerdos más recónditos navego desde mayo en busca de esos pasajes que guarda la memoria. En ese viaje introspectivo, en el que en ciertos momentos parece que está uno en el diván de un psicoanalista imaginario, ya estoy llegando a esa edad de los 20 años en las que ciertas decisiones de esa época te pueden dar las claves de los acontecimientos que posteriormente han marcado tu vida. Es por eso que, tal vez, el proceso de escribir la autobiografía ya suponga un mar de emociones contradictorias, y que para distraerlas uno adopte el papel de un personaje de ficción, ya en el tiempo. Tal vez, por eso utilicé el empleo de la tercera persona del singular, que juega con la figura del narrador omnisciente. Ya llevo un tiempo pensando en que tengo que darle un giro y terminar esa fase desde los 20 años hasta los 27, en los que terminara este juego de autobiografía, que derivara en una miscelánea con la inclusión de algunas cartas, algún relato corto, y alguna crónica periodística. Muchas preguntas me hago. También Platón se preguntaba: «¿Por qué no con calma y paciencia revisar nuestros propios pensamientos, y examinar a fondo y ver lo que estos aspectos en nosotros realmente son?». Y sigo escribiendo.

Lunes, 18 de septiembre de 2017

La vida es como una película, a veces de terror o de risa, de acción o de quietud en mitad de la nada, de ladrones y policías; del oeste o de romanos, las películas siempre cuentan la vida de los otros. En muchas películas americanas siempre aparecen unas mansiones muy grandes y unos coches más grandes y los personajes cuenta su vida, pero nadie saber de dónde sacan

el dinero para vivir a lo grande; en otras películas, se cuentan las historias de los perdedores
para que sepamos lo dura que es la vida.

Mis noches son de película. Cada noche veo
una. Después de haber agotado las de cientos
que en formato DVD en otro tiempo compré.
Ahora al azar elijo una y otra en Youtube y ya
casi estoy agotando el panel general de las que
me presentan en pantalla. Cuando comienzo a
ver una película, me suelo meter en el papel de
los personajes y en la historia de sus vidas que
me están contando. Durante esos momentos
disfruto. En las últimas siete noches he visto
siete películas. El otro día traté, conversando
de cine, de recordar los títulos de esas películas y no me acordaba de ninguno. Mi memoria
no ha retenido nada de nada. Esas secuencias
ya forman parte de los instantes de ese pasado. Curiosamente mi memoria estos días anda
instalada también en el pasado, ahora cada vez
más reciente, y cada tarde al azar me seleccio-
na las secuencias de mi vida, que escribo en mi
autobiografía. En estos días la vida es como una
película y el personaje central soy yo, mientras
en derredor a veces los secundarios tienen más
protagonismo que el principal. «E la nave va»,
que diría Federico Fellini.

Martes, 19 de septiembre de 2017

En la estación de Murcia comienzo a escribir
a las 6 de la tarde, aunque su viejo reloj central

está parado, como en aquella otra estación de la canción en la que el caminante paró también su reloj y le dijo a Penélope: «Con su bolso de piel marrón / y sus zapatos de tacón / y su vestido de domingo, / Penélope, / se sienta en un banco en el andén / y espera que llegue el primer tren / meneando el abanico». Ahí, junto al andén, estoy yo y, muy cerca del paso a nivel de Santiago El Mayor, esta tarde también volverán a estar los vecinos de la Plataforma Prosoterramiento, que llevan más de 30 años reivindicando el soterramiento, para que la ciudad no se divida en dos, pero hace una semana la protesta ha ido creciendo y en la última manifestación participaron más de 15.000 vecinos por el centro de la ciudad; ahora el epicentro de la protesta es la llegaba del AVE por superficie, con la construcción de un muro de 9 kilómetros de largo y 5 altura. Obviamente, después de tantas promesas que resultaron ser mentiras, la Plataforma no se cree que ese muro vaya a ser provisional, hasta que después se soterre. Ni qué decir, que los vecinos tienen mi apoyo. Algunos martes, durante esas protestas he tenido que esperar, en mis viajes semanales en la línea Murcia-Alicante. Hace una semana, yo era el que protestaba y veía un tren parado. Puede que luego más tarde a mi regreso de Orihuela, me toque estar a mí en ese tren parado, que no dejen circular los vecinos. Así es la vida y por momentos me llega a la memoria aquella canción de Franco Battiato y la canturreo: «En los pueblos fronterizos miran el paso de los trenes, / las rutas desiertas de Tozeur / y por un instante retorna mi anhelo de vivir / a distinta velocidad».

Esta tarde, según la escalada de mis recuerdos iba por los 20 años, que cumplí allá por 1973, y ya estaba en aquella fábrica en la que no se fabricaban: un globo, dos globos, tres globos, sino cientos de miles de globos al día. Esta tarde me tocaba escribir un fragmento de mi autobiografía aquí, en la estación, pero, sin embargo, mi pensar está con esa Plataforma y la nota escrita ha devenido en Dietario. Ojalá cuando algún día se publiquen estos escritos en formato libro, la historia aquella del soterramiento ya sea una historia y que ya se haya conseguido, que la gente pase por arriba y los trenes por abajo.

Domingo, 24 de septiembre de 2017

Entre pitos y flautas, desde el viernes, no he escrito ni una coma ni siquiera un mísero punto, nada, mientras los recuerdos paralizados se entrechocan girando y girando al tratar de salir por el agujero del embudo, ahora cerrado. Digo entre pitos y flautas porque muchos se escuchan en las manifestaciones que cada noche llevan a cabo en Murcia, desde el día 12, exigiendo el soterramiento de las vías para la llegada del AVE. Entre pitos y pitos y pitos, la otra noche sonaron las flautas.

En la noche del pasado viernes, junto a las vías, se congregaron más de 200 músicos para interpretar la canción *Another bruck in the wall*, junto a miles de murcianos, para denunciar ese muro de 9 kilómetros que se está construyendo, con una peculiar versión: «Nos encierran en el barrio, / no nos dejan circular, / esta obra es un desastre/ y la vamos a parar. /¡Eh Murcia, soterramiento ya! /Pasa de pasarelas / y juntos a luchar. /Pasa de pasarela / a luchar y a ganar. / No queremos más barreras, / guetos ni segregación, /esta es la ciudad de todos /no queremos división./ ¡Eh Murcia, no más muros no! ¡MURCIA! / Soterrado el tren /por arriba voy yo. / ¡Basta de mentiras! / ¡Que excaven la estación!».

Ni qué decir que fue una experiencia vibrante y hermosa, en la que la emoción se respiraba en el ambiente de forma sencilla, como sucede con las cosas que se hacen de verdad y en verdad. Ese otro ladrillo en el muro, del que habla la canción me llevó a aquel año 1979 que se publicaba *The Wall* y recordé aquella otra Murcia que despertaba del letargo, aún no se fumaba hachís o no se compraba tan fácil. Y voy a confesar a la manera nerudiana que yo por entonces algún que otro porro me fumé, para probar y tal, y en aquellas paredes del Bar Bloque, ahí místicamente sentado en sus escalones, escuché aquel *The Wall*, con aquellos bafles a todo volumen, que te llevaban hacia las escaleras del cielo, como también te llevaba la otra famosa canción.

Entre pitos y flautas, espero abrir el pitón del embudo para que hoy puedan salir de ese otro embudo, los recuerdos de mi autobiografía, que también tiene sus pitos y flautas.

Domingo, 1 de octubre de 2017

Llevo ya un tiempo en el que me encuentro un tanto disperso, no es que haya dejado de escribir, lo que ocurre es que algún día que otro he abandonado la tarea rutinaria de hacerlo, desde hace cuatro meses, por las mañanas en el ordenador y por las tardes sobre servilletas de papel. La llegada y la profusión de actos culturales me distraen, algunos son de amigos, y por lo tanto ineludibles, y en otros o tengo que participar o soy el propio organizador. Así es que el pasado viernes fui a la galería La Aurora en la que se inauguraba «Sudokukis» de Kuki Séller, al que presenta en el escrito del tríptico el excelente pintor Ángel Haro: «En el año 2002, el artista antes llamado Kuki del Varadero, cansado de darle color a las noches del Mar Menor, abrió un estudio en la parisina rue Séller del barrio de Bastille». Kuki en aquel bar de encuentro ofreció muchas copas a una moderna basca varada en aquellas paredes mediterráneas, mientras danzaban al compás de la música. Ahí empezó la aventura del amigo Kuki, y así concluye, Haro, el escrito: «Ahora, los sudokus llegan a la galería La Aurora de Murcia metamorfoseado cual Gregorio Samsa. Kuki Séller, artista plástico, nos ofrece estos paisajes geométricos, ordenados matemáticamente sobre la base de un juego, donde milagrosamente ha cambiado la gama de grises de su ventana de la rue Séller por su ventana del Varadero de Lo Pagán». Entre amigos y pintores y cervezas Estrella de Levante, en uno de esos corros, coincidí con Paco el Cuervo, otro gran mesonero, pionero en aquella Movida de los 80 en Murcia y que sigue sin aparentar los años que tiene; también con Ángel, que junto al Porti, regentaron otro santuario moderno, Los Claveles, de los 2000, y con el estupendo pintor Nicolás de Maya. Muy pronto a colación salió México, no porque El Cuervo sea una marca de tequila o un cuento de Edgar Allan Poe, sino porque Nicolás de Maya suele hacer desde hace tiempo una estancia de meses en ese país. Y de Maya nos habló de los orígenes del tequila, de las buenas marcas, de la elaboración, hasta que pasamos al mezcal, y hablamos de las plantas: de las pitas y del «maguey cocido». Sin embargo, entre Oaxaca y Guadalajara, que es un llano y México es una laguna, yo me fui hacia aquel verano de los 80 en el que me emborrachaba con Malcolm Lowry, en Murcia, mientras él me contaba su autobiografía, y me hablaba de Geoffre Firmin, un excónsul británico alcoholizado, que paseaba por Cuernavaca.

Ni el propio Firmin se hubiera creído que, en Murcia, en la noche pasada del sábado, se habían manifestado 50.000 personas exigiendo el soterramiento de las vías, ante la llegada del AVE, que divide la ciudad en dos. Ni que en Cataluña esté pasando lo que está pasando. No sé si tomarme un tequila. Al menos esta mañana estoy escribiendo.

Lunes, 9 de octubre de 2017

Y de pronto se destapó la caja de los truenos, a un día del anuncio de la proclamación de la República Catalana y, después de dos impresionantes manifestaciones, a favor y en contra de la independencia, parece que los que se tenían que enterar de este hecho histórico, se miran los unos a los otros y se dice: «¡Ah, la República ha venido y nadie sabe cómo ha sido!». En esos enredos de conceptos y barullos, observo la falta de memoria y olvido, una vez más, compruebo cómo siguen confundiendo la proclamación de la República Catalana en el 1934 con el momento actual. Pues eso, pura confusión. En el contexto de una huelga general en octubre del 34, los catalanes proclamaban su República en el marco federal de la República Española; la Alianza Obrera en Asturias fue a más. Sin embargo, la protesta general en España iba contra la entrada de la CEDA, en el gobierno centrista de Lerroux, que socavaba los principios republicanos. En este contexto, aquí no hay una huelga general contra Rajoy o su Gobierno, entre otras diferencias. Y para postre, detuvieron a Manuel Azaña, que pasaba por allí, por Barcelona. Eso sí, estuvo en un barco detenido tres meses en el Puerto de la ciudad condal.

Mientras tanto pasan estas cosas, es muy difícil abstraerse de la situación que se ha instalado en las calles, con las banderas españolas en los balcones, y en las discusiones de las barras de los bares, alimentando el viejo mantra de la división entre catalanes y españoles. En ese maremagno de cosas el ritmo de mis escritos de mi autobiografía, un rato por la mañana y otro por la tarde, también se ha resquebrajado. También con la cita ineludible de la asistencia a ciertos actos culturales. Así el pasado martes en el Museo Ramón Gaya, se clausuraba los «Diálogos con Gaya», en los que ha participado la pintora Eva Ruiz; el poeta oriolano José Luis Zerón hablaba de su estética pictórica, y para acompañar al poeta y a la pintora, ahí estaba la directora de teatro Manoli García. Al día siguiente volví al Gaya para asistir a la presentación del libro de la estupenda poeta Mamen Piqueras y, al día siguiente, otra vez en el Gaya, también se presentaba el libro de mi querido amigo Sebastián Mondéjar, excelente poeta y músico. Y entre poesía y pintura, pintura y poesía, para ponerle la guinda a la semana, en la que se rompió el ritmo de mis escritos, más pintura. El domingo asistí como jurado en el Concurso de Pintura Rápida del barrio de Santa María de Gracia, en Murcia. Pasamos un buen rato con esa dificultad y siempre con la duda de dejar a alguien fuera de la selección.

Domingo, 15 de octubre de 2017

Contar, escribir, narrar. Me encuentro en el Zalacaín a mi amigo Hilario Martínez, que de nuevo está en Murcia, ¡Ay! De aquella aventura con la francesita que él sabe, y me presenta a su hermana Dora de Albacete que ha venido a pasar el puente: «Este es Patricio que escribe en... ¿en el Tribuna o en?». Sonrío y respondo que yo ya ni escribo ni en el Twitter, ya solamente escribo en el Facebook. Y es cierto, aunque de vez en cuando escribo en *La Verdad*. Por cierto, «De vez en cuando», era el nombre de una sección de opinión que yo tenía en el diario *La Verdad*. Yo estoy contando mi vida por fragmentos en Facebook, efectivamente. Cada día escribo unos trozos y ahí los coloco en caliente, ya vendrán las correcciones, cuando los edite en formato libro. Intuyo que tengo un grupo de lectores que me siguen, aunque a veces no le den al «me gusta», y que por lo tanto no dan señales de vida. Sin embargo, de vez en cuando, por la calle, me llevo la sorpresa de que alguien a quien no conozco me para y me dice que está siguiendo mi autobiografía; también supongo que otros al ver cada día mis publicaciones, podrán decir: «Ya está aquí otra vez este pesado». Los entiendo, y ya dicen que lo dijo El Guerra: «Tiene que haber gente *pa´tó*». Así que mirando al pasado me estoy pasando el tiempo en los últimos cinco meses y, de vez en cuando, me pongo nostálgico, aunque ya saben que no hay mayor nostalgia que aquella que nunca se ha vivido. Pues, conforme me voy acercando al pasado más inmediato, me voy abrumando más en un sentido psicológico. En lo que respecta a mi estilo ya verán que trata de ser directo y sencillo, nada alambicado ni sofisticado. Así ocurre que algunos lectores se pueden ver reflejados en esa época, y es que cada uno tiene una vida que contar y un libro que escribir. En esa interrelación de mis fragmentos en el Facebook, el otro día mi amigo Fernando Carpe, muchas vivencias juntos, escribía: «Qué bien descrito». Y le dije que si quería, lo metía un rato en la autobiografía. En ese mismo fragmento también mi amigo José Luis López-Mesas, escribía: «Tu relato me ha trasladado a mi propia historia ligada a la capital de la luz. Tumbarse en el césped del Champ de Mars mientras la Tour Eiffel se alzaba casi a mis pies, es uno de los recuerdos más agradables que tengo de la ciudad con la que he engañado tantas veces a mi Madrid natal. Y el Louvre, qué voy a contarte del Louvre. Son muchas las horas que tengo dedicadas a ese templo de la pintura y la escultura. Si hasta he tenido la ocasión entre sus salas de sentirme revolucionario. Oh, París, mon París». Y le contesté que me encantaba. Volvió a escribir: «Casi podría escribir otro libro que podría titular *París y yo*. Pero soy muy perro para eso de obligarme a escribir». Y yo le respondí: «Todos tenemos un libro o dos. Yo podría seguir escribiendo sobre París, pero tengo que pasar a Bruselas. Aunque es duro escribir sobre el pasado de uno mismo, siendo tan joven». Mi amigo López-Mesas, que sabe tanto de psicología y psiquiatría, supongo que lo entenderá muy bien. La interrelación siempre es interesante y le dan vida a los fragmentos. Sin ir más lejos, ayer mismo, Fuensanta Marcos Serrano, escribía: «Gracias, soy incondicional y no me pierdo ni una... Besicosssss». Y con mi amiga Candela Rubio conversaba sobre el fragmento de ayer y me decía: «Ya lo he visto: Es que a mí me gusta más el dietario... pero vamos que me leo la autobiografía. Gracias». Pues aquí dejó este cacho de Dietario, que hoy escribo con la música de Billie Holiday, hasta otro día. Contar, escribir, narrar.

Martes, 17 de octubre de 2017

En los últimos días he estado un poco ajetreado con los preparativos de un viaje y he roto mi ritmo de lecturas, no tanto como el de los escritos de mi autobiografía. Por fin acabé de leer *La Lámpara* de Clarice Lispector, una escritora potente y una novela bastante complicada, este segundo libro de la brasileña, con tintes a veces kalkianos, de la que la crítica dijo poco. Después me metí en las laberínticas páginas de otra potente novela: *Bruja* de Alejandro Hermosilla, en sí un poema místico sobre la brujería, en la que no puedes estar pasivo y que no te deja indiferente. Sobre esta novela conversé ayer con su autor, en el ciclo «Tinta Fresca» sobre autores murcianos, que coordino en la Biblioteca Regional de Murcia, ya en su tercera edición.

Contra viento y marea sigo escribiendo mi autobiografía, a la que ya le empiezo a ver el final. No me gusta escribir sabiendo hasta donde voy a llegar. En esta ocasión lo tengo claro, mi autobiografía llegará hasta 1980, hasta el momento en el que tomo la determinación de escribir y publico mis primeros textos. Julio Cortázar fue esencial en esos momentos. Con *Rayuela* estuve disfrutando en sus tres lecturas posibles, la normal, la que indicaba el autor saltando de capítulo en capítulo en la lista que incluía el libro de bolsillo, que acabó con algunas páginas sueltas, y la otra, la que yo me inventé eligiendo los capítulos de forma aleatoria. El otro día el periodista Ángel Sánchez Harguindey, de *El País*, al que sigo por Facebook, y también desde hace muchos años en el periódico, colocó en su muro el siguiente texto: «Cada vez iré sintiendo menos y recordando más, pero qué es el recuerdo sino el idioma de los sentimientos, un diccionario de caras y días y perfumes que vuelven como los verbos y los adjetivos en el discurso». Julio Cortázar, *Rayuela*.

Y yo volví al final de aquel 1979. Y en esos recuerdos de días y perfumes me van volviendo los verbos y los adjetivos, como en un juego de la memoria, a estos fragmentos de mi autobiografía, que me ocupan estos días.

Martes, 24 de octubre de 2017

Acompaño a la pintora Eva Ruiz a la ciudad de Melilla, después de dar unas vueltas por la Alcazaba de Almería. El viaje en el ferri es plácido, atrás quedan las estelas en la mar. Y de pronto atardece y llega ese momento cotidiano que no deja de ser un misterio de la naturaleza, y se producen unos instantes poéticos indescriptibles, la bola del sol enormemente grande y rojo se va achicando y se va metiendo en el mar, hasta desaparecer. Mientras tanto sucedía ese milagro, entre el sol y la línea del horizonte, se van pintando una serie de cuadros de Monet, que quedan en la memoria. Precisamente Eva va a realizar un nuevo curso de pintura con Antonio López, su pintor favorito, y con el también excelente pintor Andrés García Ibáñez. Durante la travesía, en el barco Fortuna, tenemos la suerte de coincidir con Andrés García Ibáñez y con el director del Museo Casa Ibáñez, de Olula del Río, Juan Manuel Martín. Y hablamos de lo divino y de lo humano.

A la mañana siguiente, mientras Eva está en el curso, me siento en la terraza de La Andaluza y leo un fragmento de la carta que Flaubert le escribe a Louise Colet, el 16 de enero de 1852: «Hay en mí, literariamente hablando, dos hombres diferentes, uno enamorado de las declamaciones, del lirismo, de los grandes vuelos del águila, de todas las sonoridades de la frase y de las cumbres de las ideas; otro que busca de destacar el hecho pequeño con tanto relieve como el grande, que quisiera sentir casi materialmente las cosas que reproduce».

Me gustan estos pensamientos de Flaubert. Y no puedo desligar esos grandes vuelos de las águilas, de los vuelos que anoche realizaban las grandes gaviotas cuando el barco se iba aproximando al puerto de Melilla y arribaba.

Miércoles, 25 de octubre de 2017

Por azar es la primera vez que estoy en Melilla y me encuentro por la calle al dramaturgo Fernando Arrabal, dentro de unas horas le tributan un homenaje en el teatro Kulsaal, al que le añaden su nombre y descubren una estatua, ya es profeta en su tierra. Arrabal nació en Melilla, pero la mayor parte de su tiempo lo ha pasado en París. Arrabal tiene siempre su punto, ya tiene 85 años, es un polemista integral, con sus cosas patafísicas. Dicen que quien no aparece en los medios de comunicación, otra cosa es la televisión, no se come una rosca. En el imaginario popular de programas televisivos ya se han quedado dos escenas históricas. Aquella de Francisco Umbral, cuando lo invitó Mercedes Milá y la presentadora hablaba y hablaba, hasta que Umbral le dijo aquello: «Yo aquí he venido a hablar de mi libro». Y la otra tan sonada fue la noche en la que Arrabal, en el programa de Sánchez Dragó, se levantó del sillón y no atendió las indicaciones de nadie, se sentó en una mesa, y acabó en el suelo, mientras balbuceaba en arameo. Estas son pequeñas anécdotas para los biógrafos, aunque importantes. Las biografías de Arrabal y Umbral tienen que tener tela marinera. En estas y otras anécdotas estoy pensando en estos días melillenses, mientras mi autobiografía sigue varada.

Jueves, 26 de octubre de 2017

Voy al mismo bar La Andaluza y elijo la misma mesa, junto a la cristalera, observando el apacible trasiego del personal por la plaza de las Culturas. Aquí en Melilla tampoco hay que correr mucho, en sus 13 kilómetros cuadrados, en los que siempre está el mar y el puerto con sus ferris aparcados y más allá la frontera con Marruecos. Mientras Eva Ruiz asiste mañana y tarde al curso de pintura que imparte Antonio López y Andrés García Ibáñez, yo paseo y ya le he dado varias veces la vuelta al centro de la ciudad, con sus bellos edificios modernistas que dejó Enrique Nieto, discípulo de Gaudí. Ya llevo aquí cuatro días y parece que llevo mucho tiempo, porque si digo toda la vida, parecería muy exagerado. Como siempre hago lo mismo, se va instalando una especie de cotidianeidad del paisaje y de las caras de los camareros, en los cafés o en los restaurantes. Repito una y otra vez en el restaurante del Casino Militar, quién me lo iba a mí a decir, y por un menú de 9 euros como una fritura de pescado, fabulosa, de escándalo, con su ensalada de productos muy frescos, y repito un día y otro y otro. De momento he tomado la determinación de aparcar los escritos de mi autobiografía, hasta el próximo lunes que me vuelva a instalar en la otra cotidianeidad de

Murcia, en la que también regreso a las mismas caras y a los mismos bares. Por cierto, ahora que lo pienso en los viajes que cuento en mi autobiografía, casi nunca recuerdo qué comía. El sabor del pescado y las gambas de Melilla, creo que perdurará unos días.

Viernes, 27 de octubre de 2017

Hoy es mi último día en Melilla, desde que llegué la noche del lunes, he visto a ese pequeño grupo de muchachos en tierra de nadie, siempre en los alrededores del Puerto. Nada más desembarcar, mientras caminábamos hacia el hotel, ya asistí a una pelea a gritos entre ellos. Este grupo de chavales menores de 18 años pasaron la frontera clandestina desde Marruecos a Melilla, y al no tener la mayoría de edad no los pueden devolver; deambulan, y su pertinaz y único objetivo es escaparse escondidos en los lugares más inverosímiles de los ferris. Si uno los observa por unos momentos da mucha pena ese espectáculo; la gente ya se ha acostumbrado a verlos mientras pasean y ya forman parte del paisaje; normalmente no se meten con nadie y de vez en cuando piden algún cigarrillo, son los niños de nadie, de la calle, y van sonámbulos como aquellos olvidados de Luis Buñuel, les llaman «Los Mena» y en todo momento su sueño es hacer «El Risky», y para ello hasta intentan nadar para alcanzar una embarcación que acaba de zarpar.

El paisaje desde Melilla la vieja, desde esa ciudadela amurallada, con cañones, de más de 2.000 metros de longitud, es muy hermoso e inquietante; desde sus miradores se observa el monumental Puerto, al otro lado se divisa la población de Beni-Enzar con su mezquita, y al fondo el famoso monte Gurugú.

Por esa ciudadela amurallada, que tiene su magia, he subido por sus escaleras históricas, durante cuatros días, mañanas y tardes, hasta llegar al monumental edificio del Hospital del Rey. Esta mañana, desde ese mirador, junto al faro, viendo cómo los chavales saltaban las alambradas para sortear las miradas de los vigilantes del Puerto, me he sentido muy triste, unas horas antes había leído en el periódico que uno de ellos, ayer, había muerto triturado en un camión que embarcaba hacia Motril.

Hacia Motril partimos en el ferri de las 3 de la tarde; la travesía es muy plácida con una temperatura excelente y tomamos el sol en la terraza, observando las estelas del mar y esas ondulaciones como olas que nunca se repiten, hasta llegar con las primeras luces del atardecer; después tomamos un autobús hasta Granada. Llegamos a la Corrala de Santiago y nos encontramos con esa maravilla, ese modelo popular de arquitectura que se desarrolló en Granada en los siglos XVI y XVII, en la zona baja de la ciudad, que era el lugar de preferencia de los musulmanes. Ahí estamos gracias al excelente poeta y traductor José Antonio García Sánchez, que es nuestro embajador en este menester. Disfrutamos de la noche y de la cena en El Rossini, de la calle Campo del Príncipe. Por la mañana paseamos por la Alhambra y de nuevo la fantasía está ahí, el tiempo se detiene, el misterio sigue en el mismo lugar. Y sin saber por qué, recuerdo las últimas palabras del pintor Antonio López: «Granada tiene algo triste», cuando le dijimos que íbamos hacia allí. Yo le dije que yo percibía esa sensación melancólica. Sin embargo, en Granada de pronto te puede llegar ese síndrome de Stendhal.

### Domingo, 5 de noviembre de 2017

Después del viaje, atrás quedan un cúmulo de sensaciones y una serie de paisajes de Almería, Melilla y Granada, que se almacenan al azar en la memoria. Ahora, regreso al otro viaje, a este con el que navego al escribir mi autobiografía. En esos recuerdos del pasado, ya he llegado a mis veintitantos. A veces, tengo la sensación de estar recostado en el diván del psicoanalista. En ciertas decisiones de la vida, se pueden encontrar la clave, de lo que uno ha llegado a ser en el presente. En esta autobiografía solo llegaré al momento en el que empiezo a escribir y a ser escritor de un modo inconsciente.

En el presente más inmediato, el pasado martes, recibí el paquete con los primeros ejemplares de mi cuarta novela: *La Muerte del Minotauro*. Al abrir el paquete me embargó la misma emoción que sentí al tener en mis manos la primera novela que publiqué. Es una emoción indescriptible. No he tenido hijos, supongo que será algo parecido al nacimiento de un retoño. Curiosamente, por momentos, tengo la sensación de que esta novela la ha escrito otro, o por ser más preciso: el otro Patricio Peñalver que yo era cuando la terminé allá por 2007. Aún recuerdo las tardes plácidas en la que escribía, dos o tres horas. Es una novela extensa. Cuando estuve corrigiendo las galeradas el pasado verano, tenía la extraña sensación, al recordar paisajes que ya no recordaba haber escrito. Esta nueva criatura acaba de salir al mundo y ya estará compitiendo en la mesa de novedades de las librerías. Tendré que volver a leerla porque ya estoy preparando su presentación en sociedad. Las cosas y el misterio de cada novela también pueden tener su misterio. Una cosa es el orden de creación y otra el de publicación. El primer libro que publiqué fue *Una novela sin nombre*, que era la tercera que había escrito. La segunda novela era *El Murmullo de las estaciones*, que sí se correspondía con el orden creativo. Sin embargo, la tercera que salió a las librerías fue *Tiempo de Transición*, que fue la primera que escribí.

Ahora esta cuarta que sale hoy también coincide con la cuarta. No sé si la próxima que publicaré será la quinta que terminé: *¡Apunten! ¡Fuego! ¡Y viva la República!*; o esta especie de autobiografía con dietario que ocupa mi tiempo ahora. El tiempo lo dirá. Me gusta mirar los escaparates de las librerías. El sábado en la noche, después de tomar una pinta de cerveza con mi amigo Juan Crespo nos acercamos a la librería Expo-Libro y allí estaba *La Muerte del Minotauro* en el escaparate. Y en un viaje hacia el pasado me acordé de Monterroso. El Minotauro todavía estaba allí.

Martes, 7 de noviembre de 2017

El viaje, moverse de un lado a otro, en la estación se respira ese ambiente, mientras unos se marchan, los otros llegan. Desde la estación de Murcia, cada semana suelo viajar en cercanías, observo que hay algunos personajes que ni van ni vienen, simplemente están ahí, mirando, dejando pasar el tiempo, personajes que pertenecerían a la categoría de una ocurrente frase que se me ocurrió en otro tiempo: «A todos los que dejaron de ser para simplemente estar». Me gusta llegar con tiempo a la estación y de vez en cuando me encuentro con algún conocido. La otra tarde coincidí con el escritor y periodista Juan Soto Ivars; aunque había intercambiado algunos correos electrónicos, no nos conocíamos personalmente. Y hablamos como si nos conociéramos de toda la vida. Venía de Águilas, de ver a su abuela, y hablamos de ese tren al que llaman «La Bruja» que tarda en llegar ocho horas, de Murcia a Barcelona, y proseguimos con la cuestión catalana en sus diversas variantes:

políticas, económicas, sociales y culturales. Me preguntó mi opinión sobre el proceso actual con la situación política de 1978. Yo estaba muy espeso. Seguimos hablando sobre la Murcia actual y sus escritores. Y en eso me dio un agudo ataque de tos, uno de esos que te puede arruinar una conferencia, quería hablar y cuanto más lo hacía, más tosía. Juan fue al bar y trajo dos tercios de cerveza, pero, ¡Cá!, ni por esas, mi catarro ese día no daba para más, mientras por la megafonía anunciaban la inminente salida de mi tren y nos despedimos con un abrazo. Lo mismo me ocurre en estos momentos, pero ya la tos se me fue, el pequeño catarro es pertinaz. La mejor canción que le va es esa de Joan Manuel Serrat: «Enciendo un cigarrillo y otro más / un día de estos he de plantearme / muy seriamente dejar de fumar / con esa tos que me entra al levantarme / busqué mirando al cielo inspiración / y me quedé colgado en las alturas / por cierto, al techo no le iría nada mal / una mano de pintura».

Y eso es lo que hago, ahora, en ese otro viaje de buscar la palabra exacta, encender un cigarrillo y seguir mirando el techo.

Miércoles, 23 de noviembre de 2017

¿Se pueden querer a dos mujeres a la vez? Esa es una pregunta tópica y típica que otros ya se han hecho en otro tiempo, y alguno ha cantado como veremos al final de este relato. Esa es la pregunta que yo ahora me estoy haciendo (mientras suena intencionadamente la canción del *Pequeño vals vienés* cantado por Enrique Morente con el grupo de rock Lagartija Nick); con respecto a si se pueden escribir dos novelas al mismo tiempo, eso es un enigma. El ritmo de los escritos de mi autobiografía se ha ralentizado, creo que se debe a que todos los recuerdos de los finales de los 70 y principios de los 80 conforman una especie de bucle, de los cuales solo emergen un par de viajes realizados en esa etapa. Y siempre lecturas, muchas lecturas. Lo que sí tengo claro es que se pueden leer dos libros a la vez y hasta descubrir al asesino en las dos tramas de las novelas policiales. Por azar, como casi siempre, leo *El Club de la élite* de Esteban Navarro; en la que cinco tipos importantes de un alto rango social se reúnen en un chalet de la provincia de Guadalajara, una vez al mes, para comentar los hechos de una novela negra; muy pronto muere el autor de la primera novela que han elegido y el detective que trataba de investigar esa muerte. Este libro está publicado en la colección «Seisdoble» de la editorial Menoscuarto y su principal protagonista es Sonia Ruiz. La colección y las peripecias de Sonia comenzaron con la primera entrega de Lorenzo Silva y Noemí Trujillo; las peripecias de la trama que dejaron la continuó el escritor Andréu Martín, y ahora en una nueva y estupenda vuelta de tuerca, Esteban Navarro acaba de poner su estupenda, vibrante, y enigmática ficha. No sé qué escritor continuará esta aventura. Ni qué decir que me parece una brillante idea esta serie de la colección «Seisdoble». La otra novela que leo es *La noche de la encrucijada* de Georges Simenon, en uno de los casos del famoso Maigret. Ni qué decir que Simenon me mantiene muy atento y me mete en su trama. Sin embargo, yo a Simenon lo leí en serie. Allá a principios de los 80 cerraron los Almacenes Simago y rebajaron todas las obras de Simenon a unos precios irrisorios, como esa etapa coincidió con uno de mis periodos de ruina económica, me refugié en muchísimas de sus obras durante meses, hasta que pasó la tormenta.

¿Se pueden leer dos novelas policiales a la vez? Pues, sí. ¿Se pueden escribir dos novelas a la misma vez? Creo que lo voy a intentar. ¿Se pueden querer a dos mujeres a la vez? Eso ya es casi una canción de Antonio Machín.

Martes, 26 de diciembre de 2017

He parado en seco el ritmo de la escritura de mi autobiografía. Lo veía venir con la publicación de mi novela *La Muerte del Minotauro*. Aún he escuchado algún eco y se mantienen algunas brasas de su presentación en sociedad, que tuvo lugar en la librería Expo-Libro de Murcia, con una extraordinaria intervención del profesor Paco Jarauta. ¡Qué lástima que no se grabara! Ni qué decir que me sentí feliz rodeado de amigos y de gente a las que quiero. Allí estaban el poeta Eloy Sánchez Rosillo, el escritor Pedro García Montalvo y Pepe López Martí, con los que tengo una amistad sin fisuras en el tiempo, a los que admiro profundamente. Desde el mismo momento que firmé el contrato y se lo comuniqué a Jarauta se ofreció para la presentación. Y ahí, después de sus hermosas palabras, recordé su lealtad y su calidad como profesor que no solo lleva a sus alumnos hasta la cima, sino que después también sigue ahí. Algunos pseudointelectuales suelen criticar el culturalismo de Jarauta, no por otra cosa, sino porque sencillamente les gustaría ser como él y no pueden. Al final la gente salió del acto con la sensación de haber pasado un buen rato. Y eso es lo fundamental. Seguimos en el maremágnum de estas fiestas navideñas. Tengo que volver a coger el ritmo de la autobiografía. Mientras tanto me consuelo leyendo *Asimetría* de Adan Zagajewski, *La Vaga ambición* de Antonio Ortuño, *Los diarios de Emilio Renzi* y *Un día en la vida* de Ricardo Piglia.

Seguimos. El nuevo año ya está a la vuelta de la esquina.

Sábado, 30 de diciembre de 2017

El tiempo como una unidad de medida, como una espera de cualquier cosa, como una pretensión y fantasía de futuro, como un tiempo pasado de miradas nostálgicas y melancólicas, que al comparar nos pueden llegan los versos del poeta

Jorge Manrique: «Cómo se viene la muerte tan callando, cuán presto se va el placer, cómo, después de acordado, da dolor; cómo, a nuestro parecer, cualquiera tiempo pasado fue mejor». Espero el tren de cercanías con destino a Alicante, en la más que vetusta estación de Murcia. Estoy sentado en una mesa del bar, junto al arcén. ¡Vaya, hoy el bar no tiene servilletas de papel! Pido un folio y de pronto me veo en su insultante blancor con ese formato casi gigante con respecto al de la servilleta. Miro el folio fijamente y en ese desafío siento el miedo del folio en blanco. La espera. Los minutos pasan y me entretengo pasando el tiempo pensando en esas paradojas. Allí está aquel viejo de mirada afligida, en el lugar de siempre, viendo cómo se van y llegan los trenes, viendo, pasando el tiempo. El tiempo pasa y el nuevo año ya está a la vuelta de la esquina.

Desde principios del año pasado mi libro, *La Muerte del Minotauro,* ya estaba en la lista de producción, pero tendría que esperar hasta el día 6 de noviembre que salió a las librerías. Tampoco tenía prisa. Cada libro tiene su destino y su tiempo. Lo acabé en 2007. Lo saqué a pasear por correspondencia en tres ocasiones en esa década. Después descansó en los cajones, hasta que lo envíe a la editorial Renacimiento, desde la primera semana ya tenía el sí. Solo había que esperar y después de un año y medio, aquí está.

Hace un par de días retomé el hilo de los escritos de mi autobiografía. Cuando pasen las fiestas, a ver qué me traen los Reyes Magos, intentaré darle los toques finales.

Precisamente, el año pasado por estas fechas terminé mi novela *¡Apunten! ¡Fuego! ¡Y Viva la República!*, en la que trabajé 10 años, con sus correspondientes empantanamientos. Tengo puestas ciertas esperanzas en ella. Vale. Ya he rellenado el folio. Llega el tren y me hago una pregunta: «¿Qué libro publicaré antes, mi autobiografía o *¡Apunten! ¡Fuego! ¡Y Viva la República!*». ¡Chi lo sa! El tiempo lo dirá.

Sábado, 6 de enero de 2018

Definitivamente no gané el premio Nadal ni me tocó el gordo de la lotería del Niño, aunque participé con la ilusión de un niño. Ja, ja, ja. Río. Albergo la duda de si mi novela llegó a participar. La envíe el último día y llegó en plena ebullición del Procés y con una huelga de correos. Ganar el Nadal puede ser tan difícil como que te toque la lotería. Supongo, por lo que he oído comentar, que muchos de estos premios tan mediatizados ya tienen previamente a un invitado, si además perteneces a alguna cofradía o capilla de escritores importantes o grupo editorial afín, hay más probabilidades. No lo veo mal, aunque yo vaya por libre y tenga algún que otro amigo. En mi caso, acepto las reglas del juego y juego por si me toca la pedrea. En esas ocasiones tienes que tener la suerte de que tu novela caiga en las manos de un asesor de la editorial que le guste tu estilo y que además la temática se asemeje con lo que quiera vender la editorial en esos momentos, dictando moda. Si mi novela tiene un par de cosas son: una su contenido es atemporal y la otra que quizá no sea políticamente correcta. Ya saben, las cosas de la República. El premio Nadal es un buen regalo de Reyes; muchísimas felicidades al ganador. A bastantes buenos premios Nadal he leído, cuando tuve la fiebre de conocer a los escritores españoles, allá por los finales de los 70, como la primera ganadora de la primera edición: Carmen Laforet con su *Nada;* Sánchez Ferlosio con *El Jarama* o Miguel Delibes con *La sombra del ciprés es alargada.* Un tiempo que también bebí de Juan Goytisolo, Torrente Ballester; Juan Benet, García Hortelano o Alfonso Grosso. Una literatura sin complejos.

Bueno, creo que me estoy poniendo un poco tardorromántico. Como temía el ritmo de mis escritos se han ralentizado con las fiestas y la presentación de mi última novela. A partir del día 9, como todos los años, volveremos a la senda de la normalidad y espero darle ese último tirón a mi autobiografía. Creo que esto último ya lo dije el otro día, pero era ya del año pasado.

Lunes, 15 de enero de 2018

Escribo desde la estación de ferrocarril de Murcia, sobre una servilleta del bar, amplia y rugosa; no es la primera vez, quizá la enésima que lo hago. La estación tiene ese ir y venir de trenes que hacen que el tiempo y el espacio lo contemples en otra dimensión del tiempo.

Creo que ya voy concluyendo lo que he venido en denominar mi autobiografía, que tal vez sea una especie de miscelánea literaria. Si miro para atrás por el espejo retrovisor del tiempo, no sé cómo surgió la idea de escribir estas remembranzas que no dejan de ser una ficción en los recuerdos de la memoria, aunque sí tengo claro que el objeto fundamental no era otro que descubrir cuándo empecé a escribir y por qué. Ya desde el principio tenía muy claro que iba a utilizar la tercera persona del singular, que me dejaba la opción de utilizar la opción omnisciente, y que no quería un estilo ampuloso. Tal vez en otro momento quise un estilo casi telegráfico, pero creo que tomó otros derroteros. Todos tenemos una importante biografía, la importancia de lo vivido por cada uno es lo de menos. Observo que en esos fragmentos que voy subiendo a Facebook, algunos lectores se sienten identificados con esa época que abarca, más o menos, desde 1963 hasta 1982, y eso me satisface, pues el texto también pretende ser un documento colectivo de esa época. Hasta esa fecha de 1982, más o menos llegará esta autobiografía, que es el momento en el que ya decido escribir, escribir y escribir y publicar, aunque sin asumir el papel de escritor. He intentado que la narración fuera directa y tuviera ritmo, no sé si lo he conseguido. En cuanto al tono en los relatos que han ido surgiendo durante el transcurso de ese viaje a la memoria, el azar tiene su máximo protagonismo. Aún queda un poco. Después llegarán las correcciones. Me voy que se va el tren.

Miércoles, 7 de marzo de 2018

El tiempo, siempre el tiempo, el que me queda para llegar al fin de semana, el que me resta para concluir la jornada laboral, el que me falta para tener la mayoría de edad; siempre la medida del tiempo entrelazado con los conceptos de lentitud y rapidez. Ya sabemos que estos conceptos se pueden transformar en metafísica, cuando nos sentamos en el sillón del dentista o en la habitación de un hotel gozando del amor y del viaje. El tiempo, siempre el tiempo. Y mucho tiempo ya estoy utilizando para decir que ya hace un tiempo abandoné la cotidianeidad de escribir en torno a mi autobiografía y mi dietario, que es la parte conceptual que explica los paradigmas de lo vivido. ¿Qué sucedió? De pronto me descolocó la búsqueda de un artículo que publiqué en 1981, fui a buscar la página del periódico y no estaba en la carpeta, que en otras ocasiones había visto. Ante el aparente caos y desorden de mi escritorio y estanterías siempre sé en qué lugar se haya un documento. Recordé que lo había sacado de esa carpeta, pero ahora no sé en qué lugar lo volví a colocar. En ese artículo escribo sobre la literatura de Julio Cortázar y es básico su inclusión en esa especie de autobiografía, que solo llegará hasta principios de los 80. Después de buscar, me rindo. Tendré que ir al Archivo Regional a recuperarlo, pues ya llevo demasiado tiempo dándole vueltas al tiempo. Mientras tanto, hace una semana presenté (o mejor, me la presentó el profesor José Belmonte Serrano) mi novela *La Muerte del Minotauro* en la librería La Montaña Mágica, de Cartagena.

Y ahí sigue mi Minotauro, que desde que lo presenté oficialmente en Murcia el 11 de diciembre de la mano del gran Paco Jarauta, casi ha estado invernando. También tuvo la oportunidad de que lo conocieran los reclusos y reclusas de la cárcel de Campos del Río, en una jornada inolvidable. El tiempo, siempre el tiempo. Y ahí está, que se sube por las paredes del laberinto, y cualquiera le rechista. Ya huele a primavera y quiere que lo saque de excursión en busca del tiempo perdido. El tiempo, siempre el tiempo.

Miércoles, 21 de marzo de 2018

La primavera ya está aquí, no sé si es otro milagro de la metamorfosis de la vida o del tiempo. ¡Hum! o ¡Uf!, ya llevo más de tres semanas pensando que tenía que haber ido al Archivo Regional a buscar un artículo que escribí en el periódico *Línea* en 1980, y se pasa el tiempo en ese intermitente pensar. Como consecuencia sigue paralizado el ritmo de mi autobiografía. Mientras tanto me entretengo leyendo. ¿Cómo elijo las lecturas? Al azar. Me acerco a la Biblioteca Regional y no busco un título determinado. Miro en los expositores y también al azar tomo dos o tres entre más de cien. Y así de pronto me encuentro sumergido en otro continente, en otra cultura, caminando por la ruta de la seda, de la mano de Patricia Almarcegui con su libro *Una viajera por Asia Central: lo que queda de mundo*, y he llegado cansado pero feliz a Samarcanda o a Bujará. Durante ese viaje he disfrutado de las costumbres de sus gentes, contemplando las montañas en mi imaginación y he sentido los nuevos sabores de una gastronomía desconocida. De vez en cuando mi gata con su ronroneo me sacaba de la lectura, que es el auténtico viaje. De Samarcanda me he ido a Buenos Aires de la mano de Adolfo Bioy Casares y con su libro, *Sobre la escritura. Conversaciones en el taller literario*. Le he dado vueltas a las peripecias del oficio de escritor y a los diversos paradigmas de una profesión en la que la vida se hace literatura. Y en ese azar libresco que se mezcla con un vivido olor a azahar, prosigo con un tocho: *El lector decadente*, una selección de textos de más de 20 escritores franceses incluidos en esa corriente del decadentismo, en la que me ha sorprendido un texto, *El club de los hachisinos,* de Théophile Gautier. Como el decadentismo propiamente no se define como un movimiento literario, sino como una manera de sentir, admite tanto a simbolistas como a parnasianos. En ese movimiento sigo, al tanto que de vez en vez a mi conciencia le llega el runrún de ese artículo que tengo que ir a buscar, mientras tanto sigo leyendo, otro jueves al sol.

Miércoles, 28 de marzo de 2018

Mi autobiografía sigue en el dique seco, desde hace más de un mes, aunque apenas le queden unas cuantas páginas por escribir. Mientras tanto me entretengo con el cine, visto desde la pequeña pantalla. En mi cama de matrimonio me acuesto cada noche con mi ordenador, a un lado, y al azar busco una película en Youtube, aunque tenga más de 400 en DVD para volver a ver. En ese proceso azaroso, que a veces no deja de ser kafkiano, tropecé con *El Castillo* dirigida por Michael Haneke y durante dos horas disfruté y me agobié con esa atmósfera inquietante que crea. Ni qué decir, en esa relación de literatura-cine, que yo ya tenía un mapa de ese castillo y de esos personajes, que guardaba en mi memoria desde que leí esa novela, allá por los 80, a los que de pronto se le ponían rostros. Y ahí me encontré, treinta años después, con mi amigo Joseph K. que quiere trabajar de agrimensor, recorriendo esos angostos espacios que van de una posada a otra, la del Puente y la Señorial, de la escuela del pueblo hasta la familia de Barnabás. A esas horas de la madrugada las sombras del castillo me arrullaban y ya no sabía en que estancia me encontraba ni si me estaba embriagando con las cervezas que me había tomado en la posada del Puente. Lo cierto es que me dormí. A la mañana siguiente me desperté como si viniera de un largo viaje y recordé ciertas calles de Praga. Ciertamente había soñado con Joseph K., pero curiosamente no había estado en aquel castillo. El sueño se correspondía con otra película, *El Proceso* de Orson Welles, y en aquellas imágenes expresionistas de espacios abiertos traté de saber de qué se le acusaba a Josek K. Fui a mi biblioteca a buscar aquel tomo de obras selectas de Frank Kafka que leí hace más de treinta años y no estaba. Sin embargo, aquellos personajes seguían teniendo vida en mi imaginación y formaban una parte, una parte muy importante de mi autobiografía.

Viernes, 30 de marzo de 2018

En estos días de ocio generalizado la conciencia se me aplaca si no escribo lo que tengo que escribir. Nada que ver con esos otros momentos, en los que quieres escribir una novela y tienes que escribir otros textos para comer. De aquellos tiempos aún recuerdo las cientos y cientos de columnas que escribía en los periódicos, en el mejor oficio del mundo que decía García Márquez, siempre con el péndulo del tiempo muy cerca, cuando apuraba el tiempo y el tema no salía. ¡Cómo ha cambiado el periodismo desde entonces! Reflexiono y pergeño estas palabras después de encontrarme con la película *El Cuarto poder*, con un Humphey Bogart que se mete en el papel de un director de periódico, que denuncia las corruptelas mafiosas y que trata de impedir el cierre del periódico, que quieren comprar otra cabecera de la competencia.

Tengo la imagen de un Bogart duro, pero en el fondo sentimental, en la película que más veces he visto: *Casablanca*, o en otras como *Cayo largo, Tener o tener, La Reina de Africa* o *El Sueño eterno,* y me ha sorprendido en ese papel de defensor de la prensa libre. Tal vez yo vi esta película en mi adolescencia cuando no sabía que Bogart era Bogart, y lo intuyo porque al llegar a la escena en la que la anciana y propietaria cambia de opinión y se niega a vender el periódico, me dio el pálpito de que esa secuencia la tenía almacenada en mi memoria y resurgió como un momento mágico, ya vivido. En estos días de ocio generalizado se me mezclan la cola de las últimas palabras de mi autobiografía, que no escribo, con el argumento de una nueva novela que trata de abrirse paso, en cada interregno. Como decía el gran García Márquez: «Vivir para contarlo».

Lunes, 9 de abril de 2018

Suelo ver una película antes de acostarme, de manera que los argumentos de unas y otras se me van enredando en los recovecos de la memoria. Y ahí siempre sale la canción de Aute: «Cine, cine, cine; más cine, por favor».

Nací a escasos metros de un cine de verano y en aquellas largas temporadas desde finales del mes de mayo hasta septiembre, vi cientos de programas dobles. Como no había un duro en aquella época de miseria económica y moral, que parece que ahora de vez en cuando vuelve a asomar la patita, me busqué las mañas para ver cine, por un lado, era muy amigo de Pedro, el hijo del cantinero, y por otro, le caía muy bien al portero Paco, albañil de profesión, fortachón de amplio bigote; cuando ya la película estaba muy avanzada, se mesaba un par de veces los bigotes y esa era la señal para que yo entrara con seguridad por la puerta, como si acabara de salir. Algunas noches me dormí en el banco alargado de la última fila del cine y otras noches desde mi cama imaginé lo que pasaba en la pantalla, con los rumores de voces y los sonidos de los tiros, que se colaban por mi ventana, a la luna y al calor de la noche.

Veo cine, ahora, para distraer a mi conciencia, mientras decido retomar los escritos de mi autobiografía. La otra noche volví a ver *El hombre que sabía demasiado* del maestro Hitchcock, y recordé que tal vez yo tuviera la misma edad del niño que secuestran en la película y me impactó recordar cómo me impresionó, entonces, aquella secuencia. Ayer domingo, precisamente, vi *Vivamente el domingo* de mi admirado François Truffaut, con el que comparto esa fijación por las piernas o los andares de las mujeres. En esta película, la última de Truffaut, le rinde un homenaje a ese modelo de cine clásico negro, rodando en 1983 en blanco y negro, con la magnífica atmósfera fotográfica de Néstor Almendros. Truffaut juguetea con la trama y con nosotros, desde la primera escena con la figura del asesino, con el falso juego del culpable. Y al final, entre asesinatos, nos está contando una verdadera historia de amor. Y además nos regala esa escena en la que, desde un sótano, el protagonista Trintignaut suele observar las siluetas de las piernas de las mujeres que pasean. En ese doble juego, ante el protagonista dentro de la película y al espectador fuera de la pantalla, nos regala un doble pase de andares de modelo de Fanny Ardaut, en el papel de Bárbara, que simplemente está bárbara.

No quería hablar de cine, esto también es una excusa para no hacer lo que tengo que hacer, que es escribir. A ver si retomo la autobiografía, mientras tanto: cine, cine, más cine, por favor.

## Lunes, 16 de abril de 2018

Una luz esplendente. Un cielo azul, intenso y limpio. Unas muchachas en flor, bajo la sombra de la calle, pasean en este milagro de la primavera murciana, sin prisa. Aún resuena la melodía que le has puesto a la tarde, precisamente antes de echar un sueño, ahí siguen los ecos de ese poema sinfónico: *Preludio a la siesta de un fauno,* de Claude Debussy. Contemplas la luz que se cuela por la ventana. Antes de salir has mirado cómo sigue parpadeando el cursor del Word en la última página de la autobiografía que escribiste hace ya un tiempo. Apagas el ordenador y dejas para otro momento ese ir en busca del tiempo perdido. La luz y la atmósfera de la calle te llaman. Ahora entiendes mucho más a Proust, que se encerró en su habitación con las persianas echadas para evitar los ruidos y la luz. ¿Cómo escribir unas líneas, con esta esplendorosa luz? El poema está ahí, en el aire de la tarde, como esa flor. ¡No la toques ya más, que así es la rosa!

Con la mirada de un pintor observas esas gradaciones de azules que cambian al albur y que resultan inaprensibles, la luz se va difuminando como esas pequeñas nubes de nácar. Observas esos azules y ya tienes la certeza de que son como las aguas del río de Heráclito. Ahora no solo pasean las muchachas en flor, también lo haces tú y lo compruebas en el reflejo de la sombra que se proyecta cuando pasas por ese picoesquina, una silueta que tal vez sea la del personaje central de tu autobiografía. Vuelves a mirar esos azules y ese límpido cielo. Y ahí está el poema. Disfrútalo, al menos mientras intentas escribirlo.

Jueves, 19 de abril de 2018

Salgo de la Biblioteca Regional de Murcia, acabo de tener un encuentro con la escritora Shirin Klaus, en el ciclo «Tinta Fresca» que coordino, acerca de su libro: *No está el horno para cruasanes*, una novela de género romántico, divertida, que habla de sexo sin pudor. Me dirijo a la parada del tranvía y aún voy pensando en las cosas que hemos dicho. Entro al tranvía y mientras busco en mi bolsillo el bono, escucho: «¡Patricio Peñalver, Patricio Peñalver, Patricio Peñalver!», en un volumen cada vez más fuerte, emulando el tono de los gritos en una manifestación, al estilo de un programa nocturno de la Ser, al modo de David Broncano. Disimulando, mientras miro al grupo de chicas y chicos, vuelvo a mirar al que dirige el cotarro o el coro y me mira: un joven con barba, que ahora cambia la consigna: «¡Patricio es cojonudo, Patricio es cojonudo, Patricio es cojonudo!». Me parece una situación surrealista, no conozco a nadie de ese grupo de alegres jóvenes. ¡Qué bello es vivir!, hasta que descubro a dos conocidos. Son un grupo de estudiantes de Filología y vienen de una fiesta en la Universidad. Se me acerca el amigo Inos Montoya, excelente lector, y yo creo que escritor, y me dice humorísticamente que van algo bebidos. Como yo también, confieso que he bebido, los entiendo a la perfección y por qué no decirlo, me han encantado esos gritos al estilo Broncano, a nadie le amarga un dulce, aunque sea efímero. Me dirijo a los Molinos del Río, voy como invitado a un encuentro entre críticos literarios y escritores, pasado mañana se falla en Murcia el Premio Nacional de la Crítica. Antes de entrar me compro una lata de cerveza en un chino y me la tomo junto a una ventana, en una calle por la que no transitan coches, pero llega un policía municipal y me dice que está prohibido beber en la vía pública. Le digo que no lo sabía. Me conmina a tirar en la papelera el bote y por supuesto que apuro dos o tres tragos su contenido y la deposito. Al bajar me encuentro con el coche del policía que vigila, ya que es el alcalde José Ballesta el encargado de dar la bienvenida a los críticos y a los escritores a ese acto. Para animar el acto, entre amigos escritores y un par de críticos que no conozco, me tomo unos excelentes vinos de Jumilla y me pongo parlanchín con esos críticos, uno es de Vigo y otro escribe para un suplemento de Córdoba, y les cuento alguna vivencia surrealista en Santa Marta de Ortigueira, que tiene que ver con unos carajillos de orujo; seguimos hablando de cosas intrascendentes y reímos. Me tomo otro par de vinos, después de miccionar, y cambio de mesa. Me encuentro con un par de italianos. Les cuento que estoy viendo la serie del comisario Montalvano y la señora me dice que lo de Montalvano es un homenaje que el escritor Andrea Camilleri le hizo a Manuel Vázquez Montalbán. Seguimos hablando de mis escritores preferidos Cesare Pavese e Italo Calvino y otros. Reímos. Y al marchar me da su tarjeta. Más tarde la leo y pone: *Association Internationale Critiques Litteraires, Neria de Giovanni, Presidente. Roma.* O sea, que a veces no sabe uno con quien va a venir a encontrarse ni con quién está hablando. Nos despedimos. Mientras me acuerdo de Franco Battiato y francamente busco un centro de gravedad permanente. Buen jueves.

Domingo, 22 de abril de 2018

A vueltas con aquel policía que me dijo que no se podía beber alcohol en la vía pública, creo que no le dije lo que en esos momentos pensaba y le tenía que haber dicho: «¡Oiga, yo no estoy consumiendo alcohol! ¡Yo estoy bebiendo Agua de Espinardo!», que es como le llamamos en Murcia a nuestra cerveza: Estrella de Levante. Yo creo que no quería entrar en disquisiciones metafísicas o gnoseológicas. Tampoco quería añadirle ninguna mota de escepticismo al excelente jueves que estaba viviendo. Por la mañana había recuperado un texto, cuya pérdida me tenía contrariado, hasta tal punto que había paralizado el ritmo de la escritura de mi autobiografía. Aquel artículo escrito en 1981 que tenía que estar guardado en una carpeta, que en otras ocasiones había visto, ahora no estaba ahí. ¿Dónde estaría aquella página avejentada? En el caos organizado de mi estudio lo había buscado y no, esta vez, me había rendido. Sabía cómo buscarlo de otra manera y sin embargo dejaba pasar el tiempo, hasta que la otra mañana el sol relampagueante brilló, en diez minutos, en su máximo esplendor. Fui al Archivo Municipal de Murcia. Ahí me recibió una chica que me conocía, y yo no recordaba en esos instantes, le di un par de besos y le comenté el motivo de mi visita. En unos diez minutos, aunque en un principio se resistió, apareció el artículo en la búsqueda informática. Al ver la página impresa al tamaño de la página del periódico sentí un placer indescriptible. Con ese gozo le hubiera dado otro par de besos. Salí pletórico del archivo, después de esa búsqueda en la red recuperaba el tiempo perdido. Después leí aquel extenso artículo sobre Cortázar que había escrito 37 años atrás, sentí una especie de fascinación; aquel artículo lo había escrito otro, aquel otro que fui. Me quedé ensimismado en la otredad.

Martes, 24 de abril de 2018

Uno de los momentos más placenteros del día se produce, cada mañana, cuando tomo el café y leo la prensa, aunque muchas noticias ya aparezcan muertas. Esta gran adicción a la prensa y a la lectura, que comencé a los 12 años, ya me dijo un doctor que no tenía cura. Así que la llevo con paciencia; la prensa ya no es lo que era, aunque aún quedan articulistas que te emocionan. Sin embargo, nada comparable a las firmas de aquella revista *Triunfo*, o a esa columna de Francisco Umbral que esperabas los sábados. En la década de los 70 y principios de los 80 me aficioné tanto a la lectura de aquellos columnistas que acabé por pertenecer a esa cofradía, escribiendo cientos de columnas en la *Hoja del Lunes*, *Diario-16* de Murcia o diario *La Verdad*.

¿Escribir o leer?

Así que llegando a este punto y comparando mi adicción a la lectura y la necesidad de escribir, puedo prescindir de escribir, como así ha

273

sucedido en alguna etapa, pero nunca de leer. Hasta hubo un tiempo que me ganaba la vida leyendo como corrector de pruebas y lo mismo leía unos anuncios de tuercas de una ferretería que las galeradas de un ensayo sobre Platón. Por supuesto que leo y me olvido de lo que leo. Ahora, por ejemplo, leo *Consejos de un discípulo de Morrisón a un fanático de Joyce* y *Diario de bar* de Roberto Bolaño y A. G. Porta; *Pálida luz en las colinas* de Kazuo Ishiguro y *De Oficio, Lector, Respuestas a Pierre Nora*, de Bernard Pívot, que termina con una cita de Borges: «Que otros se jacten de las páginas que han escrito, a mí me enorgullecen las que he leído».

Ciertamente no me he ganado la vida con la literatura, porque en realidad mi vida ha sido siempre literatura, pero si tuviera que poner, ahora que no se estila, la profesión en el Documento Nacional de Identidad, pondría: Lector.

Jueves, 26 de abril de 2018

En un *déjà vu*. «Preferiría no hacerlo», así comenzaban las primeras líneas de mi autobiografía, que quiere concluir y no concluye. Aunque por fin he recuperado el famoso artículo de Cortázar que fue la causa de la paralización; también he encontrado dos relatos cortos, que escribí a mitad de los 80, que pienso incluir. Ahora tengo que hilvanar esos tres elementos y volver a retomar el tono y el ritmo que dejé. Mientras tanto, la vacuidad, la excusa del vacío y el dejar pasar el tiempo. Mañana lo haré. Y mañana, vuelta a empezar. Preferiría no hacerlo.

Mientras tanto distraigo a la conciencia contrariada. Por la noche, al azar, busco en Youtube y me encuentro con dos películas que veo en sesión doble. La primera es *La Vaca* de Mohamed Hanidi y me hace sonreír en distintas ocasiones, el argumento tiene su punto: un pobre agricultor, desde un pequeño pueblo argelino perdido en la montaña, al ver un concurso en la televisión francesa decide enviar una carta y lo seleccionan. Desde ese pueblo, con su vaca Jacqueline, partirá a pie; desembarcará en Marsella y continuará hasta Paris, para participar en el Salón de la Agricultura. La otra película, de la que en alguna ocasión había oído hablar, tiene otro punto diferente: *La cena de los idiotas* es una estupenda comedia de Francis Veber en la que un grupo de amigos se reúnen para divertirse, eligen a un invitado al que consideran un idiota y tratan de mofarse, al final el más idiota de los idiotas será el que se considera el más listo del grupo. Entre idiotas anda el juego.

Mientras escribo estas líneas sobre un par de servilletas de papel, en la Cafetería Itaca, un grupo de jóvenes dialogan y ríen. A continuación, presentan un libro de poemas de Juan Francisco Fernández de Gea, el propio autor lee e invita a sus amigos, de una manera muy divertida, a que suban al escenario y reconozco a la poeta Aura Cano Ruiz. Son jóvenes y muy divertidos. Yo sigo escribiendo esta nota, aunque no ajeno a los poemas que escucho. Me gustan. No sé lo que pensarán ellos de mí. Así es la vida. Y para celebrarla, al salir, me encuentro con mi admirado escritor Pedro García Montalvo, tomamos un café y hablamos de las peripecias de la vida, de un tema a otro, como en un carrusel. Nos despedimos y regreso a ese *dejà vu*.

Martes, 8 de mayo de 2018

De todas las distopías y el inframundo más horripilante jamás ficcionado, desde la ficción del dolor, a las narraciones más inquietantes, no hay mayor dolor ni miedo más real que el que sufre la persona que no tiene trabajo. Aunque el trabajo no deja de ser la mayor coerción para mantener el sistema, no hay, pues, mayor humillación que estar en la lista del paro y no percibir ningún tipo de prestación. Estos parados son como un ejército invisible de miles de personas a los que van orillando hasta excluirlos del sistema. Los observas cuando pasas por la calle, pero no los quieres mirar.

De aquellos *Tiempos Modernos* de Charles Chaplin, con esa cadena de relaciones de trabajo que se va desarrollando, hemos llegado a este tiempo de estafa y de miseria.

Estas y otras reflexiones me surgen sin venir a cuento, después de volver a ver, una vez más, *El Apartamento* de Billy Wilder, una extraordinaria película, en la que Jack Lemmon hace un papel genial representando a C. C.

Barxter, un modesto empleado de una compañía de más 3.000 trabajadores que trabajan en cadena. Baxter quiere subir en ese escalafón y presta su apartamento a sus jefes a cambio de que lo asciendan, en esa escala que se define entre «víctimas y aprovechados». Todo cambiará cuando Baxter se enamore de la ascensorista, la señorita Kubelik, interpretada por una fenomenal Shirley MacLaine, y descubra que uno de sus jefes, Fred MacMurray, tiene una relación con la ascensorista. En esta comedia romántica, mordaz y dura, como la vida misma, en esa tragedia-comedia de tipo shakesperiano, se representa con minuciosidad esa doble moral de la estructura familiar, con esos maridos con esposas y amantes, que se aprovechan del poder que ocupan. En esta película se muestra crudamente ese miedo a quedarse sin trabajo, ese miedo a decir no y a entrar por el aro. Lo curioso es que esa denuncia de acoso laboral no cesa. Entre distopías y el inframundo, la casa sin barrer. Sigo sin terminar la autobiografía.

Viernes, 11 de mayo de 2018

El impoluto blancor del folio espera paciente las veladuras del relato de cualquier vida, como una nube blanca que se va disipando en el vuelo de la memoria, buscando esa serie de flashes, esos destellos que al azar se almacenan en la memoria, que nos recuerdan unas músicas o unas películas de una década. La blancura de ese folio vertical virtual que ahora miras en la página del documento Word, también se asemeja a aquellos sueños que esperabas ante la gran pantalla blanca del cine de verano. En todas esas cosas pienso, como un puro artificio, al tanto que trato de buscar la selección de secuencias que mi memoria guarda de mi vida en la década de los 80 y siempre aparecen las mismas. Mientras trato de escribir suena Billie Holiday. Los fragmentos de mi autobiografía esperan.

Me he quedado en blanco.

Mientras tanto miro en la parte superior de una estantería, junto a mi cama, y descubro una serie de películas, ya vistas. Qué curioso, entre las tres que tomo, que conforman una trilogía, la primera que me aparece es *Blanco* de Krysztof Kiéslowski. En esa trilogía de filmes el director polaco juega en los títulos, con los colores y los lemas franceses: En *Azul* es la Liberté; en *Blanco* es la Egalité y en *Rojo* es la Fraternité. Por cierto, qué poco se recuerda a este gran director.

Vuelvo a esas películas de otro tiempo, regreso a *Blanco* y curiosamente antes de verla no recuerdo nada de la historia. Comienza la historia de ese inmigrante polaco que no logra retener su sueño y pierde a la mujer francesa en un divorcio que no quiere y tiene que regresar a esa Varsovia que despierta al capitalismo salvaje y decide hacer dinero con la obsesión de volver a recuperar a su mujer. Uf, apenas le he puesto una coma a la larga frase anterior. Observo esa observación y me vuelvo a quedar en blanco.

Sábado, 19 de mayo de 2018

En el tiempo de la multiplicidad en el que unas noticias se superponen a otras, con una inusitada rapidez, que no nos deja ver con exactitud la consistencia de sus contenidos, hasta la levedad se nos asemeja en su visibilidad leve en sí misma.

Escribo el párrafo de arriba recordando las *Seis propuestas para el próximo milenio* de Italo Calvino, que planteó allá por 1985, que no eran otras que: levedad, rapidez, exactitud, visibilidad, multiplicidad y consistencia. Mientras escribo escucho el disco *Sabicas con Joe Beck - Encuentro con el Rock*, de 1970, que parece del 2020. Qué digo, del 2030. Y me sigo interrogando sobre esas seis propuestas de Calvino.

La que más me ocupa ahora es la de la rapidez. Eso de que el tiempo vuela, ya no es una metáfora en el tiempo, en el tiempo de los ordenadores, de internet y las redes sociales. En un instante y a golpe de clic puedo enviar en un instante el manuscrito de mi última novela a Nueva York o a Roma. O de mi autobiografía, a punto de concluir.

En el tiempo de la multiplicidad unas imágenes se mezclan con las otras. Visibilizo la película *Rojo* de Krzysztof Kiéslowski y recuerdo a esa perra que va a tener cachorros y que acaba de ser atropellada por una joven francesa que estudia y se gana la vida de modelo; el azar de ese atropello le lleva a dar con el dueño: un juez jubilado que se dedica a espiar a sus vecinos. Por una extraña asociación de ideas, me llega a la memoria una canción de Rafael Farina, *Maldita sea la mano que mata a un perro*, que escuchaba, cuando fui muy joven, en un bar en el que los trabajadores ahogaban sus penas entre carajillos y copas de anís y coñac. Al día siguiente veo la otra película, *Azul*, que me queda de la trilogía de Kiéslowski, en la que Julie intenta suicidarse después de sobrevivir al accidente que le ha costado la vida a su hija y a su marido: un famoso compositor. Y más tarde me sigo emocionando con la música de las bandas sonoras de las tres películas, de Zbigniew Preisner, y con la poesía visual, de la fotografía, de ciertas imágenes que parecen una serie de cuadros hiperrealistas, de paisajes y retratos sublimes.

En el tiempo de la multiplicidad, después de una semana se mezclan los tres colores de Kiéslowski: Rojo, Azul y Blanco. Y me quedo en blanco, cuando se cumple un año del comienzo de mi autobiografía.

Lunes, 4 de junio de 2018

Voy a firmar ejemplares de mi novela *La Muerte del Minotauro* a la Feria del Libro de Madrid, obviamente que no espero colas, no hay vallas ni me ponen un par de guardias jurados. Las previsiones se cumplen. Sin embargo, paso unos momentos muy interesantes, en la caseta, mientras observo y soy observado y escucho de vez en cuando mi nombre por la megafonía. No regresaba a esa feria desde la del 1981, por entonces pasaba temporadas en Madrid. Aquella mañana quedé con ella, junto a la estatua, sobre las 12; posiblemente más tarde como cantaba el Sabina: «Aquella noche tú fallaste, tampoco fui a la cita yo». Y allí, junto a la Feria del Libro, fue la última vez que nos vimos. Así que cruzo la avenida y miro el pico esquina de la calle Sainz de Baranda, por la que entonces solía pasar para ir hasta aquel piso. Voy al Bar Martín donde me encontraba con el actor Antonio Gamero, precisamente la última vez que estuve en Madrid, pregunté en ese bar por él y no estaba. Fui al bar de Sanchís, donde una mañana a las 11 me encontré con el actor Juan Diego. La noche anterior había coincidido con él sobre las 3 de la madrugada. Yo me había acostado y él seguía de parranda. Me hice el despistado hasta que me dijo: «¡Eh, es que no me conoces!». El camarero del Sanchís me dice que Gamero está enfermo y baja poco y me indica que tal vez pueda estar en La Taberna de Buendi. Entro y lo veo a la derecha, sentado, le hago unos pases de andares cortos como si fuera un pistolero. Me paro y no me conoce. Retrocedo y le vuelvo hacer ese pase de cantina del oeste. Me vuelvo a parar, junto a él, y exclama: «¡Hostias, Patricio, qué no te esperaba por aquí!». Me siento y comienzan a llegar platos de gambas y mojama. Nos agasaja.

A la mañana siguiente me encuentro frente al Congreso de los Diputados. La calle está muy animada: acaba de aprobarse una moción de Censura y España ha cambiado de presidente, acaban de echar a Mariano Rajoy y ahí está el flamante Pedro Sánchez. Entre el revuelo de periodistas, fotógrafos, y cámaras, unos centenares de personas aguardan a que salgan los diputados; los más ruidosos son los de Podemos que, de vez en vez, gritan: «Sí se puede, sí se puede», mientras un señor orondo con gafas de alta graduación, acompañado de un perro con el correaje con los colores de la bandera de España, se desgañita gritando: «Vais a arruinar a España como a Venezuela» y «¡Habéis dado un golpe como en el 34!», hasta que llega un policía nacional y lo invita a tranquilizarse y lo cambia de acera. Por la tarde, antes de tomar el tren, hago la ritual visita al Museo del Prado, y le rindo pleitesía a Velázquez. Al llegar a la estación me encuentro con mi amigo Paco Jarauta, viene de dar una conferencia en Sevilla. Mientras llega nuestro tren hablamos de la novela *El Paseante* de Robert Walset, a propósito de lo mucho que se anda en Madrid, y me pregunta qué estoy escribiendo. Le cuento brevemente el tema de la última novela que terminé el año pasado y me dice que, con la situación política que viene, ahora es su momento. Puede que lo sea. El tiempo lo dirá.

Lunes, 18 de junio de 2018

Ya hace más de un año que comencé a escribir mi autobiografía que paulatinamente se ha transformado en una miscelánea en la que incluyo unos relatos cortos, cartas y algún artículo de prensa. ¿Para quién la escribo? No tengo una respuesta idónea, tal vez como cantaba el Dylan: «La repuesta esté en el viento». Escribir ficción no es otra cosa que usar un artificio. Casi nada real, el texto natural se va puliendo y puliendo en esa maquinaria del engaño. Creo que, de otro modo, la autobiografía es otro artefacto similar, al final la memoria va seleccionando las secuencias de lo vivido. La autobiografía se puede parecer a ese autorretrato que se hace el pintor y se representa, guapo, como ejemplo Velázquez, en *Las Meninas*. Hablando de Velázquez, me pasé bastantes noches de mi vida hablando de arte y también de trivialidades, con mis amigos: los pintores Ramón Garza, Belzunce y Pepe Cacho. A cuento viene lo que el maestro Cacho les repetía por entonces a los amigos, que no era otra cosa, que yo era su biógrafo oficial y que su biografía se publicaría en fascículos y se vendería en los quioscos. Ya han pasado bastantes años y no he escrito esa biografía de Cacho y ya digo que no sé por qué escribo la mía. La vida es así, y como decía el de la canción, no la he inventado yo. Hablando de arte, aquello que sea, estoy de acuerdo con Antón Chéjov: «Las obras de arte se dividen en dos categorías: las que me gustan y las que no me gustan. No conozco ningún otro criterio». Como a mí también me gusta Velázquez, y no creo que pueda escribir la biografía de Cacho. Aquí les dejo una entrevista que le hice, allá por 1993, en *Diario-16*. A fin de cuentas no deja de ser un cacho de la hipotética biografía de Cacho.

## CACHO: «VELÁZQUEZ ES MI PRIMER ESPADA PREFERIDO»

Cuando se le pregunta por su lugar de nacimiento, dice: «Nací en Barcarrota, un sitio de Extremadura, que cuando Fraga Iribarne empezó a ponerle costas a toda España, a pesar de estar en el centro de Extremadura, los de mi pueblo decidimos que también debería de tener costa y le pusimos Barcarrota, la costa de la bellota».

De Barcarrota, en donde llegó a ser monaguillo —y recuerda que la ilusión de su tía Carmen era que fuera obispo— a los nueve años se traslada con su padre por motivos profesionales a Mula, más tarde a Alcantarilla y ya por cuenta propia a Francia, Inglaterra y parte del extranjero.

De sus primeros momentos con la pintura recuerda, en su etapa infantil: «no eran especialmente distintos a los movimientos que cualquier niño realiza con la pintura, porque todos los niños se lo pasan muy bien pintando. Más tarde seguí insistiendo porque algo me llamaba la atención, y como no sabía qué era lo que me despertaba la curiosidad pintaba un poco más, así me voy haciendo menos niño y sigues pintando».

Tras terminar sus estudios de bachiller, comienza Filosofía y Letras en la Universidad de Murcia, le interesan los libros, pero al final como siempre suele regresar al sitio de la pintura, piensa que ese es el mundo que le ha tocado a él, especialización, que así explica: «Cuando alguien se empieza a especializar, de alguna manera comienza a neurotizarse en el sentido sano de la palabra. Uno no sabe muy bien por qué se especializa en una neurosis y no en otra, para mí cualquiera es válida, por eso finalmente es con esa neurosis con la que mejor te lo vas a pasar, si te la trabajas, claro. Si aparece la musa y tú no te la trabajas, la musa huye y se va a buscar a otro artista. Aunque mejor invocar a pintores, y Velázquez es primera figura.

Pepe Cacho, uno de los pintores más admirados de Murcia, un buen día dejó de exponer y mucha gente se ha preguntado por ese vacío: «Hace bastantes años que no pinto, o pinto de vez en cuando para templar un poco, como los toreros. En ese tiempo he estado estudiando y haciendo escultura, ya que un pintor no se pone a hacer escultura así de pronto. Son dos maneras distintas de torear y eso, o te lo trabajas, o no aprendes ese toreo. Puedes torear, incluso con gracia, pero son dos dimensiones reales: largo y ancho, y la tercera es mentira. La tercera es cualquiera de los múltiples usos de las perspectivas que toda cultura pictórica se ha inventado, incluso la aérea o la oriental, aunque pintores y escultores tengan un camino en común. El pintor tiene el color y la mentira de las perspectivas. Sin embargo, un escultor tiene que torear en otros terrenos, en tres dimensiones reales en el sentido físico de la palabra, el escultor tiene también todo el aire real alrededor de su obra. Así que nunca me he sentido vacío con respecto a la pintura, todo lo contrario. Cuando me encontraba mejor pintando, con mayor facilidad, me gustó la escultura. Y en un momento determinado, si te ha gustado la escultura, como no te la cojas nunca te la vuelves a coger. La escultura es un trabajo enormemente duro, en todos los sentidos».

Pepe Cacho, al margen de sus primeras espadas, tiene sus maestros murcianos: «En todos los catálogos he citado que soy alumno de Gómez Cano, que en parte es verdad y en otra mentira. Él y yo teníamos la suficiente complicidad, un día le amenacé y le dije: 'Que sepas que voy a poner que tú eres mi maestro'. En escultura, mi maestro es Pepe Marcos, porque no te vende el pescado, sino que te enseña a pescar. También es cierto que hay que ser un buen alumno para tener a semejante maestro».

Actualmente está preparando una exposición de esculturas, que a través del colectivo Mestizo posiblemente exponga en la galería Yerba. También le gustaría contar con una sala oficial para enseñar litografías.

Sábado, 23 de junio de 2018

Una vez más me vuelvo a preguntar por qué comencé a escribir mi autobiografía y no encuentro la respuesta. En esa etapa, que abarca desde la infancia hasta la década de los 80, algunos de esos momentos son tan vívidos que siempre que los recuerdo parecen que de nuevo suceden, en cambio otros son simplemente vividos, que, aunque no parecen tan nítidos, conforman una parte de la vida del autor. He aquí la diferencia entre lo vívido y lo vivido. Algo parecido me ocurre con mis escritos. De pronto me encuentro con un artículo que escribí en 2005 y me sorprendo a mí mismo, en el espacio y el tiempo. Ahora que ya no se escriben cartas y que nos comunicamos por correo electrónico o Whatsapp, con mayor razón les dejo este artículo y esa carta que le escribí a Gabriel García Mázquez, que mucho tiene que vez con mi última novela, *La Muerte del Minotauro*, que en cierto modo ha paralizado los últimos retoques a mi autobiografía, que se quedará definitivamente en esa década de los 80.

He aquí el artículo:

Hace unos días en Aracataca, lugar de nacimiento de García Márquez se celebró un curioso referéndum para añadir al pueblo de Aracataca el nombre de Macondo, aquella imaginaria aldea que se inventó el escritor en la novela *Cien años de soledad*. La idea de agregar ese nombre la encabezaba su alcalde Pedro Sánchez Rueda, y de los 22.000 votantes, solo se acercaron a las urnas unas 3.596. De estos, 3.342 apoyaron la iniciativa, al contrario que 236 que dijeron no, y un total de 18 votos que fueron nulos. Aracataca se seguirá llamando Arataca. Y Macondo nunca dejará de ser Macondo.

Hace unos años le mandé la carta que más abajo pueden leer a Gabriel García Márquez, a través de su agente literaria, y ahora me ha surgido la duda de si le fue enviada a Aracataca o a Macondo.

Estimado y admirado García Márquez:

En enero del pasado año le escribí una carta, en la que nada más comenzar le decía que esperaba contestación con la paciencia y esperanza de aquel coronel que no tenía quien le escribiera. No tuve respuesta, y a veces dudo de si le llegó el paquete que le mandé a través de la secretaría de Carmen Balcells (aunque en dicha oficina me dijeron que le habían remitido el paquete y que esto no significaba que recibiera respuesta, cosa que obviamente entendí), que contenía el libro *Una novela sin nombre* que le dediqué, el manuscrito de mi novela inédita *La Muerte del Minotauro* y la carta de entonces que ahora adjunto. No tuve respuesta, y por el contrario me encontré felizmente con la sorpresa de su última novela, *Memoria de mis putas tristes*, que terminó por mayo de 2004. Así que creo que el coronel, allá donde esté, y yo, damos por bien empleado el tiempo que no perdió en contestar a mi misiva y que ganó para escribir esta perla de novela.

Precisamente hace unas semanas volví a releer *El Coronel no tiene quien le* escriba y me trasladó sin querer a no sé cuántos años atrás, lo de el coronel y los míos, que pasan afortunadamente en balde y se pueden ir contando. Así es la vida. Así es, como dijo el coronel: «La vida es la cosa mejor que se han inventado». Y ahora hace unos días acabo de leer por dos veces consecutivas *Memorias de mis putas tristes,* después de leer un montón de reseñas literarias, de haber oído un montón de comentarios de lectores y de articulistas de corte conservador que se alarmaban moralmente más por la actitud del nonagenario, que curiosamente no tiene nombre, ante la bella y menor de edad, Delgadina, a la que conocían seguramente de oídas. Estos conservadores ya no se acuerdan de aquel rey David que «era ya anciano, entrado en años. Y por más que lo cubrían con vestidos, no entraba en calor. Dijéronle entonces sus servidores: 'Búsquese para mi señor, el rey, una doncella virgen que le asista y lo cuide, que duerma en su regazo, y así entrará en calor mi señor, el rey'. Buscaron por todo el territorio de Israel y encontraron a Abìsag la sunamita». No sé si desde entonces le empezaron a cantar las mañanitas al rey David. En fin, estas gentes aún no saben que «quererse no tiene horarios, ni fechas en el calendario», y más «cuando el amor llega así de esa manera». Precisamente ese personaje principal sin serlo, pues le cede ese privilegio muchas veces a Rosa Cabarcas, que dice: «soy feo, tímido y anacrónico», me ha recordado a aquel otro que bien podía ser marqués que se definía como: «feo, católico y sentimental».

Leía, otro día, en un suplemento literario que, en las listas de libros más vendidos, el número 1 era *Memorias de mis putas tristes* y el número 4 *Don Quijote de la Mancha.* Así, ¿se podría negar Alonso Quijano a darle el premio Cervantes? Seguía leyendo que en las listas de Alemania el número 5 era *Erinnerung an meeine traurigen...*, y por este título como se dice por aquí, estaba tan cambiado, que no lo conocía ni la madre que lo parió, menos mal que a continuación decían que era de un tal García Márquez. Seguro que ese título debe sonar raro y fuerte en ese idioma. Claro que, según dicen en ese oficio más antiguo del mundo, a la hora de la verdad, para llevarlo a la práctica no necesita idiomas.

Me va a disculpar con esta nueva misiva, ya sé que las recibirás por miles y que si tuviera que contestar a todas se pasaría todo el tiempo en ese empeño. Así que me he metido en un berenjenal, pero tampoco crea que yo ando escribiendo a escritores a troche y moche. En realidad, solo lo he hecho tres veces. La primera con Julio Cortázar, allá por el 1981, que me contestó a vuelta de correos. La segunda con José Saramago, que lo hizo a los seis meses, una vez; y otra a los quince días. Y la tercera a un tal García Mázquez, hoy, por segunda vez. Y ya puesto a esperar el correo como lo hacía los viernes el coronel que esperaba carta urgente por avión, hasta no me importaría recibir un prólogo para *La Muerte del Minotauro* que pienso publicar definitivamente este año, o al siguiente, o al otro. Ya sé, que «la ilusión no se come» —como le dijo ella. Y le respondió el coronel: «No se come, pero alimenta». Y ahí andamos, mientras tanto.

Salud, feliz año 2005, y un cordial abrazo.

## Miércoles, 4 de julio de 2018

Hace unos días buscando películas para ver por Youtube, al azar, de pronto me encontré con *El milagro de Berna*; curiosamente cuando había quedado eliminada Alemania de los mundiales de fútbol. En esta película se mezcla la política con ese deporte. Un prisionero alemán regresa de Rusia, nueve años después de la II Guerra Mundial y, amargado, trata de imponer un régimen de severidad en su hogar, hasta que las circunstancias le hacen cambiar y le promete a su hijo que irán a la final del Mundial. Con un coche prestado se dirigen a Berna a ver el famoso partido que se celebraba el 4 de julio de 1954, que ya ha comenzado. El automóvil avanza por un paisaje bucólico entre montañas, mientras por la radio van escuchando la retransmisión; en mitad de la fuerte lluvia, Hungría marca su primer gol por mediación del legendario Puská a los 6 minutos y a los 8 los húngaros hacen el segundo. Ahí está el milagro y el famoso entrenador Sepp Herberger —no menos célebre por sus frases: «El balón es redondo», «el partido dura noventa minutos» o «después del partido ya es antes del siguiente partido»— ahí está arengando a sus jugadores y Alemania marca su primer gol; el coche sigue avanzando mientras padre e hijo se van emocionando, ya queda poco para llegar, cuando de pronto empata Alemania. El coche llega hasta la puerta del estadio y el padre le dice que luego se verán, que corra y se cuele. El niño entra y Alemania remonta el partido 3 a 2. Se ha producido el milagro alemán. La película narra ese momento épico, que escucharon 60 millones de alemanes por la radio. Supongo que no menos épica fue aquella noche española, en la que Iniesta le marcaba el 2 a 1 a Holanda, otro gol grandioso. En la España de la dictadura, entre los militantes de izquierdas que luchaban contra el franquismo, se decía que el fútbol era el opio del pueblo, que entretenía y adormecía a las masas. ¡Ay, qué tiempos aquellos! Hace unos días cayó eliminada España y se han escrito tantas cosas, que uno no sabe ya qué decir. No sé, quizá algo de opio se me ha pegado, pues estos días entre la ardua tarea de corregir y corregir y maquetar el libro de mis crónicas y entrevistas del Festival Internacional del Cante de las Minas, y de ver algún partido que otro, me he despistado mucho de darle los toques finales a mi autobiografía y seguir con el dietario.

Jueves, 5 de julio de 2018

Por fin entregué la maqueta de mi libro *Festival Internacional de las Minas de La Unión -Crónicas y entrevistas (1992-2017)*. ¡Casi ná!, veinticinco años ininterrumpidos escribiendo sobre el Festival y otros tantos antes, como espectador. Después de todas las peripecias, yo creo que ha quedado fantástico con la portada de una obra del pintor Carlos Pardo, fotografiada por Joaquín Clares. Sin embargo, peripecias han ocurrido muchas. La primera: todos los materiales, es decir, todas las hojas de los periódicos de esas crónicas, se perdieron hace cuatro años, en un traslado por obras en el ayuntamiento de La Unión. Por lo que tuve que ir al Archivo de la Biblioteca Regional a buscar los periódicos de la época y hacerle fotocopias; después pasar los textos a Word, que fue una tarea muy ardua. Así, de manera intermitente en el tiempo, conseguí todas las crónicas a últimos del pasado año y, a principios de este, comenzó a gestarse su publicación con la Fundación del Cante de las Minas. Tantos días y momentos en la biblioteca, que ya hasta Paquito, un estupendo muchacho, el encargado de las fotocopias, unos meses después, cuando iba por la biblioteca, me espetaba: «¿¡Patricio, has sacado ya el libro de las Minas!?». Y así una vicisitud y otra y otra, hasta llegar a la última del pasado lunes. Ya en las últimas correcciones de las galeradas y en el proceso final de maquetación, con Pepe Buitrago; después de un intenso fin de semana, de volver a leer detenidamente los textos, al llegar a la mañana del lunes, me quedaban por ver unas páginas, así que entré a un bar, muy cerca del taller, y esto fue lo que pasó y publiqué en mi muro de Facebook:

Tengo que corregir 50 folios de mis escritos, de forma urgente. Entro a un bar del Barrio del Carmen, pido un cortado y me pongo a la tarea. Estoy en una mesa del interior, y al lado hay otra desocupada. Al buen rato llega el camarero y me dice si quiero tomar algo más. Le digo que no. Y me dice que tengo que dejar la mesa. Me levanto y al pagar le digo al dueño que qué pasa. Y responde que su bar no es una oficina y que llevo dos horas. Dado que tenía que seguir corrigiendo, le digo que ya nos veremos otro día.

Es la primera vez en mi vida que me pasa algo igual y eso que llevo muchos bares en mi haber. La vida te da sorpresas. Ayer, porque estaba ocupado con los folios, pero al garrulo del bar, estuve a punto de decirle eso de tan de por aquí: «¡Usted no sabe con quién está hablando! Así que, para que lo sepa: deme la hoja de reclamaciones». Después de sopesarlo no pasé para no verle la cara de ornitorrinco a ese garrulo.

Viernes, 20 de julio de 2018

Presentar un libro en Murcia un 19 de julio a las 7:30 de la tarde con 37 grados tiene sus perendengues; a esa hora se puede salir como Diógenes lo hizo por una plaza de Atenas, con una lámpara de aceite, a plena luz del día, para buscar un hombre honesto; a esa hora en la plaza de Santa Catalina, también hay que salir con una lámpara para encontrar a un hombre lector. No sé si en la Atenas de entonces, pero seguro que por esta ágora es más fácil encontrar a una lectora. Las mujeres leen más.

A esa hora, digo, en el Museo Ramón Gaya, situado junto a la Plaza de las Flores, sin embargo, es muy fácil encontrarse con el personal tomando cañas y la famosa rosquilla con ensaladilla con una anchoa, que llamamos marinera. A esa hora se despejó el intríngulis y, para la sorpresa de los concurrentes que pensaban que allí solamente iba a estar el Tato (al que por cierto, no conozco), ahí estaba una pléyade de novelistas, poetas y artistas, que llenaban el Gaya, para escuchar a Manuel Moyano, que presentaba su obra: *Mamíferos que escriben*, publicada en Newcasle Ediciones, con la brillante presentación del escritor Miguel Ángel Hernández, al que siguió un coloquio sobre los escritores favoritos de Moyano, esos mamíferos que escriben, de los que trata el libro: Julio Verne, Paul Auster, Bukowski, Borges o Cortázar, entre otros. No voy a nombrar a los muchos escritores y escritoras que había, porque me puedo olvidar de alguno. Ni qué decir que entre esa pléyade tengo más predilección por unos que por otros, obvio. Me alegré por Manuel Moyano de que el evento resultará un éxito. Es la primera vez en mi vida que asisto a la presentación de un libro en pleno mes de julio, con la que está cayendo, que son los mismos chuzos de puntas de siempre por calendas. Y me alegré porque coincidí con un amigo, Juan Serrano, al que no veía desde hace más de 30 años, compañero de fatigas de aquellas batallas sindicales y políticas, de cuando los partidos y los sindicatos estaban prohibidos. ¡Ay, aquella épica huelga de la construcción por un convenio colectivo, en Murcia! No pude hablar mucho con Juan, pero después me contaron que ha publicado dos libros. Estaré atento. En esa plaza y a esa hora como dice la canción, sucede que: «En Murcia, hace mucho calor, la cerveza sube bien», del legendario rokero de la tierra, Emilio Chicheri. Así que para celebrarlo nos tuvimos que tomar unas cervezas, que por supuesto subieron bien.

## Martes, 24 de julio de 2018

Me hubiera gustado ir la otra noche a ver a Rubén Blades al festival La Mar de Músicas, pues con esa música bailé la mar de veces, a mitad de los ochenta, y canté: «Ligia Elena, la cándida niña de la sociedad / se ha fugado con un trompetista de la vecindad», como antes me había visto a Pedro Navajas «por la esquina del viejo barrio lo vi pasar /con el tumbao' que tienen los guapos al caminar», y me había ilusionado con esas campanas que suenan en *El padre Antonio y su monaguillo Ángel*. El caso es que no fui y nada soluciona ya esa decisión.

En este mes de julio que se celebra La Mar de Músicas, por verano, yo suelo estar en la mar de mis lecturas. Sin embargo, este año con la preparación del próximo libro *Festival Internacional del Cante de la Minas de la Unión - Crónicas y entrevistas (1992-2017)*, con ese lío de la maquetación, fotos, y las correcciones, que te dejan exhausto, he tenido que interrumpir mis lecturas; ya me había metido en la historia de la saga de los Ferguson, con ese gran tocho *4 3 2 1* de Paul Auster, yendo para atrás y para adelante con las peripecias de Archie. Y ahí me quedé por la página 347. Quizá en septiembre la retomé, o quizás no, eso tendrá que ver mucho con el fenómeno de la causalidad, que es de lo que trata la novela. Mientras tanto he leído *La Esfinge y otros versos* de Oscar Wilde y he disfrutado con ciertos fraseos poéticos, pero sin más. Lo prefiero como narrador. Ahora leo *Hormigas salvajes y suicidas* una novela de A. G. Porta, que tomé de la biblioteca, quizá porqué leí otra en la que Porta escribía a cuatro manos con Roberto Bolaño. Y con Bolaño tuve muchas horas de lectura, en otro tiempo. Otra lectura que haré por agosto será la de *Alcohol de 99° grados*, una novela del bilbaíno Manu López Marañón, que me trajo el cartero en forma de sorpresa, con una dedicatoria del escritor, muy especial

Por estas fechas suelo realizar mi lectura anual de *Don Quijote de la Mancha*. El Quijote para mí es la Biblia, ahí está la novela moderna, ahí esta la metaliteratura, ahí está todo. Mientras tanto, a todas esas lecturas le pongo mi particular mar de músicas con Oscar Peterson, Miles Davis, Thelonius Monk, Bill Evans y John Coltrane. Ahora mismo me voy a tumbar en la cama y voy a seguir con el libro que dejé señalado por la página 127, con la intención de meterme en un mar de palabras.

Viernes, 14 de septiembre de 2018

Después de diez días muy intensos en el Festival del Cante de las Minas, con sus largas madrugadas, intento recuperar la normalidad que dejé, y trato de retomar el hilo de los escritos del final de mi autobiografía. Otra vez me volveré a preguntar: «¿Quién era yo?». Por fin presenté, junto al profesor José Belmonte, mi libro de crónicas y entrevistas del Festival en el lugar en el que año a año se fraguaron: La Unión. Retomo la lectura de *El barquito chiquitito* de Antonio Tabucchi, que quedó interrumpida, mientras escucho a Miles Davis y John Coltrane en su concierto en el Konserthuset de Estocolmo en 1960. Y me dejo llevar por la palabra y la música. Hace muchísima calor y creo que me voy a tomar una cerveza, mientras esa música me traslada al archivo memorable de mi estancia por Estocolmo. A fin de cuentas, mi autobiografía no es otra cosa que un ir en busca del tiempo perdido.

Lunes, 17 de septiembre de 2018

Creo que ya va concluyendo la primera parte de mi autobiografía, la segunda, tal vez, la escriba dentro de cinco años. El tiempo lo dirá. ¡El tiempo, ay, el tiempo! Estoy contando cosas del pasado que solo existen en el pasado, el presente se escapa mientras lo mencionas, y el futuro siempre está por llegar.

En una de esas mil y una noche del tiempo vuelvo a ver *Metrópolis* de Fritz Lang, una película muda de 1927 que sigue hablando por los codos en 2018. Una película de ciencia ficción que nos vuelve a situar en la realidad de nuestro tiempo, en la que parece que no hay lucha de clases y en la que las crisis económicas se generan, al parecer, por un don divino, y no se distinguen a los explotadores de los explotados. En la película, que representa una megalópolis del siglo XXI, los obreros viven bajo tierra hacinados en guetos parecidos a los grandes arrabales de nuestras modernas ciudades, al tanto que en la superficie la clase dominante goza de una metrópolis de rascacielos y lujos. La sociedad se ha dividido en dos grandes grupos, hasta que los obreros se rebelan dirigidos por un robot. Qué visión de futuro tenía Fritz Lang, que situaba su Metrópolis en 2026, con la propuesta de esa nueva sociedad de las nuevas tecnologías y la robótica. Cuánto tiempo ha pasado de aquella primera vez que vi su película, cuando yo aún andaba enfrascado con las lecturas de Herbert Marcuse, con *El hombre unidimensional*, *Eros y Civilización* o *Razón y revolución*, y no me explicaba cómo esas obras se podían comprar en El Corte Inglés, por 1973, al tanto que otras obras de poetas estaban prohibidas.Cada vez que visualizo esta película expresionista me vuelvo a quedar impactado por la fuerza y la belleza de sus decorados, de su técnica y su arquitectura.

Vale. Después de acompañar la escritura de este fragmento de dietario que acabo de escribir con la música de Claude Debussy, voy a continuar con esa parte final de mi autobiografía. ¡El tiempo, ay, el tiempo!

Jueves, 20 de septiembre de 2018

Mirar con la curiosidad de un niño, mirar al cielo como si de pronto lo descubrieras, así me asomo ciertas tardes al horizonte, en busca de esos atardeceres espectaculares, que cambian por instantes los colores y la composición del cuadro. Por azar, siempre me encomiendo a él, visualizo una película que me impactó hace más de 30 años. No sé si he cambiado yo. El cielo sigue estando ahí y parece el mismo. En esa película, *El cielo sobre Berlín* de Wim Wenders, aún estaba el muro de Berlín, que me recordó esa visita a finales de los 70 que realicé a la parte oriental. Los primeros diez minutos de esta película son un canto poético y visual a ese Berlín y a su cielo, con una serie de planos en picados y contrapicados, con ese sorprendente comienzo con el giro de la cámara en unos noventa grados sobre los tejados berlineses de la gran ciudad, con unos personajes que se mueven, pero no hablan, mientras una voz en *off* va narrando lo que en esos momentos van pensando. A esa película en blanco y negro, que trata de ángeles, se le añaden en alguna ocasión unos fogonazos de color, con otros guiños al cine y a los actores, en los que participa el teniente Colombo en el papel de Colombo. En esa película inquietante y sorprendente participa en el guion Peter Hanke, junto al director. Curiosamente, por 1978, descubrí al escritor austriaco, no sé exactamente qué libro leí por primera vez, pero sí recuerdo que busqué y compré todos los libros que había publicado en distintas editoriales. Ahora entiendo mucho más esa atmósfera inquietante que contiene la película, que nos hace mirar al cielo de otra manera. Después de escribir las últimas palabras de mi autobiografía, volveré a mirar al cielo, aunque sea ese cielo sobre Murcia.

Sábado, 22 de septiembre de 2018

¿Por qué había comenzado la autobiografía con la siguiente frase? No había leído la obra del escritor Herman Melville en la que el personaje Bartleby, el escribiente repetía: «Preferiría no hacerlo». Tal vez influido por aquella novela, *Bartleby y compañía* de Enrique Vila-Matas, que trataba la manera de estar, de esos escritores del No, que pronto dejaban de escribir. A Juan Rulfo, uno de esos escritores que veneraba, le preguntaron: «Señor Rulfo, ¿por qué lleva tantos años sin escribir nada?». Y respondió: «Es que se me murió el tío Celerino, que era el que me contaba las historias».

De ese libro de Vila-Matas, que ahora no encontraba, había hablado mucho, a principios de siglo, con Carlos Iglesias el Gallego, un letraherido, un Bartleby a su manera, entre cervezas y cervezas, acodados en aquel rincón del bar El Sur, con la participación activa de Antoñico, dueño de aquel antro en el que se reunían artistas y escritores, también había discutido con el gallego, no era difícil, y cantado la famosa canción: «Apaga luz, Mariluz, apaga luz, / que yo no puedo dormir con tanta luz, / los borrachos en el cementerio juegan al mus».

Así que, para encontrar el libro, lo más rápido era ir a la Biblioteca Regional de Murcia.

Después había charlado con Pedro Quilez, responsable de las actividades culturales de la biblioteca, con el que siempre conversaba sobre lo divino y lo humano. Y ya en la lectura de Vila-Matas, con ese narrador que «está escribiendo un diario que al mismo tiempo es un cuaderno a notas de pie de página» y que se pasea por el laberinto del No como un rastreador de bartlebys, había llegado a la conclusión del porqué su autobiografía comenzaba con esa figura: también yo había sido un bartlebys, mucho antes de publicar mi primera novela. De manera que claro que sí entendía a esos bartlebys, también tenía algunos amigos que lo seguían siendo. Al margen de que la hipotética creatividad tuviera más o menos calidad, en esa gran arquitectura de las palabras, los había de todo tipo: desde aquellos que preferían empezar la casa por los cimientos hasta los que la empezaban por el techo; o los que tenían un estilo barroco o alambicado, minimalista, sublime o enérgico.

Yo había decidido escribir la autobiografía en esa tercera persona del singular para distanciarme de aquellos recuerdos, con un lenguaje austero y sencillo que trataba de ser directo. Así que, con esta última nota del Dietario, lo que realmente pretendía era que este Dietario sirviera como un mapa conceptual, que explicara las vicisitudes del proceso sobre la creación de la autobiografía, desde su principio hasta su final. Punto.

Domingo, 30 de julio de 2023

Desde ese punto final con el que terminé la autobiografía han pasado muchas cosas, en estos casi cinco años. He publicado otra novela, *¡Apunten!, ¡Fuego!, ¡Viva la Republica!*, he estado en la Feria del Libro de Madrid y la he presentado, junto a Joaquín Medina, en la librería La Montaña Mágica de Cartagena.

Después he pasado a esa fase de corregir, de volver a releer todo el texto de este libro sobre la autobiografía, que no deja de ser una miscelánea literaria con sus relatos cortos, algunas cartas y artículos periodísticos. Y me da la sensación de que la escribí ayer. Ya la dejo en las manos de las hipotéticas lectoras o lectores, ahora ya sí, para que le pongan el punto final.

Lunes, 1 de enero de 2024

No empecé el día escuchando: *La Marcha Radetzky*, de Johann Strauss, aún persiste el eco de la música de algunos vecinos cercanos, que entre unos y otros, se han afanado en querer competir con quién ponen a más volumen esos temas discotequeros con la percusión de chunda, chunda, chunda, durante toda la semana como si el niño Jesús muriera y resucitara, una y otra vez. Tampoco escuché: *El Danubio azul*, ese vals tan popular. Dicho lo dicho, el año lo empecé muy bien: leyendo.

Cada uno tiene sus costumbres, esas costumbres que suelen hacer las normas y que lo legisladores transforman en leyes. Esas maneras de despedir y recibir el año. Aún recuerdo al personaje de mi primer libro publicado: Una novela sin nombre, que despedía el año cagando en el váter mientras escuchaba las campanadas, aún recuerdo a ese personaje recorriendo las calles de Budapest junto a ese Danubio, que más bien era marrón.

Para despedir el año, después de tomar las uvas y beber una botella de sidra El Gaitero, (ya saben, famosa en el mundo entero) me puse un programa doble del gran director Aki Kaurismäki, que me entusiasmó. Y ya en la alta madrugada me llegó una idea extraordinaria, sencilla, tanto que ni yo mismo me lo podía creer: la de hacerme una paja. Aun acordándome de aquellas voces del interior que de joven te decían que te podías quedar ciego. Cómo verán, esa idea es simplemente una sensación, también un divertimento de estos escritos, que, «Aunque parezca mi autobiografía, tal vez sea la tuya». Intuyo que tal vez se queden con la imagen de la paja, sigue siendo una palabra muy sonora y sigue teniendo su aquel. Y así en voz alta, casi siempre se ve la paja en el ojo ajeno, y no vemos la viga en el nuestro.

Feliz 2024

Ya llevo un par de meses escuchando hablar de amnistía y oyendo esas voces contrapuestas y esos diferentes puntos de vista en el encaje de la Constitución del 78, tengo la cosa hecha un lío.

Aún recuerdo la conclusión de los ocho vocales del Consejo General del Poder Judicial que valoraban jurídicamente una norma que no existía, y aún, me sigo acordando del CGPJ, que parece estar fuera de cobertura, caducado y en funciones, ya cinco años, según la Constitución. Cualquiera que sea el formato judicial de esa ley de amnistía, por aprobar, tiene cuerda para rato, El tiempo lo dirá. Aún me acuerdo de aquella otra amnistía del 77. ¡Qué pedazo de amnistía aquella! De pronto todas las tropelías de más de 40 años de la dictadura franquista se perdonaban.

Aún recuerdo, allá por 1976, los ecos de los manifestantes en las calles de muchas ciudades que gritaban: ¡Amnistía y Libertad!, aún recuerdo aquellos gritos de Libertad de los luchadores antifranquistas. Cada amnistía tiene su historia, su tiempo, solo el tiempo le dará la eficacia a esa palabra, a ese concepto que para unos es abstracto y para otros figurativo.

Ahora mismo me estoy tomando un café con mi amigo Miguel Poveda y, a veces, Juan de Moratalla, se une a la improvisada tertulia. En el bar y en la mesa de al lado dos personas discuten sobre la amnistía y la tercera persona les dice: ¡Bueno, este año cuanto suben las pensiones!

Así, qué, ¿de qué hablamos cuando hablamos de amnistía?

Martes, 16 de febrero de 2024

Ahora sí, ya concluyo este dietario. Aunque después de corregir las galeradas no dejo de acordarme, allá por los 80, de aquel ensayo de Miguel Espinosa: *Reflexiones sobre Norteamérica*, con un magnífico prólogo de Enrique Tierno Galván, que corregí en la imprenta en la que yo entonces trabajaba. ¡Miguel Espinosa, qué enorme escritor! ¡Un Grande entre los grandes! Acabo de corregir estos textos, y aunque observo que algunas reflexiones sobre el proceso de escritura se repiten, aunque con un tono distinto, las dejo tal cual, pues no dejan de ser como esas olas que también se repiten en la orilla de la playa, siempre distintas. La esencia de la playa sigue ahí. Ahora me alegro que la editorial que publica este libro lleve el nombre de la novela: *La Fea Burguesía*, de Espinosa. Sin más, les dejo en sus manos esta autobiografía que aunque parezca la mía, tal vez sea la tuya.

**La Fea Burguesía**
— EDICIONES —

Este libro, *Aunque parezca mi autobiografía,*
*tal vez sea la tuya*, se acabó de imprimir
en marzo de 2024

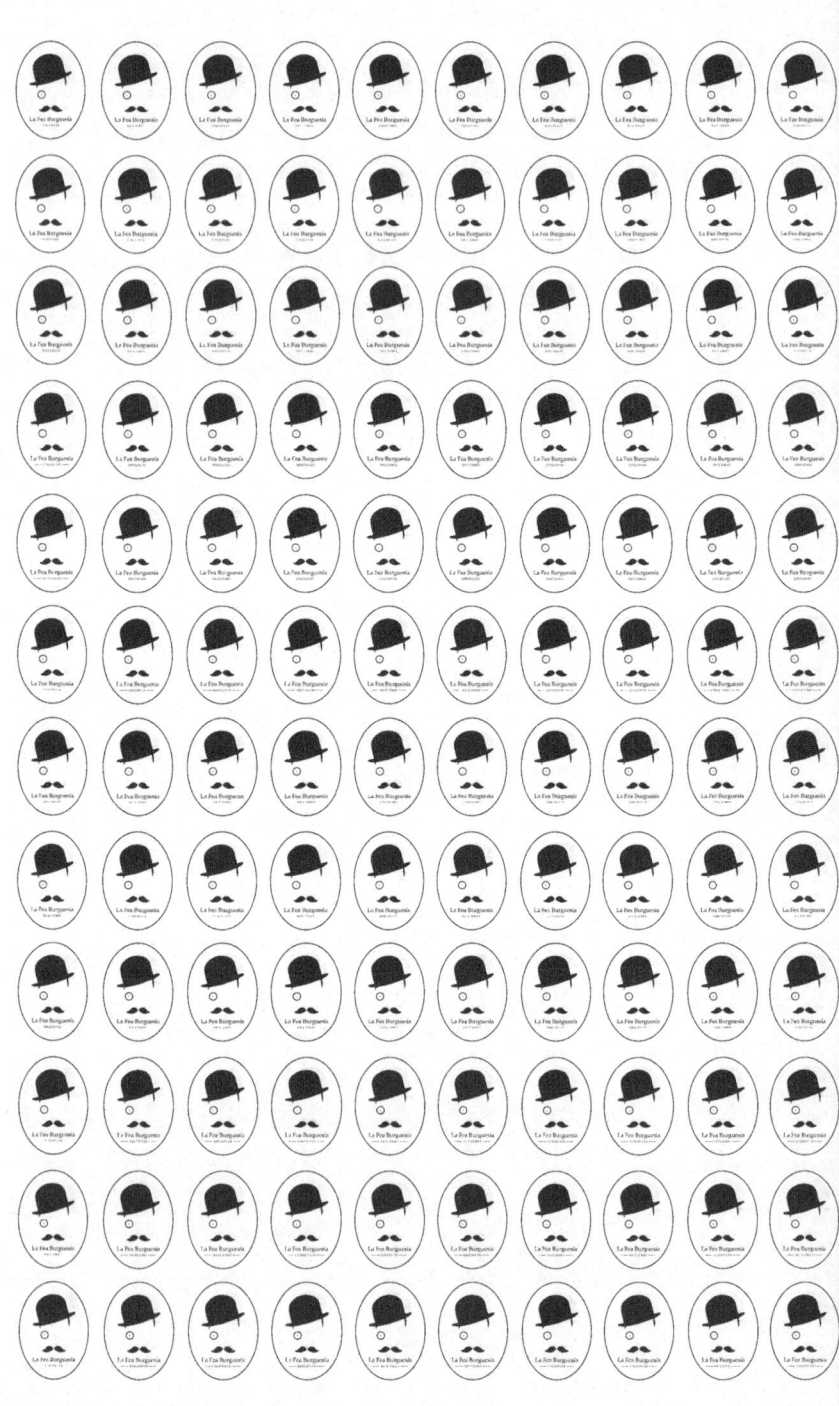